ウィリアム・トレヴァー・コレクション

ディンマスの子供たち

The Children of Dynmouth

ウィリアム・トレヴァー
宮脇孝雄【訳】

国書刊行会

パトリックとドミニクに

ディンマスの子供たち

第一章

　ディンマスはドーセットの海岸沿いに安閑とたたずんでいる。もともとは小さな漁港のまわりに家が集まってできた町である。かつてその漁港は富をもたらしてくれる唯一の収入源だった。十八世紀初頭にはレース編みとヒラメで有名になったが、のちには首尾よく海辺の保養地として発展した。今でも小さいながら、まだ俗化していないのが取り柄になっている。海岸リゾートとはいえ、娯楽施設は少なく、曲がった遊歩道と、比較的地味な遊歩桟橋には、飾りのついた街灯の、緑に塗られたのが並んでいた。灰褐色の崖を下りたところには玉砂利が細長く溜まっている。何代も前からディンマスの子供たちはそれを踏んで砂浜に出ては、走りまわって遊びに興じたり、濠《ごう》と旗竿のついた砂のお城を作ったりした。

　細々とではあったが、町はディン川に沿って内陸へと広がっていった。なだらかに起伏する丘陵地帯ではかつて羊たちが草を食んでいたが、今では研磨紙を製造する工場がひとつあって、その正面の、川をはさんだ反対側には、タイル工場が建っている。遊歩道の東の端、公衆便所つきの駐車場のそばには、鮮魚のパック詰めをする作業所が一軒あった。以前、〈猟犬が原〉として知られていた場所には、まもなく合成樹脂のランプシェードを製造する工場ができることになっていたし、噂によれば――町の当局は否定しているが――シンガー・ミシンが新工場の用地買収の視察にきたともいわれていた。ディンマスには銀行が三軒あった。ロイズと、バークレイズと、ナショナル・ウェストミンスターである。市営のテニス・コートが青少年センターの隣にあり、バプテスト派の礼拝堂とメソジスト派の礼拝堂がひとつずつあって、英国国教会に属するものとしては聖人の兄弟にちなんだ聖シモン＝聖ユダ教会があり、カトリック信者にはクイーン・オブ・ヘヴン教会があった。ホテルは九軒、下宿は十九軒、パブは十一軒、フィッシュ・アンド・チップスの店は一軒、〈フィルのフライ〉という店で、ディンマス交叉路にある洗濯屋の隣で営業している。イースト・ストリートビンゴ＆ホイスト・ホールというのは遊戯店、エッソルド・シネマは古い映画館で、外壁のピンクのペンキは剝げ、中は薄暗く、まるで洞窟のようだった。サー・ウォルター・ローリー公園は、遊歩道の街灯と同じ色の飾り柵で囲まれ、毎年、夏になると、町から場所を借りてリングズ・アミューズメントという移動遊園地がテントを張る。海岸沿いの崖から内陸に伸びる土地にゴルフ場ができたのは一九三六年のことである。

冬であろうが夏であろうが、毎週日曜日の午後になると、バドストンリー・アンド・ディンマス救世軍バンドが町を練り歩いた。週に二回か三回、ディンマス団と名乗るオートバイ乗りの集団が、フリンジ付きの黒い革ジャンを着て、同じくフリンジ付きの黒い服に身を包み、背をかがめるガールフレンドをうしろに乗せ、夜の町を騒々しく走りまわる。一九六九年には研磨紙工場でストライキがあった。一九七〇年にはクイーン・ヴィクトリア・ホテルの料理長助手が雇用条件に不満を抱き、ホテルを全焼させようとして、カーテンやシーツに灯油をぶちまけた。この事件は全国紙デイリー・テレグラフの社会面でも小さく報道された。犯人はシチリア人で、グリーンスレイド医師の見立てによれば、精神に異常をきたしていたという。

よその町でお馴染みのパターンがディンマスにも当てはまった。裕福な人々は広い庭のついた一軒家に住んでいる。昔から尊重されてきたしきたりどおり、次の階層の人々は一軒が二つに分割された家に住み、左右対称の、双子のような住宅が、ディンマスの並木道や三日月型の街路に並んでいる。そのあとにくるのは、見るからに倹約家が住みそうな家屋で、家賃やローンを払う苦労が反映されていた。海から遠く離れた町の中心部には、町営住宅や黄色っぽい公共団地の建物が延々と不規則に並んでいる。川に近い通りには狭苦しい長屋形式の集合住宅が並んでいるが、住人はいつまでもそこにいる気はなく、町営住宅への入居待ち名簿の一番上に自分の名前がくるのを待っていた。もっと川に近くて、洪水の被害をしょっちゅう受けているのは、バウズ・レーンの小住宅群である。そこに住むのは不名誉なことだと人はいう。ディンマスで一番立派な家は海洋荘と呼ばれる邸宅で、ゴルフ場の隣の高い崖の上にあり、庭園に咲くアゼリアで有名だった。

町の人口、四千百三十九人のうち、半数が子供で、保育園は三つあった。薔薇の輪保育園と、ラヴィニア・フェザーストンが牧師館でやっている保育園、英国婦人ボランティア協会がやっている私設保育所である。学校としては、ディンマス初等学校と、ディンマス中等学校、ロレット女子修道会の付属校があった。ダウン・マナー孤児院は赤煉瓦の兵舎のような造りで、発電所の向こう側にあり、町から一マイル離れたところには苗木を育てるディンマス養樹園がある。青少年センターの経営者はジョンとテッドだった。

ディンマスの子供たちもよその子供たちと同じで、みんな空想の中にも生きていて、大人よりもずっと頻繁に旅をしていた。子供たちは町から一歩も出なくても旅をすることができる。見る世界も大人とは異なり、太陽は違って見えるし、ディンマスの木々や草や砂も見え方が違う。犬がぬっと近づいてくる高さも違っていて、目と目が合う。猫が背中を突き上げる姿は虎のようだし、モールト金物ペット用品店の籠に入った鳥たちは小さな丸い目で上から見おろし、誰かの伝言を語りかけてくる。ロレット会の修道女二人組も、遊歩道を散歩しながら上から見おろして、邪険にうなずく。黒いロザリオからは、十字架にかけられた人がぶら下がっている。リングズ・アミューズメントの提供する出し物はディンマスの楽園だった。

もう子供ではなくなると、事務員の仕事に就く者もいる。そうでなければ、スーパーマーケットや、自動車販売修理店、ホテル、ディンマス・レース有限会社、バドストンリー・アンド・ディンマス新聞の印刷部、洗濯屋などに就職する。ヴィクトリア女王の時代から——女王はこの町にいらっしゃったことがあるのだが——軽食喫茶店《ティー・ショップ》が町の花形だった。今、そんな店が二十軒あり、てきぱきと動きまわることができる娘は賃金面で差別されることなく雇ってもらえた。男の子の中にはトロール漁船の乗組員になる者もいないことはなかったが、鮮魚のパック詰めをしたり、研磨紙工場で働いたり、タイル工場に勤めたりするほうが、仕事も楽で実入りもよかった。時運の赴くところにまかせて、町を出て就職する者もいたが、ディンマスが故郷であることに変わりはなく、どこで暮らしていても懐かしく思い出していた。この町にどうしても我慢できない者は、まだ子供のころから、ほかの場所でほかの人生を生きることを夢見ていた。

ラヴィニア・フェザーストンもかつてはディンマスの子供だったが、飾りのついた緑の街灯が急に小さく見えた日のことを今でも憶えている。灰褐色の崖は低く切り崩されたように見えて、ティー・ルームの〈スピニング・ホイール〉は突然みすぼらしくなったようだった。自分が今住んでいる牧師館は、伸び放題の芝に囲まれた蔦のからまる建物で、子供のころの彼女には怪しくて不気味な場所だった。しかも、ワンス・ヒルと呼ばれる丘の中腹にあり、石造りの塀と糸杉の垣に囲まれて、道路からはその全貌が伺えなかった。牧師館自体は何も変わっていないが、それでも同じではない。牧師館にある自分の保育園を見まわりながら、ラヴィニアは悲哀に襲われることがある。ここには子供たちが通っている。でも、その子らが大きくなるにつれて、見るものはすべて陳腐なものに変わってゆくだろう。モールト金物ペット用品店の鳥たちはもう誰かの伝言を語らなくなるだろう。彼女が保育園を経営しているのは子供と一緒にいるのが好きだったからだが、ときにはそれが重荷になることもあった。

四月初旬のある水曜日の午後もそうだった。たまたまその日は、子供たちの守護聖人、シチリアの聖パンクラティウスの日で、朝食のときに夫がそう教えてくれた。外では風が吹き荒れ、寒かった。雨粒がぱらぱらと牧師館の窓ガラスに当たっていた。居間の暖炉はどうしても火がつかなかった。

「本当に怒ってますからね」と、ラヴィニアはいった。そう話しかけている相手は四歳になる双子の娘たちだった。暖炉のところからにらみつけている彼女が荒い息をついているのは、新聞の端をつい焦がしてしまい、あわてて吹き消したところだったからだ。本当に、もう、あなたたちは、と彼女はいった。保育園では絵の具で手を汚すし、スーパーマーケットのリプトンに行ったら、ドッグ・フードの前で動かないでね、といっておいたのに、店内を走りまわっている。その挙げ句に、今度はこれ。キッチンの窓にジャムを投げつけたりして。

「やってないもん」スザンナはいった。

「降ってきたんだもん」デボラは何度もうなずいて、そうすれば自分の発言に信憑性が増すとでも思っているようだった。「降ってきた、降ってきた」

三十五歳になる金髪の美人、ラヴィニア・フェザーストンは、馬鹿なことをいうのはやめなさい、と娘たちを叱った。ジャムは空から降ってきたりしないのよ。雨じゃないんだから。瓶からすくって投げたんでしょう。世界には飢えている人がたくさんいるのよ。暇だからといって、キッチンをジャムだらけにするのはよくないことよ。

「瓶からこぼれたんだもん」デボラはいった。「なんで窓についてるかなんて知らないもん」

「知らないもん」

ラヴィニアは娘たちをにらみつづけた。二人もまた金髪だった。鼻柱にはそばかすが散っている。男の子が生まれていてもこんな顔をしていたのだろうか？　そんなことを彼女はよく考える。とくに今は痛切にそう考えた。

ラヴィニアの目下の悩みがそれだった。流産のショックから立ち直りつつあるとはいえ、今でも情緒不安定で、神経がぴりぴりしている。何もかもうまくいっていたのが、二週間前に駄目になった。子供を失った彼女に、グリーンスレイド医師は、やめるように警告したはずですよ、といった。その警告は命令になった。今後いかなる場合も子作りはあきらめること。

この成り行きに、ラヴィニアは自分でも信じられないほど動揺した。ラヴィニアと夫のクウェンティンは、どうしても男の子が欲しいと思っていた。だが、グリーンスレイド医師は譲らなかった。つい最近のことでもあり、喪失感は癒しようがなかった。

「嘘をついた子がどうなるか知ってるわよね」思わず娘たちに毒づいた。「もういいかげんに心を入れ替えなさい」

裏口の呼び鈴が鳴った。火にくべた木の一本が、やる気なさそうに燃えはじめた。ラヴィニアはゆっくり立ち上がった。誰がやってきてもおかしくない。ここは牧師館だから、万人に開かれている。ディンマスで最悪の母親、ミセス・スルーイにも開かれていた。貧乏と煙草のにおいがする醜い女性で、バウズ・レーンの崩れかかった小住宅で、出来の悪い子供五人と暮らしている。年老いたミス・トリムがやってくることもある。ミス・トリムはこの町の学校の先生だったが、今では精神を病んでいる。保育園を出てから何年もたって、堅信礼を受ける勉強会のために戻ってくる子供もいれば、信徒集会のためにやってくる大人もいた。オルガン奏者のミセス・キーブルは賛美歌の話をするために、マッデン神父はキリスト教統一運動の話をするためにやってくる。ミセス・ステッド＝カーターはいつも威張りちらすし、ミス・ポウラウェイはいつも世間話しかしない。

だが、その日の訪問者はその誰でもなかった。やってきたのは、ディンマスでは猿爺《オールド・エイプ》という渾名《あだな》で呼ばれ、本名は誰も知らない老人だった。週に一回、残飯をもらいにくるのだが、一日早くやってきたのだ。残飯は飼っている鶏にやるのだという。しかし、ディンマスの住人なら誰でも知っているように、この老人は鶏など飼っていない。残飯は自分で食べている。牧師館にやってくるのが、特別な日である木曜日の午後六時なら、肉と野菜の料理も一皿ふるまわれる。「残飯、集めておくわ」裏口でラヴィニアはいった。「明日また食べにきてね」猿爺と意思の疎通をとるのは難しかった。口を利くことはできるが、あえてしゃべらないようにしているのだという。耳が聞こえているかどうかは誰も知らない。

居間では双子がジグソーパズルのピースで遊んでいた。暖炉の前の敷物にすわっているものの、火はしけたようにちろちろしている。パズルが完成したらロバの絵が出来上がる。しかし、二人は何度もそのロバを見ているので、わざわざまたピースを並べるのは時間の無駄だと思っていた。パズルが入っていた箱の蓋にピースを積み上げ、薪の山を作った。

「ドラゴンがやってくるのよ」スザンナがいった。

「どんなドラゴン？」

「嘘をついたらドラゴンたちがやってくるのよ。どいつも燃えてるの。中に火があるから」

しかし、デボラはほかのことを考えていた。庭に出て、生えている草を見渡して、そのあと花壇に入り、ガレージのそばの砂利を敷いたところに出て、小道の端っこを歩き、新しい葉っぱを見つけること。デボラは目を閉じて、どこかの小道の端にしゃがみ込み、新しく生えた葉っぱを裏返して、何が裏にあるか調べている自分の姿を思い浮かべた。

キッチンでは双子の母親のラヴィニアがお茶をいれていた。聖シモン＝聖ユダで牧師をやっている二人の父親は外にいて、風と雨の中、ディンマスの通りを自転車で走っていた。それは一九三七年製のラッジ社の自転車で、ある教区民が遺言で遺してくれたものだった。彼がその自転車に乗ると悪い意味で目立った。体はひょろ長く、歳の割に髪は白髪まじりで、いつも苦行者のような顔をしていたが、相手が誰であれ、挨拶をするときには笑顔を浮かべるので、そのときは明るい表情になった。水曜日の勤めとして、病気の教区民を順繰りに訪ねながら、彼は思い悩んでいた。ラヴィニアが双子の世話にかかりきりで、家に閉じこもってばかりいるのはどうしたものか。風邪をひいた精神的に不安定な老嬢のミス・トリムと世間話をしているときも、人工透析を受けている少女シャロン・ラインズと話をしているときも、妻のことが頭から離れなかった。九年近く待ちつづけて、ようやく生まれたのが今の双子だった。それは感謝してもしきれないが、そのあと流産で子供を失い、もう二度と出産はできないと宣告された妻を慰めるのは、彼の手に余った。ラヴィニアがときおり喪失感に襲われるのは、特別な理由があってのことではない。彼女自身、そういっているのだが、塞ぎ込むことに変わりはなかった。おかげでもう本来の彼女ではなくなっていた。

彼は自転車でフォア・ストリートを走った。旅費が安い、復活祭前の時期を利用して町にやってきた観光客が、まるで来たことを後悔しているように雨の中でたたずんでいた。何人かは店の軒下に避難して、飴やナッツを口にしている。エッソルド・シネマの外で次回以降の上映作のリストを見ている者もいた。今かかっているのは『空軍大戦略』だった。遊歩道に接したサー・ウォルター・ローリー公園ではリングズ・アミューズメントが十日後に迫った開園の準備をしていた。催しは復活祭の土曜日に始まる。開園に先立って、機械を修理し、油をさし、裏方を雇い、法令で定められた安全注意事項を読み直してどこかにあるはずの抜け道を探していた。百万枚の鏡の迷路、恋人たちのトンネル、アルフォンソとアナベラのオートバイ・サーカスが組み立て中だった。作業に当たっているのは筋骨たくましい日焼けした男たちで、色あせたスカーフを首に巻いている。真鍮の指輪をはめている者もいた。けばけばしく飾られたトレーラーや、ピンボール・マシンや、作業を手伝っている肌の浅黒い女たちと同じく、彼らもまた過去の世界に属しているようだった。雨の降るなか、仲間同士で叫び合う言葉にも、どこかしら昔の響きがした。

遊歩道にはほとんど人がいなかった。アビゲイル中佐はその遊歩道を気取って歩き、海岸へと続く階段に向かっていた。タオルで巻いた海水パンツを持っていた。抜かりなく雨支度を整えたミス・ラヴァントが、細い体で正面からゆっくり歩いてくる。赤い傘を差しているが、ときおり風にあおられていた。周辺の風には勢いがあり、遊歩道のコンクリートを吹き渡って、短い遊歩桟橋を行きつ戻りつしていた。飾りのついた街灯にぶら下がっているゴミ入れをかたかた鳴らし、バスの待合所の割れたガラスを揺らした。煙草のパッケージや、チョコレートの包み紙、ポテトチップの袋をもてあそんだ。紙袋を歩道の片隅に押し込んで、もう濡れて使い途がなくなったのをそのまま放置した。

海は遠くにあって、ほとんど見えない。カモメたちは石のように突っ立ち、平らになった砂浜に脚を刺したまま動かない。空は灰色で、ところどころさらに暗い色が影を落としていた。

「どうもです」と、声が聞こえた。クウェンティン・フェザーストンが振り返ると、ティモシー・ゲッジが遊歩道の端に立っていた。どうやら言葉を交わしたがっているようだ。彼はおそるおそるラッジ社製の古自転車にブレーキをかけた。

ティモシー・ゲッジは十五歳の少年で、思春期の男の子らしくまだ体つきにいびつなところがあった。顔は骨張り、肩幅は広いものの、肉はついていない。短い髪の色は白に近かった。飢えたような目のせいで、捕食性の動物めいた印象があり、頬はこけている。着ている服はいつも同じで、薄い黄色のジーンズに、ジッパーつきの黄色い上着、Tシャツもだいたい黄色だった。家族は母親と姉のローズ＝アン、コーナーウェイズという町営の高層アパートに住んでいて、貧富の差なく入れるディンマス中等学校に通っている。子供なのによく冗談をいうので、ときどき変わった子だと思われた。顔には始終にやにや笑いが浮かんでいた。

「どうも、羽根《フェザー》さん」と、少年はいった。

「やあ、ティモシー」

「いい天気ですね、フェザーさん」

「いや、こんな日にいい天気と――」

「アヒルにはいい天気ですよ」といって、笑い声を上げた。服は濡れていて、色の薄い短い髪は頭にへばりついていた。

「私と話したいのかね、ティモシー」この子はなんで人の名前をちゃんと呼ばないのだろう、と彼は思った。フェザーストンと呼ぶようにいったこともあるが、この子はわからないふりをした。要するに冗談のつもりなのだろう。

「復活祭の野外行事《フェイト》のことを考えてたんです、フェザーさん。知ってましたか、同じ日にリングズも始まるんですよ」

「リングズの初日は前から復活祭の土曜日と決まってるよ」

「それをいいたかったんです、フェザーさん。人はお祭りよりリングズのほうに集まると思いませんか？」

「それはないだろう。これまでだってそうだったし」

「それ、違うと思いますよ、フェザーさん」

「まあ、そのときになったらわかるよ。とにかく、心配してくれてありがとう、ティモシー」

「タレント発掘隠し芸大会があるでしょう、フェザーさん」

「隠し芸は二時半からだよ。今年もダス夫妻が取り仕切ってくれる」

一か月以上前に、この少年は牧師館に現れたことがある。夜の遅い時間、九時過ぎだった。そのときも今年の復活祭の野外行事で隠し芸大会はありますかと尋ね、お笑い部門に出たいんですといった。クウェンティンは、あると思う、いつものように担当はダス夫妻だと答えた。のちにそのダス夫妻から聞いたが、ティモシー・ゲッジが二人のところにやってきたので、参加者リストに載せ、最初の出場者にしたという。

なんとも不思議な少年だった。いつも中途半端にふらふらしている。母親は真鍮色の髪をした美人で、〈チャチャ・ファッション〉という店で女物の服を売っていた。姉はティモシーより六、七歳年上の、こちらも美人で、〈スマイリング・サービス〉というガソリンスタンドで給油場のポンプ係をしていた。二人の顔は、クウェンティンも知っていた。思春期になって、残念なことに、少年はみんなの持て余し者になろうとしていた。いつも馴れなれしく、にやにや笑って、相手の都合も考えず話しかけてくる。ラヴィニアにいわせれば、彼はいわゆる鍵っ子で、中等学校の授業が終わると、コーナーウェイズの誰もいない部屋に一人で帰る。学校が休みのときは、一日じゅう閉じこもっている。孤独《ひとり》が習い性になっているようだった。

「変な人ですよね、ダスの奥さんは。旦那さんのほうだって変だ。パイプをくわえたところなんか、とくに」

「私はそうは思わんがね。残念だが、もう行くよ、ティモシー」

「また大テント使いますか？」

「そのはずだ」

「アビゲイル夫妻、知ってますか、フェザーさん、あの中佐の。ぼく、アビゲイルさんちでアルバイトしてるんです。水曜日の夜に毎週。今夜も行くんです。あの二人、ちょっと変ですよね」

クウェンティンはあきれて首を振った。アビゲイル夫妻なら知っているが、と彼はいった。別に、変だとは思っていないよ。右足はペダルにかかっていたが、自転車を出すことはできなかった。少年が少し邪魔な位置にいて、片方の膝が前輪のスポークに触っていたからだった。

「中佐はこんなときに海水浴なんです。ほら、変でしょう。四月に海水浴なんてね、フェザーさん」彼は言葉を切ると、にやにや笑った。「ミス・ラヴァントを見かけましたよ。散歩してました」

「ああ、そうだね」

「一目でいいから、グリーンスレイド先生に会いたくて、外を歩いてるんです」

少年は声に出して笑い、その隙にクウェンティンは突き出た脛の横に自転車の前輪を進めた。話はまた今度聞こう、と彼は約束した。

「ダスさんとこへ行ってみようかな」と、ティモシー・ゲッジはいった。「準備が進んでるか、訊いてきます」

「邪魔になるからそれはやめなさい」

「いやいや、平気ですよ」

クウェンティンは自転車をこいでその場を離れた。本当はあと少しあの子の相手をしたほうがよかったのかもしれない、と後悔した。せめて、ダス夫妻に迷惑をかけてはいけない、といってきかせるべきだった。以前のある時期、少年は毎週土曜日になると牧師館にきていた。くるのは午前中の早い時間で、八時四十五分にくることもあった。今、考えてることがあるんですけど、と彼はクウェンティンに話した。ぼく、将来は牧師になろうと思うんです。ところが、あとになって、堅信礼を受ける勉強会に参加することを勧めると、興味がないんです、といいだした。それどころか、牧師になる気は少しもないようだった。今でも彼は教会にやってきて、ぶらぶらしている。葬儀があると、いつも墓地をうろついている。気がかりなのは、葬儀のたびに必ずやってくることだった。

ティモシーが見つめる前で、牧師の黒っぽい姿はペダルを踏みながら遠ざかっていった。いろいろ考えてみると、あの牧師さんはちょっと馬鹿だな、と彼は思った。だって、隙だらけじゃないか。みんな寄ってたかってあの人を利用しようとしている。あの人、変だよね、牧師さんのくせに。馬鹿らしさにあきれて首を振ってから、そのことは忘れ、遊歩道に目を向けた。ミス・ラヴァントはもういない。遊歩道にも桟橋にも人影はまったく見当たらなかった。ずっと遠くのほう、崖の下の海岸に、小さな点のようなものが見えるのは、海に向かってアビゲイル中佐が走っているのだ。ティモシー・ゲッジは笑い声を上げ、そのことの馬鹿らしさにもあきれて首を振った。

遊歩道を歩いた。ゆっくり時間をかけているのは、別に急ぐ理由がないからだ。雨は気にならないし、むしろ濡れるのが好きなくらいだった。小さな入り江があって、ひっくり返されたボートが玉砂利にずらりと並んでいるところを通りすぎた。ぶらぶら歩いているうちに鮮魚をパック詰めする作業場に入り込んでいた。そこには小屋があり、一般の客にも獲れたばかりの魚を売っていた。戸口の片側に立ててある看板に、マコガレイと書いてあった。レモンガレイ、サバ、ツノガレイ。魚を買っている客がいれば、しばらくそのあたりにいて、売り買いのやりとりに耳を傾けるところだったが、誰もいなかった。駐車場の公衆便所に入ったが、そこにも人はいなかった。やがてイースト・ストリートに出て、ダス夫妻が住んでいる地区へと向かった。

「どうもです」年金受給者の老夫婦を見かけて、そう声をかけた。老夫婦は腕を取り合って滑る舗道を恐るおそる歩いていたが、返事はなかった。そのあと、三人の修道女のそばで立ち止まった。バスを待ちながら、園芸用品がいろいろ飾ってある店のウィンドウを眺めていた。彼はにっこり笑い、剪定ばさみを指さして、お買い得ですよ、といった。修道女たちが答えようとしたときにバスがきた。「ほら、例の人なつこい子よ、シスター・アグネスがいっていた」一人がそういうのが耳に入った。バスの中から三人は揃って彼に手を振った。

　ダス夫妻はスウィートレイと呼ばれる二戸建て住宅《セミ・ディタッチト》に住んでいた。ダス氏はロイズ銀行の元ディンマス支店長で、今は退職している。細いメタル・フレームのメガネをかけ、長身で、がりがりに痩せ、アイロンのかかっていないツイードのスーツをよく着ていた。夫人のほうは体が不自由で、むくんだ感じの蒼白い肌をしていた。ディンマスに昔アマチュアの演劇グループがあって、〈ディンマスの旅役者たち〉という名前だったが、とっくに解散したその劇団で夫人は活動していた。牧師のクウェンティン・フェザーストンが、聖シモン＝聖ユダの塔が崩れかけているのに気がついて、その修繕費用を捻出するため、チャリティ・バザーを兼ねた復活祭の野外行事を思いついたとき、ミセス・ステッド＝カーターが隠し芸をやりましょうと提案し、審査員としてミセス・ダスを招いた。それが恒例化して、ミセス・ダスは今でも審査の重責を担っていた。夫のダス氏は、舞台が建てられ、照明が取りつけられるのを見るとき、今年もこの時期がきたなあとしみじみ思う。野外でティー・パーティが開かれるときに使う大テントの中に舞台があり、そのテントはステッド＝カーター夫妻が毎年借りてくるものだった。二人はテント業界に顔が利いた。舞台そのものは規模も小さく、コンクリートのブロックを土台にして、板材を何枚か張り渡したものにすぎない。その周囲を木の壁で囲うのは寺男のピーニケット氏の担当で、スイス・アルプスの風景が描かれた硬質繊維板や、緞帳幕が壁に取りつけられる。緞帳は、備えつけの舞台がある青少年センターから毎年借りてくることになっていた。ミセス・ダスはそちらの方面にも芸術的天分があったので、使い回しのできる舞台装置の責任者も務めていた。献身的に妻を支え、体が不自由な妻のことを誰よりもよく知っているダス氏は、復活祭に行われる野外行事の恒例として、タレント発掘隠し芸大会がすっかり定着したことを喜んでいた。おかげで妻は殻に閉じこもらずにすむ。

「ちょっと通りかかったんです」と、ティモシー・ゲッジはいった。ダス家の居間まで入り込んでいた。「あの件、どうなったかと思いまして」

ミセス・ダスは張り出し窓のところで日光浴用の椅子にすわり、デニス・ホイートリーの『娘を悪魔に』を読んでいた。夫は上着なしでドアのそばに立ち、少年を家に入れたことを後悔していた。呼び鈴が鳴ったとき、ベッドで眠っていたのだが、その音を聞いてすぐに目が覚めたわけではない。四、五歳の子供だったころの夢を見ていて、まずその夢の中でベルが鳴り、何度か繰り返されてから、下の階におりていった。大事な用件だろうと思ったのだ。

「あの件?」彼はいった。

「隠し芸大会です」

「ああ、あれかね」

「フェザーさんに話したら、スウィートレイに行くのが一番だといわれて」

張り出し窓のところの日光浴用の椅子にすわったまま、ミセス・ダスは『娘を悪魔に』を下に置いた。狭い裏庭にいる雀たちをちらりと見てから、目を閉じた。夫がティモシー・ゲッジを居間に連れてきたとき、かすかな笑みを浮かべたが、彼女はまだ何もしゃべっていなかった。

「首尾は上々だ」ダス氏はいった。舞台や照明に思いを馳せるのはまだこれからだった。舞台装置はピーニケット氏のところにある。去年片づけた場所、コークスを備蓄しておく教会の地下室にそのまま置いてあるはずだ。照明器具は厚紙の箱三つに入れ、ベッドの下に突っ込んであった。

「参加申し込みもけっこうきてるよ」彼はいった。ミセス・ミュラーは、ガーデニア・カフェを経営している太ったオーストリア人だが、毎年このコンテストに参加し、オーストリアの民族衣装を着て、オーストリアの歌をうたっている。アコーディオンで伴奏する夫も、やはり民族衣装を着ていた。〈ディンマス夜遊び族〉と称するグループは、エレキギターをかき鳴らして歌う。タイル工場の経営者はマウス・オルガンの演奏。新聞販売所に勤めているスウェイレス氏は手品。中等学校で英語を教えているミス・ウィルキンスンは、これまでマクベス夫人になったり、『大いなる遺産』のミス・ハヴィシャムになったりした。今年は、ちょっと小者だが、テニスンのシャロット姫になるという。去年の夏のカーニバルでミス・コンテストに優勝したのは鮮魚をパック詰めする作業場で働いている娘だったが、これまで一度も隠し芸大会には参加したことがなかった。今年は優勝したときに着ていたのと同じディンマス産のレースがついた白いドレスをまとい、王冠を頭に載せて、「幸せの黄色いリボン」を歌うことになっていた。

「奥さんは大丈夫ですか」ティモシー・ゲッジは訊いた。部屋の向こう側にいる夫人をちらりと見て、死人のように見える、と思った。

ダス氏はうなずいた。妻はよく横になって目を閉じていることがある。ダス氏は部屋の奥まで進み、今は小さな石炭の暖炉に背を向けて立っていた。ズボンのポケットから愛用のパイプを取り出し、缶に入っている煙草を詰めた。早く少年が帰ればいいのに、と思った。

「復活祭の行事まで、あまり日がありませんよね」

ダス氏は恐怖さえ覚えた。少年は腰をおろしたのだ。じっとり湿った黄色い上着のジッパーを開け、ソファにおさまっている。

「フェザーさんとも話したんですが、またリングズの移動遊園地もきてます。復活祭の土曜日から始まるそうですね」

「ああ、そうらしいな」

「野外行事の日ですよね、ダスさん」

「そうだな」

「フェザーさんにもいったんですが、人はそっちに行きますよね」ダス氏は首を振った。催しがいくつかあれば人は順に回るものだ、と彼は説明した。リングズ・アミューズメントの初日が復活祭の土曜日なら、ディンマス以外のところからも人が集まる。偶然そうなったおかげで、野外行事のほうにもきてもらえるだろう。

「それ、違うんじゃないでしょうか」ティモシーはいった。

ダス氏は答えなかった。

「天気、悪いですよね」

ダス氏はうなずき、私はどうすればいいんだね、と訊いた。

「何しにきたの、この子」不意にミセス・ダスが声を上げ、目を開けた。

「どうも、奥さん」ティモシーはいった。お茶が出ないなんて変だ。上着も着ないで立っているこの人も変だ。ティモシーはミセス・ダスに微笑みかけた。「隠し芸大会の話をしてたんです」彼はいった。

夫人も少年に笑みを向けた。すると相手はミシンの話を始めた。

「ミシン？」彼女はいった。

「舞台の緞帳を作るんですよ、奥さん。青少年センターの幕は十二月に燃えたでしょう。新しい緞帳がいるんじゃないかという話をしてたんです」

「この子、何いってるの？」夫人は夫に尋ねた。

「復活祭の野外行事で、青少年センターの緞帳は使えないそうだ。なんでこの子がそんなことをいいにきたのかはわからんが」

ダス氏はパイプに火をつけた。少年を家に入れたのは、大事な伝言を頼まれたといわれたからだった。これまでその伝言の話はいっさい出ていない。

「申し訳ないが、うちの家内は緞帳を作る立場にはない」彼はいった。

「じゃあ、買わないといけませんね、ダスさん。舞台には幕がないと」

「いや、買わなくてもなんとかなるだろう」

「ぼくの演目は幕がないとできないんです」

「そんなものを家内が作ることはない」きつい口調になっていた。ロイズ銀行ディンマス支店長として、融資限度額を増やしてくれと泣きついてくる顧客を、この決然たる口調でいつも撃退してきたものだ。「だいたいだね」と、口からパイプを離して彼は続け、くすぶっている煙草を親指で押し消した。「今は忙しくて、こんなことを話している暇はないんだよ」

「幕のことが心配なんです」

「それはフェザーストンさんの仕事だ」

「フェザーさんは新しい幕ならダスさんが用意してくるといいました」

「フェザーストンさんがそんなことをいったのかね？　そりゃきみの誤解だ」

「ダスさんなら絶対寄付してくれるっていいました」

「緞帳を寄付？　いいかね、きみ――」

「きっと冗談ですよ」ミセス・ダスがいった。そして、ティモシー・ゲッジに向かって気弱げに笑いかけた。「うちは二人とも冗談を真に受けるたちなのよ」

ダス氏は暖炉際の定位置を離れた。そして、ソファにおさまっているティモシーのほうに身をかがめ、押し殺した声で、今は家内がゆっくり体を休めるための時間だ、と説明した。学童にそんなことをいうのは気が引けたが、もうどうしようもなかった。「さあ、玄関まで送ろう」彼はいった。

「奥さんは大丈夫ですか」ティモシーは同じことをまたいった。しかし、心配しているわけではない。ミセス・ダスは仮病だというのが彼の考えだった。病気のふりをして、白いナメクジの死骸のようにぐったりしているが、本当はどこも悪くないのだ。

ダス氏はスウィートレイの玄関のドアを開け、ティモシーが上着のジッパーを閉めるのを待っていた。

「奥さんのこと訊いたりしてすみません。ただ、ちょっと顔色が悪いように見えたんで」

「健康なほうではないがね」

「誰かさんがいなくなって、辛いんですよね」

「うちの息子のことをいっているのなら、そのとおりだ」

「ずっと帰ってこないんですよね、ダスさん」

「そうだよ。では、これで」

ティモシーはうなずいたが、出ていかなかった。息子さんのことはよく知っている、と彼はいった。今どんな仕事をしてるんでしょう、と訊いたが、ダス氏は言葉を濁した。赤の他人と息子の話をしたくなかったのだ。家庭内の不幸などたごただ。ダス夫妻には娘が二人いて、どちらも今は結婚してロンドンに住んでいる。息子のネヴィルは、ミセス・ダスが四十二歳のときの子だった。まさかその歳になって子供が授かるとは思ってもいなかったので、小さなときから甘やかして育てた。夫妻はそのことを悔やんでも悔やみきれなかった。三年前、十九歳のネヴィルは、両親にひどく反撥するようになって、それ以来、ディンマスには帰っていない。母親には目の中に入れても痛くない息子だった。そんな息子に掌を返されて、夫人は徐々に体調を崩していった。ディンマスのどの医者に訊いても、神経の病気だというが、神経のせいであろうがなかろうが、妻に愛情を注ぐ夫から見れば、現に体が不調をきたしていることに変わりはなかった。この不幸な出来事に言及するものは今や一人もいない。家庭内でその話が出ることはなかったし、子供や夫を連れてクリスマスに帰ってくる二人の娘も黙っていた。クリスマスを祝うときには毎年ネヴィルの席も用意されるが、それは形だけの決まりにすぎなかった。

「息子さんはクイーン・ヴィクトリア・ホテルが大好きでしたよね。出たり入ったりしてるのをよく見かけましたよ」

「そうだな。では、そろそろ――」

「いつもあなたにべったりでしたよね」

「いいかね。今は息子の話はしたくない。ほかに何か――」

「明かりがついたり消えたりするのがぼくの出し物なんです。まず暗い舞台。それからぱっと明かりがつく。そんなことが四回あるんです、ダスさん。暗闇があって、明るくなる。照明をつけるきっかけは、ウィンクで合図します。幕は二回おろしたい。だから困ってるんです」

「うん、まあそれなら、なんとかなるだろう」

「ダスさん、あなたは金髪の美人とデート中。そこに奥さんがやってくる」

ダス氏は眉をひそめた。何かの聞き違いかと思った。寒かった。ドアを開けたまま、玄関に立っている。「なんだ、それは」彼はいった。

「奥さんがきたらどうします？」

「だから、それは――」

「走って逃げるんです。すごい速さで、一マイル四分の壁突破！」

ダス氏はこれから用があるといった。悪いが出て行ってくれないか。

「ぼく、アビゲイルさんのところでアルバイトをしてるんです。今夜も行きます。何か伝えたいことがあったら――」

「いや、結構」

「アビゲイルの奥さんの家事を手伝ったり、中佐の庭仕事を代わりにやったりしています。ダスさんの靴、磨きますよ。奥さんの靴も」

「この家では何も手伝ってもらわなくていい。くどいようだが、もう帰ってくれ」

「お邪魔してご迷惑じゃなかったですか？　近くにきたら、また寄ります。幕のこと、フェザーさんに話してみます」

「もうこなくていい」間髪を入れず、ダス氏はいった。「緞帳のことも、ほかのことも、これでおしまいだ」

「隠し芸大会、ほんとに楽しみです」

彼が家から出ると、音をたててドアが閉まった。タイルを敷きつめた短い通路を歩き、庭の木戸を開けっぱなしにして外に出た。アビゲイル夫妻を訪ねるには早すぎる。アビゲイル夫妻が住むハイ・パーク・アヴェニューのバンガローには六時に行く約束だった。別に早く行ってもかまわないが、今はまだ四時五分だ。青少年センターに寄ろうかと思ったが、そこに行っても、ピンポンをしたり、煙草を吸ったり、いやらしい話で盛り上がったりしている人がいるだけだった。

ゆっくりまたディンマスの町を歩きはじめた。店のウィンドウに飾られているものを眺め、何台ものテレビに映っているゴルフの中継を見た。筒に入ったラウントリーのフルーツ・ガムを買った。隠し芸大会のために考えた一人芝居を頭の中でおさらいした。自宅のあるコーナーウェイズに向かって歩き出したのは、姉の服を着てみよう、と思ったからだった。

ディンマス中等学校でティモシー・ゲッジの興味を惹く科目はひとつもなかった。何年か前、ストリンガーという校長に尋ねられたとき、ティモシーが正直にそう答えると、校長はコーヒーを掻き混ぜながら、それは残念だね、といった。学校以外では何に興味があるか、と訊かれたときには、テレビ番組、と答えた。ストリンガー校長から詳しい説明を求められると、下校して誰もいない部屋に帰ってから最初にするのはテレビのスイッチを入れることで、どんな番組でも楽しく見ているると話した。カーテンを閉めきった部屋にすわり、医療ドラマや、クロスローズというモーテルが舞台のメロドラマや、競馬中継や、料理の実演を喜んで見た。休みの日には朝の番組も見ることができた。猫のバグパスが出てくる人形劇、夏の合宿を舞台にした「キャンプ・ラナモック」という子供向けのコメディ、インドやパキスタンの言葉だけで放送されている「ナイ・ジンガイ、ナヤ・ジーヴァン」、「ドボチョン一家の幽霊旅行」、「ランドールと幽霊探偵ホップカーク」、少年探偵団の「ジュニア・ポリス・ファイブ」、「自動車のメンテナンス」、「固体と液体と気体について」、「ウルフ・ゴランとギターを弾こう」、「羊の繁殖」。ストリンガー校長はテレビの見すぎはよくないと釘を刺した。「きみは研磨紙工場で働くんだろう?」校長がそういうと、ティモシーはそうするのがよさそうですと答えた。学校の掲示板にずっと張り出されている求人広告には、研磨紙工場のいろいろな部署で働き手を募集していることが書いてあった。自分の将来はそこにある。最初にそう考えたのは十一歳か十二歳のときだった。

しかし、そのあと、ストリンガー校長とのやりとりからまだそれほど時間がたっていなかったころ、物事が変な方向に転がりはじめた。オヘネシーという名前の教育実習生が中等学校にやってきたのだ。英語を教えることになっていたオヘネシーは、生徒たちに「空虚」の話をした。「空虚は埋めることができる」と、彼はいった。

オヘネシーには誰も関心を示さなかった。当人は、ブレホンという洗礼名で呼ばれたいと思っていたらしい。とにかく、何をいっているか、さっぱり理解できなかった。「風景は空虚だ」と、そんなことをいう。「陰鬱な風景から逃れろ。空虚を美で満たせ」英語の授業のあいだ、ブレホン・オヘネシーはずっと空虚を語り、陰惨な風景と美の話をした。子供たちの心には、と高らかに歌い上げるようにいいながら、彼は生徒一人ひとりの顔に目を向けた。子供たちの心には、一本の道が通っている。その道の先には今よりも充実した人生がある。オヘネシーは縮れた短い顎ひげを蓄えていて、髪も黒く縮れていた。右手を振り上げる癖があり、その手は教室の窓に向けられた。「あれを見なさい」手を振り上げて、彼はいった。「あの外を見るがいい。大人の魂はすっかり萎びている。まるで一年前に収穫された大黄《ルバーブ》が通りを歩いているようだ。空虚だけがそこにある。起床する。食事をとる。仕事に行く。食事をとる。仕事をする。帰宅する。食事をとる。テレビを見る。ベッドに向かう。セックスをする。眠る。起床する」ときおりオヘネシーは授業中に大麻入りの煙草を吸うが、普通の煙草であれ、大麻であれ、生徒が吸ってもとがめることはなかった。そんなことはどうでもいいと思っているようだった。「きみたちの魂はきみたちの財産である」と、彼はいった。

ティモシー・ゲッジも、ほかの生徒と同じように、オヘネシーは頭がおかしいと思っていたが、あとでオヘネシーが口にした言葉を聞いて、少し考えを改めた。誰にでも何かしら取り柄がある、と彼はいった。才能のない人間など一人もいない。問題は、本当の自分を発見できるかどうかだ。オヘネシーは学期の途中でいなくなり、英語の担当はミス・ウィルキンスンに代わった。

自分にはなんの取り柄もない。そんな気がしていたティモシーだったが、本当に研磨紙を造りつづけて一生を終えたいか、だんだん疑問に思えてきた。自分自身を振り返ってみた。ブレホン・オヘネシーもそうしろといっていたではないか。目を閉じて、自分の姿を思い浮かべた。これもブレホン・オヘネシーがいっていたことだ。大人になった自分を想像してみても、朝、起きて、食事をし、研磨紙工場の裁断室に出勤するだけだ。夢中になれる趣味を見つけたい、それがもっと充実した人生へと通じる道になるのではないか、そう考えて、模型飛行機の組み立てキットを買ってみたが、残念ながら彼には難しすぎた。バルサ材にはすぐひびが入るし、お奨めの接着剤を使っても部品はうまくくっつかなかった。しまいには部品を二つ三つなくして、とうとう作るのをやめた。失望は大きかった。本当なら、うまくできた小さな飛行機を海岸で飛ばし、エンジンもちゃんと動くようにして、出来映えを人に見せびらかすつもりだったのだ。ほかに何機も作って、模型飛行機の蒐集家になることも夢見ていた。説明書に書いてあったように、ドープ塗料を塗ろう。翼には薄葉紙《うすようし》をかぶせよう。そんなことをしていれば時間を潰すことができる。ゆったりした気分でキッチンに腰をおろし、ラジオをつけたまま模型作りをする。もう夕方だが、いつものように、母親も姉も出かけている。そんな将来を思い描いていたが、その夢は破れた。

ところが、去年の十二月四日の午後、新たな展開があった。ミス・ウィルキンスンのいいつけで、洗濯かご二つ分の衣装、学校の備品である仮装用のコスチュームを、教室まで運ぶことになった。3A組の全員に仮装をさせて、歴史上のさまざまな場面を再現させようというのである。

ミス・ウィルキンスンはそれをゲームと呼んだ。「シャレードというゲームよ」と、彼女はいった。「チャラーダともいうわ。スペイン語なの。道化のおしゃべりという意味」ミス・ウィルキンスンは３Ａの生徒を五つのグループに分け、それぞれがどんな歴史上の出来事を演じるか指示した。観る側はそれがどんな出来事かを当てる。スペイン語由来の言葉で、道化のおしゃべりの意味だといったときには、もう誰も聞いていなかった。五分もたたないうちに教室じゅうが大騒ぎになった。ティモシー・ゲッジのグループにいる八人の子供は、ティモシーがエリザベス一世の扮装をすると、腹を抱えて笑い転げた。赤毛のかつら、襟にひょろ長いひだのついた白い衣装。鏡に映った変な姿を見て、ティモシーは自分でも笑いだした。胸をふくらませるために、丸めたタイツをドレスに突っ込んでいた。自分の格好を見て笑うのは楽しかったし、人に笑われるのも楽しかった。頭にかぶったかつらの感触も愉快だ。裾の長い、ゆったりしたドレスの着心地がまた格別で、ティモシーを別人格に変えていった。

　ディンマス中等学校が楽しかったのはそのときだけだった。また、裏声というのは簡単に出せるのだ、という発見もあった。その夜、ベッドに横たわったまま、彼はいつまでも起きていた。研磨紙工場で働く未来とは何もかも違う未来が、頭の中に広がっていった。「チャラーダともいうわ」夢の中でミス・ウィルキンスンが話していた。「道化のおしゃべりという意味よ」

　思春期にあって、それまではなんの目的も見いだすことができなかった。ところが、模型飛行機作りに挫折してから、彼は人がどこへ行くのか、ただそれだけを知りたくて、あとをつけるようになった。他人の家の窓を覗いたりもした。気がついたら、いつのまにか葬儀に参列するようになっていた。聖シモン゠聖ユダ教会の墓地であろうと、バプテスト派やメソジスト派やカトリックの墓地であろうと、厳粛な言葉が唱えられ、参列者が弔意をあらわすあいだ、墓地に立っているだけで、喜びのようなものを感じることができた。尾行や覗きや葬式通いは続けていたが、それとは別に復活祭の野外行事で隠し芸大会に出ることも決めた。お笑いの芸をするつもりで、暇を見ては演出を考え、内容を練っていた。ただし、何かの形で笑いに〈死〉が関わってくるのは、直感でわかっていた。自分がひねり出す〈チャラーダ〉は、不気味なものでないといけない。

夜、ベッドの中でそんなことを考えた。地理の授業や退屈な数学の授業を受けているときも考えていた。目はぼんやり前に向けられていたので、ぼけっとするんじゃない、と叱られることもあった。そんな侮辱的な言葉を浴びても、にっこり笑って、いっときでも熱心に授業を聞いているふりをした。間延びした声がイギリス諸島周辺にあるニシンの漁場の分布について語ったり、理解できないフランス語をしゃべったりしていた。そのあと彼はまた自分の中に閉じこもり、死と喜劇を演劇的に調和させるにはどうすればいいかという、目下の個人的な関心事の解明に取り組んだ。女の弔問者の格好をして舞台に上がるのはどうか。裾が足首まである黒いドレスを着て、ベールのついた黒い帽子をかぶり、ちょっと不謹慎な、それでいて核心を突いた独白をする。しかし、まだ何か足りない。というより、間違っている。その一か月後、ストリンガー校長が生徒四十人を引率してロンドンに連れていった。日程にはマダム・タッソー蠟人形館の見学も含まれていた。その日の朝の十一時半、ティモシー・ゲッジは自分が求めていた答えを手に入れた。自分がやる滑稽な寸劇には、ミス・マンディとミセス・バーナムとミス・ロフティを登場させよう。三人とも俗にいう浴槽の花嫁――ジョージ・ジョゼフ・スミスに殺された被害者だ。ディンマスに戻るバスの中で、自分がその役を演じるところを想像した。復活祭の野外行事の会場に張られた大テントに、拍手と笑い声が響きわたり、古いブリキ製の浴槽から彼が起き上がると、身につけているウェディング・ドレスにスポットライトが当たり、独白がはじまる。ベニー・ヒルにしても、ほかの有名なコメディアンにしても、裾の長い白のウェディング・ドレスを着てコントをやっているのを見たことはないし、三人の死んだ女を演じたという話も聞いたことがない。愉快になってけらけら笑っていたら、気分が悪いのか、とストリンガー校長が訊いてきた。

コーナーウェイズに着くころ、雨は激しくなっていた。顔や髪から雨が滴り落ちた。背中や腹に何か所も湿ったところがあるのを感じた。脚や腕はぐっしょり濡れている。部屋に入ると、濡れた服を脱いで、一人芝居の練習に備えた。テレビはつけなかった。静かな部屋で練習をしたかったからだ。

姉の寝室で、黒いタイツにそっと脚を入れた。足指の割れた爪が網糸の薄い生地に引っかかって、たちまち穴がひとつ空いた。前にも同じことがあって、そのときはまずいことになったと思い、すわりこんだ。ローズ＝アンは破れているのを見てくどくどと文句をいったが、結局、買った店にタイツを返しにいった。店の人にはひどく嫌がられた。

ウールワースで買った縦長の鏡がある。ローズ＝アンのボーイフレンドのレンが、戸棚の内側に取りつけてくれた鏡だ。そこに自分の姿を映した。黄色いTシャツはまだ着たままだった。タイツがふくらはぎや太ももを締めつけている。爪で空けた穴はどこかうしろのほうにあった。ひょっとしたらローズ＝アンは気がつかないかもしれない。そう思うと少し気が楽になった。そのあと、花柄のブラジャーを取りあげ、しばらく胸に当てて、その効果を鏡で確かめた。姉のブラジャーの扱い方は研究してあるので、もう手馴れたものだった。背中が広すぎて、そのままでは留められないが、輪ゴムをふたつ使えばいい。

シャツを脱ぎ、ローズ＝アンの短いソックスを一組み取って、輪ゴムを結び、ブラジャーのホックにしっかり引っかける。そのあと、頭からかぶって、体をもぞもぞ動かしながら定位置に持ってくると、丸めたソックスを二つのカップに詰めた。続いて、ドレスを着た。ローズ＝アンが友だちにもらったものの、大きすぎて袖を通していないものだ。彼には大きすぎることはなかった。ワインカラーで、小さな黒いボタンがついている。

姉の寝室を出て、狭い廊下を通り、自分の部屋に入った。椅子を踏み台にして、戸棚の上から小さな厚紙のスーツケースを下ろした。その中には彼の大事なものが入っていた。スーツケースそのものは海岸で拾ったもので、最初からぼろぼろだった。茶色の厚紙はあちらこちらに裂け目があり、取れた持ち手の代わりに紐がついていて、まともな蝶番《ちょうつがい》はひとつしか残っていない。ベッドで開けて、怪しむようにざっと中身に目を通した。何か盗まれていないか、気にしていた。

スーツケースの中には、封筒に入れた現金をしまってある。二十九ポンド四ペンス。アビゲイル夫妻のバンガローに通ってあくせく稼いだものも含まれているし、母親のハンドバッグからくすねてきた少額の硬貨も混じっている。一度、財布を拾ったこともあった。通りで年寄りの女が落としたのに気がついたのだが、中には六ポンド五十九ペンス入っていた。ローズ＝アンは、ある金曜の夜、食器棚の上に置いた給料袋がなくなっているのに気がついたが、ガソリンスタンドから帰る途中で落としたのだろうと思っていた。

その現金とは別に、ガスバーナーもスーツケースに入っていた――煤で黒くなった小型のバーナーで、「ガス」と書かれた青い筒もひとつあった。どちらも海岸で拾ったもので、そのとき持ち主は海で泳いでいた。ガラス製の馬もあった。その青と緑の馬は、二十一歳の誕生日にローズ＝アンがレンからもらったものだった。ビールのジョッキの形をした木の貯金箱。厳密にいえば、母親の持ち物だが、熱く焼いた鉄を使って木肌を焦がした文字で、「悪態をついたときの罰金入れ」とあり、続いて詩のようなものが書いてあった。「友だちが　欲しいのならば　悪態は　およしなさいな　癖になる……」スーツケースには肌着が一着と、ナイフとフォークが一組あった。ミセス・アビゲイルの持ち物だ。ブリキの缶もひとつあった。もともとは咽喉カタルをやわらげる菱形のトローチが入っていた缶だが、今ではミセス・アビゲイルのカメオのブローチが入っている。模造真珠のネックレスや模造真珠の指輪も彼女のものだった。プラスチックの手は店のウインドウで使われていたマネキンのもので、遊歩道の街灯からぶら下がっているゴミ入れで見つけた。入れ歯の上半分は海岸に置いてあった茶碗から取ってきたもので、入れ歯の主は海に入っていた。『あらゆる年齢の子供のためのジョーク一〇〇〇篇』という細長いペーパーバックは、フォア・ストリートの〈WHスミス〉でお金を出して買った。そして、かつらがあった。学校の備品のコスチュームが入っている籠から取ってきた。舞台メイクのための化粧品も出所は同じだった。ルージュ、白粉《おしろい》、コールドクリーム、口紅、アイシャドウ。かつらの人造毛はオレンジ色で、きついカールがかかっていた。これはミス・ウィルキンスンのシャレードで実際に彼がかぶり、真に迫ったエリザベス一世を演じたときのものだった。

そのかつらを頭に載せ、化粧で顔を変えると、静まりかえった部屋を歩きまわった。悔しいことに、靴は自分の靴だった。姉の靴は小さすぎる。寝室からキッチンに行き、またローズ＝アンの部屋に入って、母親の部屋とバスルームに寄り、テレビが置いてある部屋に入った。その部屋のことを母親とローズ＝アンはラウンジと呼んでいた。歩幅を小さくして、小走りに歩いているのは、テレビ番組で見た、女性に扮しているベニー・ヒルのまねだった。

キッチンのテーブルで椅子にすわった。朝食の皿がまだテーブルに載っていた。そこで『あらゆる年齢の子供のためのジョーク一〇〇〇篇』を開いた。あらかじめボールペンで下線を引いてあったジョークを順に読んでいった。最初の何文字かを読んで目をつむり、続きを暗記していることを確かめた。裏声で繰り返しながら、声を上げて笑った。無人島に流れ着いた男の話、義母の話、酔っぱらいの話、奇人変人の話、近視の男の話、手術室に寝かされた女の話。「さあどうぞ、スモモを召し上がれ」裏声で彼はいった。「丸のまま呑み込んだら、体重が一ストーン増えますわ（ストーンは「種」の意と重さの単位ストーン（約六キロ）とをかけている）」母親が〈チャチャ・ファッション〉から帰ってくるのは六時だった。ローズ＝アンは水曜日だから遅くまでガソリンスタンドで仕事をしている。十四年前に父親はトラックにタイルを一杯積んでディンマスから出ていったきり帰ってこない。

誰もいない家にはもう馴れたし、自分の面倒は自分で見ることができる。初等学校に入った五歳のときも、下校して一人で鍵を開けてこの部屋に入り、ローズ＝アンが中等学校から、母親が仕事から帰ってくるのを待っていた。もっと幼いときにはよく伯母と過ごした。伯母というのは母親の姉で、婦人服の仕立てをやっていたが、今はバドストンリーに引っ越している。昔から彼はこの伯母が好きになれなかった。ごく幼いときの記憶は、伯母が仕事場で縫い物や裁断をするあいだ、隅っこにすわって待っているという、あまりありがたくないものだった。一日じゅうラジオはつけっぱなしで、研磨紙工場に勤めているその夫は、昼休みになって食事に帰ってくると、いつも同じことをいった。「おいおい、またこいつがきてるのか？」何よりも退屈だったのは、母親が迎えにきたあとのことだった。伯母と二人で長話をするので、それを聞きながら、また一時間ほど待たないといけなかったのだ。そのとき以外は、いつも母親は気が急《せ》いていた。朝は忙しそうに家から飛び出していく。夜は夜で、〈砲兵の友〉亭や〈ビンゴ〉で気晴らしをするため、また飛び出していく。母親と伯母の話が終わるのを待つあいだに、皿を一枚割ったことがあった。ソファに皿が置いてあるのに気がつかないふりをして、上にすわった。伯母の飼っている猫、ブラッキーが餌を食べていた皿だ。そのときの彼は三歳半だったが、尻の下で皿が割れたときの痛快な気分は今でもよく憶えている。二人は激怒した。

今よりも彼が幼かったころ、ときおり母親は、みんなおまえのお父さんのせいよ、といっていた。あの人がいなくならなければ、働きに出る必要もなかったでしょうし、何もかもが今とは違っていたはず。別のときには、あの人がいなくなって本当によかった、ともいった。「ぶったまげたわよ、二人の夫婦喧嘩」ローズ＝アンはよくそういっていた。「ほんとに怖いお父さんだったのよ」ところが、いくら思い出そうとしても、どんな父親だったか、まったく記憶になかった。彼が初等学校に入り、ローズ＝アンがまだ中等学校に通っていたころ、姉に訊いてみたことがある。長い午後の退屈しのぎだったが、ローズ＝アンは「好奇心は猫をも殺す」といっただけで、自分の寝室に入っていった。母親とローズ＝アンは以心伝心の仲で、いつも二人でいろいろなことを話し込んでいるのは、母親と伯母との関係に似ていた。「二人連れは仲よし、三人連れは喧嘩のもと」子供のころのローズ＝アンはことわざが好きだった。

三人連れは喧嘩のもと、そういわれて仲間はずれにされることにはもう馴れていた。それよりも伯母の作業場で時間を潰さなくてもよくなったのがありがたかった。今、日曜日になると、母親はいつも姉に会うためバドストンリーに出かける。ひところはローズ＝アンも必ず同行していたが、レンというボーイフレンドが登場してからは事情が違った。ティモシーは一緒に行くのを拒んだ。明らかに母親はほっとしたようだった。

歳月を重ねるごとに、ティモシーの中に母親への嫌悪が育っていった。姉への嫌悪も一緒だった。二人がいると口数が少なくなり、どちらからも反応がないのは当然だと思うようになった。おまえのおかげで苦労するよ。何か頼むと母はよくそういっていたが、何が苦労なのかよくわからなかった。「あんたなんかのろまののろすけよ」好奇心は猫をも殺すとか、三人連れは喧嘩のもと、などといっていないとき、ローズ＝アンは好んでそんなことをいった。何もかも半分は冗談だった。しかも、彼を置いてけぼりにして先に進んだ。母親は、スタッカート記号がついたような甲高い笑いを響かせ、ローズ＝アンも笑った。しかし、二人とも彼の言葉には耳を傾けなかった。最後には彼の頭にも想像が広がった。もしかしたら、この家に垂れ込めている雰囲気は、おまえさえいなければここは広く使える、邪魔されなくてすむ、気が楽になる、といっているのではないか。二人の目の隅から、そんな気持ちが覗いているような気がするときもあった。二人がにっこりしたり、笑ったり、煙草を吸ったりしているときでも、それは変わらなかった。彼が聴き耳を立てている前で、二人は服屋や〈スマイリング・サービス〉のガソリンスタンドでの出来事を語り合っていた。あるとき、変な夢を見た。そこにすわって二人の話を聞いているうちに、彼は自分の父親になっていた。だから二人は、と夢の中で思った。こうしてぼくの手の甲に何度も何度もフォークを突き立てているのだ。朝はベッドに寝たまま、できるだけ二人が家から出ていくのを待つことにした。

ディンマス中等学校への不信は続いた。たいした学校ではないと思っていた。教職員や生徒もたいしたことはなかった。男子のあいだの流行で、みんな背中の途中まで髪を伸ばしていたが、彼にはどこがいいのかわからなかったし、教職員にも生徒にもユーモアのセンスが欠けているような気がしていた。あるとき、休み時間に、グレイス・ランブルボウという太った女生徒がいつもすわっている椅子の脚を一本、ノコギリで切り取ったことがあった。椅子が倒れたとき、グレイス・ランブルボウは運悪く別の椅子でこめかみを打ち、七針縫う怪我をした。別の日には、みんなの教科書や鉛筆をごちゃ混ぜにして、机の中身をほかの机と入れ替えた。歴史の授業中に紙に火をつけた。定規の先にセロテープで針をくっつけ、グレイス・ランブルボウを突いた。レイモンド・タイラーの机に母親の目覚まし時計を入れ、一週間の時間割の中で一番退屈な授業、重複履修科目の物理の時間にベルが鳴るようにセットした。数学教師のクラップが二十分かけて黒板に書き、休み時間のあとで詳しく説明するつもりだった計算式を消した。誰も面白いと思ってくれなかった。針が刺さってグレイス・ランブルボウが猫のような悲鳴を上げたときでさえ面白がってくれなかった。誰も笑わず、くすりともしなかった。そんなとき、ミス・ウィルキンスンが、コスチュームの籠を3Aまで運ぶようにいった。そのあと、彼はかつらをつけて仮装し、裏声を披露した。すげえ。誰もがそういった。突然、彼がいることに気がついたようだった。教室にいた全員が着替えるのをやめ、振り返って彼のほうを見た。モアカムとワイズ（英国のお笑いコンビ）よりすごい、とデイヴ・グリッグズがいった。天才ね、とベヴァリー・マックはいった。残念なことに、あとになると、みんなそのことを忘れてしまったようだった。

しかし、すべてもう済んだことだ。今、大事なのは、浴槽をひとつとウェディング・ドレスを一着手に入れること。買うつもりはない。それに、ジョージ・ジョゼフ・スミスを演じるにはスーツがいる。錆でかなり傷んでいたが、ブリキ製の浴槽なら建築業者のスワインズの資材置き場に転がっていた。これどこかで使うんですか、と訊いてみたら、現場責任者はもう使わないと答えた。あとは誰かを説得して自分のもとに運ばせるだけだ。ウェディング・ドレスのある場所もわかっていた。あとはそれを手に入れるだけだ。千鳥格子柄のスーツについては、目的に合う理想的なものが、アビゲイル中佐のワードローブにかかっていた。

タレント発掘隠し芸大会に参加しようと決めたときから、心地よい幻想に包まれることが多くなった。大会で好成績を収め、気がつくと、「オポチュニティー・ノックス」（タレント発掘の視聴者参加型テレビ番組）への出演が決まっている。ときにはもっと妄想がふくらむこともある。クイーン・ヴィクトリア・ホテルにヒューイ・グリーン（「オポチュニティー・ノックス」の司会者）が泊まっていて、ゴルフをするためディンマスにきたのだが、どうにも暇だったので、牧師館の庭で開かれている復活祭の野外行事を見にきて、隠し芸大会の会場にぶらりと入ってくる。「おや、すごいじゃないか！」出し物を見て、ヒューイ・グリーンは驚きの声を上げ、次の瞬間、「オポチュニティー・ノックス」の収録スタジオで寸劇を披露している自分がいる。

ティモシーは家の中をまた歩きまわった。部屋から部屋へと移動し、バスルームの鏡の前で練習をした。裏声でジョークを披露し、鏡に映った自分に微笑みかける。「きみは最高だよ」片腕を彼の肩に回し、ヒューイ・グリーンが激励してくれる。拍手は熱く、笑いも熱い。まるで燃えているようだ。拍手測定器のメーターが振り切れそうになった。九十八点。新記録だ。「お見事。大成功だ」と、ヒューイ・グリーンがいう。

第二章

その日の午後、ティモシー・ゲッジが寸劇の練習をし、フェザーストン家の双子が牧師館で相変わらず退屈していたころ、どちらも十二歳のスティーヴン・フレミングとケイト・フレミングは、ロンドン発の列車でディンマスに戻ってきた。同じ日の朝の十一時に、二人の親——スティーヴンの父親とケイトの母親——が戸籍役場で結婚したので、子供同士も血のつながらない家族になった。親たちは今ロンドン空港に向かい、ハネムーンの地、カシスへ行こうとしている。これから十日間、子供たちは海洋荘でブレイキー夫妻と過ごすことになっていた。

「お茶にしましょ」ケイトはそういうと、本を膝に置いた。内緒で七面鳥を飼っている三人の子供が出てくる本だった。

スティーヴンは昨年度版の『ウィズデン・クリケット年鑑』を読んでいた。かつて彼は一回の打撃番《オーヴァー》で十七点《ラン》を取ったことがある。投手《ボウラー》はA・J・フィルポットという少年だった。スティーヴンの夢は、誰にも話していなかったが、サマセットのチームに三番で入ること。なぜサマセットかというと、そこはドーセットの隣の州で、しばらく前はそのサマセットが州大会で優勝しそうに見えたからだ。結局、優勝は逃したが、彼はサマセット贔屓《びいき》を続けた。いつまでも応援するつもりでいた。もうひとつ、人にはあまりいわなかったが、サマセットの主将クローズこそ、イングランド屈指の頭脳派クリケット選手であると信じていたのだ。スティーヴンは何よりもクリケットに興味を惹かれていた。

ほかには誰もいない食堂車で、スティーヴンとケイトは二人がけの席についた。どちらもまだ学校の制服を着ている――スティーヴンの服は葡萄茶《えびちゃ》がかった灰色、ケイトの服は茶色と緑――というのも、結婚式の日取りを春学期の最後の日に合わせたからだった。その日の朝、スティーヴンはシュロップシアのレイヴンズウッド・コート校からやってきたし、ケイトは聖セシリア校から駆けつけた。本当をいうと、学期の終わりまでまだ二日あった。

二人のうち、冷静になりきれずにいたのはケイトのほうだった。心はあらぬところをさまよい、ときおり妄想が忍び込んできた。聖セシリア校ではそそっかしい怠け者で通っていて、ロマンチックと呼ばれたことはなかったが、突き詰めて考えれば、それが本当の彼女に近かった。時と場合によりますが、空想にふける癖があります。傾いた手書きの文字で期末の通知表にそう書かれたこともあった。そのとき彼女は百行ほどあるテニスンの詩「バーリー卿」を丸暗記していたが、それは空想にふけった罰として憶えさせられたものだった。何があったかというと、アマゾンのある部族を扱ったテレビのドキュメンタリーを見て、真夜中にそれを真似た儀式をやっていたところ、ミス・リストに見つかって、マダム・キュリー寄宿舎のほかの生徒七名と一緒に罰を受けたのである。ケイトは丸顔で、黄色っぽい茶色の髪がその顔を取り囲み、青いヒマワリのような瞳が二つ、そこに描き込まれていた。

「休みで帰省するんだね」恰幅のいい食堂車の給仕が、ひょうきんな口ぶりでいった。「お二人ともお茶になさいますか、マダム」

「はい。お願いします」ケイトは顔が熱くなるのを感じた。まるで不意打ちだった。こんなにあっけらかんとした口調で、マダムと呼ばれるなんて。

「あの人、前に見たことあるよ」給仕がいなくなると、スティーヴンはいった。「ああ見えて、実はちゃんとした人なんだ」男の子にしては背が低く、繊細な顔立ちをしているが、その行動力に関しては決して繊細なほうではなかった。目の色は黒っぽい茶色、にこっとしても、どこか難しげに見える。なめらかな黒い髪は母親譲りで、母親は二年前に死んでいた。

　実はちゃんとした人、といわれて、ケイトは曖昧にうなずいた。あんなふうに顔が赤くなったことを恥ずかしく思う気持ちもあった。戸籍役場の式がすみ、そのあと開かれたパーティでも、何度か赤くなった。二人の結婚に賛成か、とからかい半分に訊いてくる人がいたりすると、ますます赤面した。そのパーティは、あるホテルのラウンジで行われたのだが、最初から最後まで、ほとんど耐えられないくらい退屈だった。やらなくたっていいのに、とも思った。式がすんだら、本当はすぐディンマスに戻りたかったのだ。そこには家があって、犬たちがいて、ブレイキー夫妻がいる。学期の真ん中に入っている短い休みに、結婚の話を初めて聞かされたとき以来、彼女は海洋荘でスティーヴンと一緒に過ごすのを心待ちにしていた。世話役の大人はブレイキーさんとその奥さんだけだ。マダム・キュリー寄宿舎にいるときには、それは無上の喜びのように思えたし、休みに入った今でも同じだった。どんなに友だちがいても、スティーヴンへの友情ほど特別なものはなかった。きっとわたしは、映画に出てくる人たちが愛し合うように、スティーヴンを愛しているのだ、と密かに彼女は思っていた。ディンマスの海岸を二人で歩くときには、いつも手をつなぎたくなったが、これまでまだ実行したことはない。彼が病気になって、自分が看病しているところをよく想像することがある。あるときには、腰から先が動かなくなった彼が車椅子に乗っている夢を見た。しかし、夢の中の彼女は、そんな状態ゆえに、いっそう彼を愛していた。夢の中で二人は繰り返し結婚の約束をした。

スティーヴンにとってもそれは特別な友情だったが、意味あいは少し違う。母親が死んでから、生来無口な彼が、苦もなく話ができる相手といえば、ケイトをおいてほかにはいなかった。学校で友だちをつくるのはたやすいことではなく、いなくてもいいや、と思うことも多かった。いつも隅っこに、あるいは影の中にいて、ほかの男の子に嫌われているわけではなく、お高くとまっているわけでもなかったが、引っ込み思案な性格が災いしていた。母親の前ではそうではなかったし、ケイトとも気の置けない付き合いができた。話をしていても、相手がケイトなら、心置きなくしゃべったり黙ったりすることができる。母親と話すのと同じだった。無理をすることはないし、警戒する必要もない。

食堂車にはほかにも客がいた。無人のテーブルもちらほらあった。恰幅のいい給仕は金属製のティー・ポットを載せたトレイを持ってテーブルを回った。子供二人はレイヴンズウッド・コート校と聖セシリア校での生活を話題にし、それぞれが在籍している似通った寄宿学校の関係者の噂話に興じた。レイヴンズウッド・コート校の校長、C・R・デックルズは、校名にあるレイヴン（カラスの一種）にちなんで〝カラスの糞〟と呼ばれていて、その夫人はカラスの糞の奥さんだった。聖セシリア校のほうはミス・スキューズという女の人が校長を務めていた。レイヴンズウッド・コート校には、「お静かに」が口癖のシンプスンという先生がいて、がやがや騒いでいる生徒をどうやってもおとなしくさせることができなかった。地理と神学を担当しているディモクという先生は、〝不潔《ダーティ》なディモク〟と呼ばれていたが、それは生まれてから一度も髪を洗ったことがないと告白したことがあったからだ。〝お静かにシンプスン〟は外反足で悩んでいた。

聖セシリア校で歴史を教えている五十四歳の小柄なミス・マラブディーリーは、ミス・ショウとミス・リストにいじめられている。ミス・ショウはうっすら口ひげが生えた女性で、下顎が垂れ、歯と歯茎が丸見えになっていた。ミス・リストはいつまでたっても完成しない茶色のカーディガンを編み続けていた。二人が嫉妬したのは、ミス・マラブディーリーが一時期アフリカの主教と婚約していたからだった。よく二人はアフリカを見下すようなことをいっていた。ほかのことを話していても、ミス・マラブディーリーが部屋に入ってくると、ぴたっと口をつぐんでしまう。「今の話、またあとでしましょう」ミス・リストはそういって、ため息をつきながら、ミス・マラブディーリーのほうをちらっと見る。聖セシリアにはほかにも先生がいたし、レイヴンズウッドにもいろいろな先生がいたが、面白みに欠けて話の種にはならなかった。

食堂車でケイトは、前にもよくやったように、お静かにシンプスンの外反足や、ダーティ・ディモクの顔を想像した。スティーヴンのほうは、赤黒い頬をした小柄なミス・マラブディーリーが、アフリカの主教に婚約を破棄されて、じっと我慢の表情を顔に浮かべるところや、歯と歯茎が丸見えのミス・ショウの長い顔や、永遠にカーディガンを編み続けているミス・リストの様子を、ありありと思い浮かべることができた。ミス・マラブディーリーに対するいじめ、彼女が部屋に入ってくると話をやめる二人の女。そんなところも想像した。今学期の話だけど、と彼はいった。アブソムという子がね、お静かにシンプスンとカラスの糞の奥さんが校庭の東屋《あずまや》に二人きりでいるのを見たんだって。体をぴったりくっつけてたそうだよ。

「お茶、注ぎなよ」と、彼はいった。

二人は学校のことを話し続け、そのあと午前中のホテルのラウンジで開かれたパーティのことも話した。シャンペンがふるまわれたし、ゼラチンで固めたチキンもあって、セロリの茎をざく切りにしてクリームチーズと混ぜたのや、黒パンにスモーク・サーモンを載せたのも出た。

「熱々のレーズンパンはいかがですか、マダム」恰幅のいい給仕が勧めた。

「はい、いただきます」

学校のことやウェディング・パーティのことを話すのは時間をやり過ごす方便だったが、あるいは、ほかの話題を避けようとしていたのかもしれない。ケイトにはぜひ知りたいもっと大事なことがあった。親同士が結婚して、彼女はとても嬉しかったが、スティーヴンも同じように喜んでいるのだろうか？　お父さんと一緒に海洋荘に引っ越すのだから、スティーヴンには生活が一変する出来事なのだ。彼女のほうは母親と一緒に前からそこに住んでいた。トーストした平べったい丸い形の、ケーキみたいなレーズンパンを二人で食べながら、彼女はふと思った。スティーヴンは絶対に話そうとしないかもしれない。一言ですむはずなのに、二人には手に余る話題なのだ。スティーヴンはお母さんを亡くし、誰かがその後釜にすわるのを快く思っていないのか。急に女のきょうだいができたのを嫌がっているのか。前から友だちだったにしても、それとこれとは話が違う。

二人は、バターを塗った黒パンにラズベリー・ジャムをつけた。じっと見ていると、駅をひとつ通りすぎた。外は気が滅入るような土砂降りだった。手にしたモップに体重を預けたポーターが、びしょ濡れになりながらプラットホームで二人を見ていた。**機械彫り**と、書いたポスターがあった。**アーチャー徽章社**
「ねえ、スティーヴン、海洋荘に住むの、楽しみ？」

彼はまだ窓の外を見ていた。「さあ、どうだろう」彼はそういったが、振り向くことはなかった。

「きっと平気だから」

「うん」

すでに彼の父親はプリムローズ荘を売り払っていた。家具類も海洋荘に運んであった。将来の取り決めをいろいろした中で、向こうに住むことが決まったのは願ってもないことだった。少なくとも父親は結婚の話をするときにそういっていた。そこはケイトの母親が生まれたところであり、ケイトもそこで生まれた。プリムローズ荘よりはるかに広い家で、四人で住むにはほかの面でも適していた。しかし、ディンマスの中心部から一マイル離れた、バドストンリー街道にあるプリムローズ荘は、スティーヴンにとって今でも我が家であり、プリムローズの花壇があり、狭い裏庭には蝶々が群がるブッドレアの茂みがある、母親の思い出で一杯の家だった。

「きっと気に入るわよ、スティーヴン。ブレイキーさんも奥さんもいい人だし」

「ブレイキーさんがいい人だというのは知ってるよ」彼はまた笑みを浮かべた。自分ではそんなつもりはなかったものの、目には相変わらず暗い陰が宿っていた。「そうだね、きっと大丈夫だよね」

荒れ模様の午後を突っ切って列車は疾走した。二人とも黙ってしまい、ぎくしゃくした雰囲気になった。スティーヴンはときおり沈黙する。ケイトにはわかっていたが、それは二人の親同士の結婚のことを考えているからだった。二つの事実がその結婚に結びついた。ケイトの両親が離婚したこと。スティーヴンの母が死んだこと。離婚のほうは、彼女もスティーヴンもよく憶えていないほど昔のことだった。彼女の父親はときどきディンマスに戻ってきて、聖セシリア校まで面会にきたりするが、そのたびに彼女は胸が痛くなる。父親がいると、昔、何があって、どんな人がどんな苦しい思いをしたか、つい想像してしまうのだ。どうしても父親が好きになれないのは、ひどいことをしたのはその父親のほうだと感じ取ってしまうからだろう。父親はケイトの母親を捨てて、今の奥さんと一緒になった。

給仕はサンドイッチとお湯のお代わりを運んできて、フルーツケーキやスイスロールのスライスがセロハン紙に包まれたのを山盛りにしたトレイを持ってきた。ケイトがスイスロールを一つ手に取ると、それは小さいから別のになさいと給仕はいった。スティーヴンはフルーツケーキを取った。セロハン紙を剝がし、昔のことを振り返ろうと、静かに思いを凝らした。今日のこの日と関係のあることなので、あの日の記憶をたぐりよせておきたかった。細かい出来事やそのときに感じたことは、心の奥の衝立のうしろに仕舞い込んであるので、いつでも取り出すことができる。決して忘れることはないだろうが、あれは秋の出来事だった。今でも憶えているのは、呼び出されたとき、かすかにいやな予感がしたことだった。寮母補佐のミス・トムが、寄宿舎に入ってきて、校長室まで同行するようにいった。八時半の鐘が鳴ったばかりだった。あと十五分で消灯時間だ。「フレミングのやつ、何しでかしたんだ?」カートライトは声を張り上げ、パジャマの上にチェックのガウンをはおってベッドのわきに立ったまま、片手にタオルを持っていた。そのタオルをスティーヴンに投げたところで、やめなさいとミス・トムに叱られた。

校長室には父親がいて、〞カラスの糞〞の机の前の椅子にすわっていた。それは校長が人を叱るときに相手をすわらせる椅子だった。父親は外套もマフラーも脱いでいなかった。

「あ、きみ」スティーヴンが入ると、カラスの糞はいった。

そして、椅子をもう一脚持ってくると、机のそばに置き、スティーヴンに着席を促した。いつもと違って、耳障りな細い声ではなかった。しかも視線が泳いでいる。棒きれのような指は、机の上で落ちつきなく震えていた。

「私から?」と、校長はいって、スティーヴンの父親に向かって灰色の眉を吊り上げた。「それとも、そちらから……」

「私が話します」

父親も普段とは様子が違っていた。頬は青ざめている。部屋の電灯にぎらぎらと照らされているので、いっそうそれが目についた。病気なんだ、とスティーヴンは思った。寄宿舎にいたのを急に呼び出され、校長室には父親がいて、頭が混乱していたので致し方ないが、父親がここにいる理由は、レイヴンズウッド・コートに顔を出し、自分が病気であることを告げにきたのだ、としか思えなかった。

「母さんが」たどたどしい、不思議な声で、父親はいった。いつもの話し方とは大違いだった。

「母さんがな、スティーヴン。母さんが……」

それ以上、何もいわなかった。目はスティーヴンを見ていなかった。前を開けた外套の、ボタンや茶色と緑のツイード生地を見ていた。

「母さんが病気なの？」

父親は自制を保った。ふたたび話し出したとき、その声はもうたどたどしくはなかった。彼はいった。「病気じゃないんだよ、スティーヴン」

スティーヴンの首筋や顔に血流が広がっていった。その温かさを感じた。そして、次の瞬間、それが引いていくのがわかった。

「母さんは死んだんだ、スティーヴン」

マントルピースに置いてある時計は忙しなく時を刻んでいた。カラスの糞は一枚の紙を机に広げた。誰かがドアをノックした。しかし、カラスの糞は返事をしなかった。

「死んだ？」

「残念だが、そういうことだ、スティーヴン」

「今こそ勇気を出すときだ」カラスの糞がいった。またいつもの耳障りな細い声に戻りかけていた。

また誰かがドアを叩いた。「あとにしてくれ」カラスの糞は声を張り上げた。

「おまえは家に帰らないほうがいい。このまま学校にいてくれ、スティーヴン。最初は連れて帰ろうと思ったんだが」

「学校に残るのが一番だよ、スティーヴン」カラスの糞がいった。

「死んだ？」スティーヴンは繰り返した。「死んだ？」

唇がぶるぶる震えはじめた。肩のあたりの骨が抑えても抑えても小刻みに動くのを感じた。自分の息づかいが聞こえた。耳障りなあえぐような声。それも抑えきれなかった。

「死んだ？」ささやくような声で彼はいった。

横に父親が立って彼を抱いていた。

「大丈夫だよ、スティーヴン」と、父親はいったが、ちっとも大丈夫ではなく、部屋の中にいる者はみんなそれがわかっていた。とても信じられない出来事、本当とは思えない出来事だった。スティーヴンは頬に涙が伝うのを感じた。最初は暖かかったが、すぐに冷たくなった。ときどき夢のなかでするように、彼は水面に浮かび上がろうと四苦八苦し、怖い夢から目覚めようともがきつづけた。

「勇気だ、スティーヴン、勇気だ」カラスの糞がまたいった。

母さんは慰め方を知っていた。今、父さんが抱いているのとは違う抱き方をしてくれた。手は柔らかく、髪は黒く、かすかに香水の匂いがした。「オーデコロンよ」と、母さんはいった。そして、にっこり笑ったが、目はサングラスに隠れていた。

いつのまにかカラスの糞はいなくなっていた。父親は手にハンカチを握っていた。スティーヴンはまたすすり泣いた。そして、目を閉じた。ハンカチの感触が顔にあった。涙を拭いてくれている。ぶつぶつと父親はつぶやいていたが、何をいっているのか、スティーヴンにはわからなかった。

母親の姿が脳裏に浮かんでくるのを止めることはできなかった。海のほとりに立って、錆色のコーデュロイの外套をしっかり体に巻きつけている姿。外は寒いので、息が白くなっているのもわかった。プリムローズ荘のキッチンでパンケーキを焼いている母親の姿を、彼はじっと見ていた。

カラスの糞の奥さんがココアを持ってやってきた。うしろにはカラスの糞がいて、お茶の道具を載せたトレイを持っていた。二人は何もいわなかった。カラスの糞はトレイを机に置き、奥さんは父親に紅茶を注いだ。二人はまた出ていった。

「まあ、ココアでも飲むことだ」父親はいった。

表面には早くも膜ができていた。「げ、まずそう！」母親がベッドまでココアを持ってくると、彼はよくそう叫んだ。母親は笑った。冗談だとわかっていたからだ。彼は機嫌が悪いふりをしているだけだった。

彼はココアを飲んだ。父親はプリムローズ荘に戻るより学校に残っていたほうがいいと繰り返した。「頼りない親ですまんな」と、父親はいった。

ココアを飲み終えたとき、カラスの糞と奥さんが戻ってきた。奥さんがいった。「あなた、今夜はサナトリウムで寝ましょうね。そう、ミス・トムが使っている部屋よ」

気まずい沈黙があったが、それぞれの沈黙を思い返してみれば、実際に気まずくなったのはもっとあとのことで、そのときはなんでもなかった。父親はまた両腕で彼を抱いた。そのあと、ミス・トムが朝に着替える服と靴とを用意して、彼が使っている小さな洗面道具入れを持ち、校長室に入ってきた。洗面道具入れは指でぶら下げていた。黄色と青と赤の袋だった。「これ、いいね」ディンマスにあるドラッグストアの〈ブーツ〉で買ってもらったとき、彼はそういった。

「これにする」

ミス・トムに連れられて、中庭を歩き、運動場に沿った道を通って、サナトリウムに向かった。足の下で枯葉が音をたてて砕けた。風の強い夜で、雨がしとしと降っていた。寒くて震えたが、寒さなんかに負けるのはよくないことのように思えた。

眠るのもよくないことだと思ったが、いつのまにか眠っていた。彼が寝ている折りたたみ式のベッドの横にはミス・トムのベッドがあった。目が覚めたとき、自分がどこにいるのかわからなかった。そのあと、記憶がよみがえると、暗闇の中に横たわったまま、声を殺して泣きながら、ミス・トムの寝息に耳を傾けていた。一度か二度、ミス・トムは寝言をいった。スプーンがどうとか、誰かを愛しているとか。部屋には白粉の匂いが垂れ込めていた。オーデコロンの匂いとはぜんぜん違っていたが、なぜかその匂いを思い出した。空が白みはじめたとき、ミス・トムの寝姿がぼんやり見えてきた。もっと明るくなると、口を開けているのや、髪にヘアピンがついているのや、すぐそばの椅子にミス・トムの脱いだ物がかけてあるのがわかった。

七時半に目覚ましが鳴り、様子をうかがっていると、ミス・トムは目を覚まし、彼がいるのを不思議に思っているようだった。眉をひそめ、じっとこちらを見ている。

「お母さんが死んだんです」彼はいった。

泣くつもりはなかった。あんなふうに震えるつもりもなかった。もし泣くとしたら、それは夜中になってからのことだ。一人だけで、静かに泣きたい。そのことを考えると、胸が空っぽになったような気がした。込みあげてきた痛み、消えてしまった痛み。だが、泣きたくなかった。

ミス・トムに連れられて、校舎に戻った。パジャマとガウンと部屋履きを手に持っていた。朝食に間に合わない、と彼はいった。朝食のベルは一分以上も前に鳴り止んでいた。校長先生は大目に見てくださるそうよ、とミス・トムはいった。二人で一緒に食堂に入ると、カラスの糞は全校生徒に何があったのかもう話したようだった。二人を見て、おしゃべりはぴたりとやんだ。沈黙が続くなか、ミス・トムはコーンフレークが置いてある台に向かい、彼のほうは自分で自分の背中を押すようにしていつもの席に向かった。

同じテーブルの生徒たちは彼のほうを見た。ほかのテーブルではまたおしゃべりがはじまっていたが、彼の席は静まりかえっていた。そのテーブルの上座《じょうざ》にいる〝お静かにシンプスン〟もかける言葉が見つからないようだった。

あとになって、授業の合間に、生徒たちはお悔やみを口にした。もっとあとになると、カラスの糞が全校生徒に何をいったかも伝わってきた。そのことには触れないのが一番だ、といって、

「フレミングくんにはできるだけ優しく接してあげなさい」と訓示したらしい。

彼はカラスの糞のところに行って、母親の葬儀に出たいと訴えた。そのあと何日か家に泊まるつもりもないし、今日すぐ帰りたいというのでもない。ただ葬儀に合わせてディンマスに戻りたいだけだった。

校長は首を振った。そんな要求は認めるわけにはいかない。一瞬、スティーヴンは、そういわれるのではないかと思った。

「きみのお父さんが」と、代わりにカラスの糞はいった。「きみのお父さんが、どうおっしゃるか……」

「電話で訊いてもらえませんか？　お願いします」

「うん、まあ、そうしようか」

その場で電話をかけることになった。苛立ちを隠そうともせず、校長は棒のような指で机をこつこつ叩きながら、電話がつながるのを待った。苛立っているのは電話に対してではない。面倒なことになったと思っているのだ。葬儀に出たいといって聞かない少年。おかげで前例のない段取りをつけないといけない。

「ああ、フレミングさんですか。デックルズです」弔意が滲み、声から角が取れていたので、ついさっきまでの耳障りな細い声とは別物になっていた。彼は申し出を伝えた。そして、相手の話に耳を傾けた。やがてうなずくと、スティーヴンに受話器を渡して、こういった。

「お父さんが話したいそうだ」

スティーヴンは受話器を受け取った。その際、相手の指に触れないわけにはいかなかった。何代も前からここの生徒たちが触れるのを嫌がってきた指だった。

「ほんとうに出たいのか、スティーヴン？　そんなことをしても母さんは——」

「ぼく、出る」

ミス・トムが彼を列車に乗せた。父親がディンマス・ジャンクション駅まで迎えにきて、プリムローズ荘まで車で戻った。そのあとプリムローズ荘からディンマスの中心部に向かい、聖シモン＝聖ユダ教会に行った。フェザーストンが葬儀を執り行った。この死はひとつの悲劇である、とフェザーストン牧師は説教をした。「憐憫《あわれみ》ぶかき全能の神は御意《みこころ》に随《したが》いて」と、彼は静かにいった。「われらの姉妹の魂をお選びたもうた。さすればその亡骸《なきがら》を地に横たえる」

墓地には明るく日が射していた。黄色や茶色に変色した木の葉がいたるところに散らばっていた。四人の男がロープで穴に下ろしている光る棺の中に母親が入っているのが信じられなかった。その中で腐っていくのが信じられなかった。もう姿も見えず、声も聞けず、キスをしてくれることもないのが信じられなかった。気持ちを堰《せ》き止めることができず、しくしく泣いた。こらえようとしたら、醜態を演じそうだった。大声で泣きたかった。棺に駆け寄って抱きつきたかった。死んでいるとわかっていても、声をかけたかった。

「さあ、スティーヴン」父親がいった。まわりに立っていた人たち——親類や友人、中には知らない人もいたが、誰もがみんなお墓に背を向けていた。

牧師はスティーヴンの肩に手を置いた。「きみは勇敢な子だ」と、彼はいった。

父親はレイヴンズウッド・コートまで自動車で送ってくれた。最初から最後まで沈黙だけが続いた。だから父さんは葬儀にぼくが帰ってくるのを嫌がったんだ、と彼は気がついた。「おやつがありますよ」レイヴンズウッドの玄関ホールでミス・トムがささやいた。「ライムとレモンのシャーベット。シャーベット好きでしょ、スティーヴン」


風景が何マイルも過ぎていった。そのあいだ、食堂車は静まりかえっていることが多かった。恰幅のいい給仕がやってきて、ご不満はございませんでしたかと、その沈黙を破った。そして、請求書の綴りを取り出し、素早く書き込むと、黄色い紙を一枚剝ぎ取った。「ありがとうございます」給仕はそういうと、スティーヴンにその請求書を渡した。

二人はそれぞれテーブルに代金を置いた。給仕はそれを集め、礼をいった。離婚や死という残酷な出来事のあとには、こんなハッピーエンドがあってもいいはずだ、とケイトには思えた。自分の母は捨てられた。スティーヴンの父は恐ろしい悲劇に見舞われた。彼女は母親を愛していたし、スティーヴンの父親には自分の父以上に好意を持っていた。物静かで優しいところが好きだった。笑顔も好きだし、とても賢い。鳥類学者で、鳥が大好きで、鳥の本を書いていた。カモメの羽にこびりついた油をきれいに洗い落としているのを、スティーヴンと一緒に見たこともある。

ノビタキの折れた翼の直し方もやって見せてくれた。
これから四人で住む家で、それぞれがみんなハッピーエンドを迎えることになる。牧歌はこんな終わり方をするのだ。結婚が計画されていることを知って以来、ケイトはずっとそう思っていた。牧歌《イデイル》という言葉の響きが好きだったから、何度も何度もつぶやいた。どんな苦しみがあったとしても、それは癒される。牧歌とはそういうものだ。

海洋荘に行く道は二本あった。一本は、ディンマスから急坂をのぼってディンマス・ゴルフ場に通じ、そのままバドストンリーに向かう道。もう一本は海岸から続く小道で、さらに険しい坂をのぼる崖沿いの曲がった急な道だった。その小道のほうはゴルフ場の十一番グリーンに出て、ターフを進み、やがて高い壁に行き当たる。それは風雨にさらされた煉瓦の壁で、表面にアメリカ蔦が這っていた。壁の向こうにある庭園は珍しく土が肥えていて、まわりは石灰岩ばかりなのに、そこだけは酸性土壌で、この自然の気まぐれを海洋荘の住人は代々利用してきた。壁を抜けるアーチ道には白塗りの錬鉄の門がついていて、それをくぐった先の園路はアゼリアの植え込みに通じている。アゼリアが評判の庭だが、今は四月なので、緑一色の茂みにすぎなかった。木蓮《モクレン》や樹錦葵《モクアオイ》が蕭然と立ち、葉から水をしたたらせていた。石楠花《シャクナゲ》も水に濡れて、びっしり蕾をつけている。前方は上むきの斜面になっていて、庭は三層に分かれ、階段とヘザーの花壇とで各層が区切られていた。花が咲いているのはタンポポとクロッカスだけだった。春咲きのヘザーと黄梅《オウバイ》もちらほら花をつけていた。遠くのほう、高い煉瓦の壁から離れた、屋敷の左とそのうしろには、温室がいくつかあって、菜園がまわりを囲んでいる。近くのほうには石を敷いたハーブ園があり、生け垣と日時計があしらわれていた。薔薇の花壇と白い東屋《あずまや》があった。広い芝生にはチリマツの木が一本、ぽつんと立っていた。

海洋荘そのものは横に長く、さほど高さのないジョージ朝様式の邸宅だった。古い煉瓦造りの二階建てである。全面ガラスの両開きの扉が六対並び、そこを開けると芝地に出る。二階にはその二倍の数の窓があった。窓枠は白かった。

しとしと雨が降るこの水曜日、体に斑点がある二頭のイングリッシュ・セッターがにおいを嗅ぎながら庭を歩きまわっていた。ふさふさした太い尻尾を勢いよく揺らし、灰色まじりの白い毛は濡れ、口からは立派な犬歯とピンク色の長い舌が覗いている。走ったり、においを嗅いだりを繰り返し、モクアオイの木の下の長い草のあいだでカエルを探していた。やがて東屋のそばにすわり、ライオンのような威厳を示しつつ、たがいに相手を見た。そのあと、起き上がり、体を伸ばすと、屋敷の周囲を嗅ぎまわり、砂利を敷いた馬車道に入っていった。カーブしたその道は、奥にある何面かの芝生と玄関の鉄の門とをつないでいる。戻ってきたとき、二頭の尻尾は相変わらず揺れていたが、勢いは収まっていた。自分たちの縄張りに異常がないことを確かめて落ち着いたのだ。玄関の白塗りのドアの前に、二頭はまたすわった。その左右には円柱が立ち、チューリップの入った甕《かめ》が並んでいた。

屋敷の中ではミセス・ブレイキーがレーズンと黒ビールを入れたケーキを作っていた。夫はディンマス・ジャンクション駅まで子供たちを迎えに行っている。六時四十分の列車で着く予定だった。今ごろはもう自動車に乗っている頃だろう。食器棚の上の時計を見ながら、彼女はそう思い、一瞬、対照的な二人の子供の顔を思い浮かべ、古いウーズレーの後部座席に二人がすわっているところを想像した。例によって夫は黙って運転していることだろう。黙っていればうまくいくという考え方の持ち主だった。彼女は茶色の生地を焼き型に流し込み、ボウルに残ったのを木のスプーンでこそげおとした。そのあと、アーガ・クッカーの扉を開け、オーブンの一番上の段に焼き型を置くと、食器棚の上のタイマーを一時間にセットした。

ミセス・ブレイキーの目はよく動き、頰は脂で光っていた。性格は温和で、物事の明るい面を見ることに長けていた。曇天のときは雲の上の太陽に思いをはせ、絶望はただの言葉にすぎなかった。海洋荘のキッチンで彼女は一日の大半を過ごすのだが、そこはそうした処世哲学とうまく調和しているようだった。アーガ・クッカーは静かに燃え、装飾板の張られた天井は高く、食器棚の上には花模様の飾り皿が並び、収容力抜群の吊り戸棚があり、木のテーブルは清潔に保たれている。キッチンは快適で、そこにいるだけで心が和んだ。ミセス・ブレイキーも、いろいろな面でそのキッチンのような人だった。

ブレイキー夫妻が海洋荘に住むようになったのは一九五三年、娘のウィニーが結婚したのはその年で、翌年には息子がカナダのブリティッシュ・コロンビアに移住した。それ以前にはディンマスから毎日通ってきて庭仕事と家事をしていた。二人はケイトの母親が生まれたときのことを憶えている。それから半年もたたないうちに、ケイトの祖父母が亡くなった。自分では何もいわないものの、夫がこのお屋敷の庭のことをどう思っているか、ミセス・ブレイキーにはわかるような気がした。愛情を傾けてきたので、折に触れて自分の庭のように思っているのだ。今、生きている人の中で、彼ほど多く土を掘り返した者はいないし、年ごとに育つ紫苑の花を彼ほど多く見た者もいない。ハーブ園を様変わりさせたのも彼で、四十一年前には、芝地を二面、新しく育てた。屋敷にも通じていて、同じように愛情を傾けていた。内側からも外側からも窓を掃除するのは彼の役目、春にはどぶさらいをし、白い木材や軒樋や縦樋は三年ごとに塗りなおす。屋根のスレートが嵐で飛んだら修理する。水回りや電気の配線もしっかり頭に入れていた。五年前には客間の床を張り直した。

ウーズレーのタイヤが砂利道に差しかかった。その音がかすかに聞こえてきて、ミセス・ブレイキーは嬉しそうに顔をくしゃくしゃにした。キッチンを出ると、廊下を歩いた。柔らかいリノリウムの床で、壁は緑。そのあと、扉をひとつくぐった。その扉の廊下に面した側には、壁の色と同じ緑の羅紗《ベーズ》が張られている。玄関ホールに出たとき、飛びつかないでと犬にいっているケイトの声が聞こえてきた。ミセス・ブレイキーはホールの扉を開け、狭い段を三つおりて、子供たちを出迎えた。

第三章

「どうもです、奥さん」ティモシー・ゲッジはそういって、ハイ・パーク・アヴェニューにあるアビゲイル夫妻のバンガローに足を踏み入れた。「また雨が降ってきましたよ」

ミセス・アビゲイルは騒ぎ立て、上着がびしょ濡れじゃないの、といった。それを脱がせ、居間にある電気式暖炉の前の椅子にかけた。作り物の石炭が積んである上に、電気ヒーターが二本並んでいる。その暖炉の前に彼を立たせ、ジーンズを乾かした。

ミセス・アビゲイルは華奢な女性で、柔らかそうな灰色の髪をしていた。手は小さく、顔の造作も小さかった。目にはいかにも穏やかな表情が浮かんでいた。いつかのクリスマスにリブ編みの靴下を編んでティモシー・ゲッジにプレゼントしてくれたのは彼女だった。思春期を迎え、ぱっとしない風貌になったのをかわいそうに思ってのことである。人をかわいそうに思うのはミセス・アビゲイルの習性だった。同情心が強いあまり、新聞を読んでは嘆き、現実離れした劇映画を見ては涙を流し、テレビ番組を見ては悲しんだ。通りで見かける見ず知らずの他人、不幸せを抱えていそうな他人に同情することもあった。最初に知り合ったときのティモシー・ゲッジは、特別に人を惹きつける魅力を持った子供だった。そんな魅力がもう失せてしまったのは、彼女にいわせれば、実に悲しいことだった。夫とこのバンガローに引っ越してきた一週間後、もう三年近く前のことだが、彼はぶらりとやってきて、何か仕事はないかと尋ねた。「きみはボーイ・スカウトか？」と、中佐は尋ねた。「ボーイ・スカウトの資金集めだな」そのときティモシーはにこやかに返事をして、自分はボーイ・スカウトではない、お小遣いを少し稼ごうとしているだけだ、と答えた。見るからに変わり者だが、それがある種の魅力になっているようだった。にこやかで、話し好きなのに、群れることがない。ほかの子供とは違う。初日の午前中は、食堂に絨毯を敷くのを手伝ってくれた。コマドリのように嬉々としていた。

そんな彼を見て、ミセス・アビゲイルはとてもいい子だと思っていた。しかし、そのあと様子が変わり、まるで別人のように見えることもあった。いつも一人で行動しているのは、しっかりしているからだと思っていたが、今では友だちが一人もいないのが気にかかり、よくしゃべることにもこれまでとは違う印象を抱くようになった。それでも木曜の夜になると彼は手伝いにやってきた。それどころか、夕食も食べていった。中佐の指示に従って、狭い前庭、そして裏庭でも作業をした。前の年の冬には食糧置き場のペンキ塗りも手伝った。ミセス・アビゲイルは彼が失われた魅力を取り返すのも不可能ではないと信じていた。

「中佐はまだ海ですか、奥さん」

「ええ、そうよ」晴れの日も雨の日も外に出るなんて、自分の夫ながら、馬鹿みたいだ。そもそもこんな時期に泳ぐなんて信じられない。そういいたかったが、もちろん、何もいえなかった。子供相手にする話ではないし、そもそも他人にそんな愚痴をこぼしても仕方がない。彼女はティモシー・ゲッジに微笑みかけた。「でも、すぐに帰ってくるでしょう」

彼は笑った。そして、いった。「アヒルにはいい天気ですね」

その黄色のジーンズから湯気が立っていた。まもなく彼はひげを剃るようになるだろう。ときおり見かける若者のように、まもなく彼もあの粗野な表情をたちまち顔に浮かべるようになるだろう。

「フルーツ・ガム、どうです?」筒に入ったラウントリーのフルーツ・ガムを差しだしたが、ミセス・アビゲイルは受け取らなかった。彼は自分用に一粒取り、口に入れた。「公園にリングズの会場ができてますね」彼はいった。

「ええ、朝、見たわ」

「中佐も奥さんも、移動遊園地には興味がないでしょう。スロットマシンとか、バンパー・カーとか」

「ええ、まあそうだけど――」

「あんまりお上品じゃないから」

「どっちかというと、若い人向けね」

「スロットマシンてほんとに下らない」

彼はまた笑い声を上げた。ミセス・アビゲイルと中佐がスロットマシンで遊んでいるところや、バンパー・カーをぶつけあっているところを想像したからだ。バンパー・カーを走らせる囲いの中はディンマス団の天下で、あの連中は無茶苦茶なことをする。そのことを話すと、ミセス・アビゲイルも小さく笑った。復活祭の野外行事のことも話しはじめて、移動遊園地の初日が復活祭の土曜日になったのは残念だ、といった。その日は野外行事の開催日と重なっている。遊園地のほうに人が流れますね、と彼はいった。「フェザー牧師にそのことをいったんですよ。ダスさんにもね。でも、聞いてもらえなかったんです」

彼女はうなずいた。だが、ほかのことを考えていた。ゴードンが泳ぎから戻ってきたら、きっとこの子にシェリーを勧めるだろう。先週も、先々週も、その前の木曜日もそうだった。感心しませんね、と彼女は釘を刺していた。ただでさえ大人になるのは大変なのに、シェリーをちびちび飲む癖なんかがついたら、ろくなことにはなりませんよ、と諭したのだが、おまえには人の情がわからんのか、とゴードンはいっただけだった。

ティモシーは復活祭の野外行事の話をやめなかった。話をやめると、そろそろ仕事をしなさい、といわれるからだった。ある週の木曜日などは、いつまでもしゃべり続けたおかげで、仕事はぜんぜん片づかなかったのに、ミセス・アビゲイルはそのことに気がつかず、お金を払ってくれた。

隠し芸大会が本当に楽しみです、と彼はいったが、ミセス・アビゲイルは聞いていないようだった。そのあとすぐ、電気オーブンの掃除と、片手鍋にこびりついたタピオカをこそげ落とす仕事を命じられたので、がっかりした。それよりもずっと、ミセス・アビゲイルの寝室で用事を片づけるほうが好きだった。いろいろな引き出しを覗くことができるからだった。

「うちの人に勧められても断りなさいね、ティモシー」キッチンにいるミセス・アビゲイルがいった。彼のほうは〈フォース〉という銘柄の洗剤をオーブンに吹きつけているところだった。

「お母さんに駄目だといわれたっていうのよ」

「それ、なんの話です？」

「シェリーよ。あなたは未成年ですからね」

彼はうなずいた。頭を半分オーブンに突っ込んだままだった。自分はたしかに未成年だ、と彼はいった。でも、法律が禁じているのは、パブや酒屋が未成年に酒を提供することで、自分がシェリーを一杯呑むのはかまわないと思う。

「絶対に手を出さないようにしようと思ってるのは、ドラッグなんです」

「あら、やだ。駄目よ、絶対に、ドラッグなんて。約束してね、ティモシー」

「ええ、絶対ドラッグには手を出しません。だって、売ってる店、知らないもの」彼は笑った。

ミセス・アビゲイルが見ると、ティモシーはオーブンの前にデイリー・テレグラフ紙を広げて膝をついていた。上着は居間の暖炉の前に干してある。片方の手首に炭のようなものがついているのは、オーブンの中で半焦げになった肉汁に触れたからだった。笑うと、肉のそげた頰の皮膚がぴんと張り詰めた。やがて、笑いは消えたが、口もとにはまだ少し笑みが残っていた。

「わたしからのお願いよ」しゃがみ込んで、笑みを返しながら、彼女はささやいた。「シェリーは呑まないでね、ティモシー」

彼は香水の匂いを嗅いだ。いい匂いだった。薔薇園もこんな匂いかもしれない。ミセス・アビゲイルの首にはシフォンのスカーフがあった。色は淡い青で、ドレスの濃い青とよく似合っていた。

「ね、頼んだわよ」と、彼女はいった。一瞬、ティモシーは、キスをされるかもしれない、と思った。そのとき、中佐が鍵を回す音がした。玄関の錠を開けようとしている。

「忘れないでね」彼女は耳打ちし、立ち上がると、その場を離れ、「ティモシーがきてるわよ、ゴードン」と、夫に声をかけた。

「おお、それは上出来だ」玄関ホールで中佐がいった。

アビゲイル中佐は、第二次大戦中に五か月間その階級で海軍の軍務についていた。瘦せた小柄な男で、頭は禿げているが、後頭部と両耳のまわりに、ほんの少し、赤っぽい髪が残っていた。細い口の上に細い口ひげがあり、目はぎょろっとしている。六十五歳にして左手、左肩、左脚の関節を患っているので、じめじめした天候のときには体がうまく動かなかった。ロンドンの海運会社を退職したあと、ディンマスに住もうと思ったのは、海に強い愛着を持っていたからだった。

空気はすがすがしく、ぴりっと潮の香がして、空気が冷たくても湿度は低いはずだと思っていた。イングランドで一番降雨量が多いという記録があることを妻が指摘しても、おまえの資料の読み方が間違っているのだと頭ごなしに決めつけた。不動産屋からハイ・パーク・アヴェニューのバンガローが空いているという連絡がきたとき、これこそ待ち望んでいた物件だと快哉を叫んだが、それほど日がたたないうちに、結局は妻のいうとおりだったのが身に染みてわかった。ディンマス周辺はイングランドでもとくに雨の多いところだったのである。決して負けを認めるなというのがアビゲイル中佐が信じる処世訓の筆頭だった。左半身の関節がいかに痛くても、決して白旗を揚げないこと。その不屈の精神が、かつてのイングランドを、かつてのイングランドたらしめたのである。今のようなごみ溜めとは違う。

「どうもです、中佐」ティモシーは中佐に挨拶した。キッチンに入ってきた中佐は、海水パンツとタオル、そして濡れた茶色のコートをかけたハンガーを手にしていた。

「こんにちは、ティモシー」

中佐は、滑車のロープをほどき、天井に吊り上げてあった物干し板をおろした。枠の形をしたその板に、洗濯物を干す。ハンガーを板に置き、海水パンツとタオルを広げた。そのあと、板をまた途中まで吊り上げた。コートから水滴が落ちた。

ミセス・アビゲイルはキッチンから出ていった。床のタイルは水びたしになるだろう。その上をゴードンが歩き、ティモシーが歩く。水が垂れてこなくなったら――それには一時間半ほどかかるだろうが、ミセス・アビゲイルは隅から隅まで床にモップをかけて、新聞紙を敷かなければならない。

「で、ティモシー坊ちゃまのご機嫌はいかがですかな？」

「はい、中佐。おかげさまで元気です」

「よし、上出来だ」

ティモシーは使っていたスポンジクロスを洗い、汚水を入れる深皿の上で絞った。オーブンの中を拭きながら、まだかなり汚れているのに気がついたが、扉を閉めた。体を伸ばし、深皿とスポンジクロスを流しまで運んだ。彼が考えていたのは、ウェディング・ドレスと、浴槽と、中佐が持っている千鳥格子柄のスーツとをどうやって手に入れるか、ということだった。絶対にうまくいく。何度も自分にそういいきかせていた。そのあと、笑い声が漏れそうになるのをこらえた。自分が扮装したミス・マンディ、誰もが死んだと思っていたミス・マンディが、浴槽から起き上がるところを思い浮かべたのだ。

「よかったらシェリーにしよう」中佐はそういって、小さな青いトレイにグラスとデカンタを載せた。「居間に移ろうじゃないか、相棒」

ティモシーは、さっき渡された片手鍋にこびりついたタピオカの焼け焦げを爪でこすった。興奮を隠しきれないヒューイ・グリーンの声が「この子はまだ十五歳ですよ！」と響いた。

そのあと、流しの上に渡した紐にかけてある磨きクロスに手を伸ばした。それでタピオカをこすったが、汚れは落ちなかった。また爪で引っ掻いてから、今度はスチールたわしでこすった。それから、片手鍋に水を入れ、邪魔にならないように、水切り板に載せた。ミセス・アビゲイルには、自分の意見だが、と前置きをして、汚れたところは一日か二日水に浸しておいたほうがいい、と話すつもりだった。

「盛大な拍手を！」と、ヒューイ・グリーンがいった。「みなさん、ティモシー・ゲッジに盛大な拍手を！」

スティーヴンにとって、それは不自然なことでもなんでもなかった。憶えているかぎり、小さなときから、この家にきてケイトと遊んでいたからだ。禿げ頭が小麦色のブレイキーさんのこともよく知っているし、動きが鈍いのにも、口数が少ないのにも馴れている。犬たちも、庭も、この家も、にこやかに微笑んでくれるブレイキーのおばさんも、みんなお馴染みだった。

スティーヴンの見ている前で、ブレイキーさんはロープを解いていた。ふたつの旅行鞄を留めたロープだ。旅行鞄は開いたままの車のトランクに突っ込んであった。もう雨は降っていなかったが、黒い雲が低く垂れ込めていた。ただの中休みで、また降り出しそうだった。空気は湿っぽく肌に絡みついてくる。それは、少しぶるっと震えたら、家に入って暖炉の前に行きたくなるような、気持ちのいい感触だった。春や夏の寒い日に、母さんもよくいっていた。同じ寒さでも冬とは違うのよ、凍えるような寒さじゃないから気持ちがいいのよ。

玄関ホールでは火が燃えていた。玄関の広間に暖炉がある家なんて、ほかには知らない。ケイトは家の中でこの玄関ホールが一番好きだという。マントルピースの白い大理石。真鍮の炉格子は丈が高く、腰かけにもなるように赤いレザー張りのクッションがついている。石の床に敷かれているのは、茶系とブルー系の色調で統一されたエジプト絨毯。壁には深紅のヘシアンクロスが張ってあり、同じ画題の水彩画が真鍮の額に入って並んでいる。いろいろな芝居の登場人物を描いた十八世紀の絵だ。スティーヴンもケイトもどんな芝居に出てくる人か知らなかったが、絵はとても素晴らしかった。幅の広いマホガニーの階段も素晴らしい。階段は広間の奥にあり、曲線を描きながら上に向かってゆるやかに伸び、窓のところで向きを変えて見えなくなっている。その窓がまた大きくて、下は壁の羽目板のところまである。いつの日か自分もこの場所が一番好きになるのだろうか、と彼は思った。

ブレイキーのおばさんは、緑色のリノリウム敷きの廊下へと通じるドアを開ける前に、ふと足を止めて、あと十五分で夕食ですよ、と二人に声をかけた。おばさんが向こうに行ったあと、ドアが閉まるのを見ながら、一瞬、スティーヴンは思った。ぼくはこんなところに突っ立っていていいんだろうか。母さんが死んだのに、この家にいていいんだろうか。だが、その一瞬は、たちまち過ぎていった。

牧師館では父母と一緒に双子がキッチンのテーブルについていた。四人ともポーチドド・エッグを食べていた。

「うぇーっ」スザンナがいった。

「あたし、先にそういった」デボラがいった。「ママがきたとき、うぇーって」

「ママがきて、うぇーっていったのは、あたしよ」

「うしろ見たらママがいて、それでママが入ってきて、すぐにあたし、うぇーっていったの。あんた、見てもいなかったじゃない、デボラ」

「卵、ママが持ってきたから、あたしがうぇーっていったのよ、スザンナ」

「ママ、デボラのところにドラゴンがやってくるよ」

「ドラゴン、ドラゴン、ドラゴン、ドラゴン、ドラ――」

「いいから、卵、食べなさい、スザンナ」

「だってママ、あたし、くたびれたんだもん」

「いいかげんにしてくれよな」卵を食べ終えたクウェンティンがいった。

「くたびれたのよ、パパ。お口がくたびれちゃった。とっても、とっても、くたびれた。くたびれた、くたびれた、くたびれた」スザンナは目蓋を閉じ、ぎゅっと目をつむった。デボラも目を閉じた。二人はくすくす笑いはじめた。

ラヴィニアはどっと疲れるのを感じた。そして、娘たちを叱った。あんたたちどうしていつもこうなのよ。

「夕食ですよ」ハイ・パーク・アヴェニュー十一番の家で、ミセス・アビゲイルがそう宣言した。居間に入ろうとして、さっきシェリーはやめるようにいっておいたのに、ティモシーに無視されたことを知った。改めてジッパーのついた上着を着て、ティモシーは電気式暖炉のそばでソファに腰かけている。ゴードンはその反対側の、いつもの安楽椅子にすわっていた。カーテンは閉まり、ヒーターは強力な熱を発していた。明かりはテーブルのランプだけ。弱い電球ひとつでは、部屋全体を照らす役目は果たせなかった。とはいえ、その薄暗さのおかげで、温かい雰囲気が醸しだされていた。

「そうか、じゃあもう一杯だ」アビゲイル中佐は小声で短く笑い、馴れた手つきでティモシーのグラスのほうにシェリーのデカンタを上げ、同時に妻に話しかけた。「おまえも付き合わんか。まあ、ここにすわれ」

彼女はドアのそばに立っていた。片足はまだ廊下にあり、もう一方の足は居間に敷いた柄物の絨毯を踏んでいた。「じゃあ、いただきます」ゴードンにお代わりを注がれて、ティモシーがそういうのを耳にした。さっきの約束はすっかり忘れてしまったようだった。暗がりの中で、こちらに向かってにっこり笑いさえした。「そうそう。すわってくださいよ」ともいったが、この子の口からそんな言葉が出るのは笑止だった。その姿も噴飯物だ。子供がキプロス産のシェリーのグラスを手にしているのだ。しかも、指は危なっかしくワイングラスの脚をつまんでいる。

「シチューを温める都合もあるし」彼女が静かにいうと、夫は――予想どおり――あと五分で行くと応じた。これも予想どおりだったが、夫は食事の用意ができて、さあ食べようというときにかぎって、平然と酒を勧める。この子にシェリーを呑ませるのも、彼女に対する嫌がらせなのだ。残念だが、これはどうしようもなかった。

彼女はドアを閉め、キッチンに戻った。ラジオをつけ、少し皿洗いをした。にぎやかなおしゃべりが聞こえるのは言葉当てゲームをやっているからだ。観客が一人、けたたましく笑ったが、ミセス・アビゲイルは少しも面白いとは思わなかった。結婚生活を送っているあいだに何度も指摘されたことだが、彼女にはユーモアのセンスがないようだった。

ミセス・アビゲイルが結婚したのは、ゴードンが彼女を必要としていたからであり、同情と共感から彼女のほうもゴードンに好意を持っていたからだった。結婚生活にはいつも虚しさがつきまとっていたが、思い悩む暇もなかった。三十六年のあいだ、その生活は彼を中心にして回っていたからだ。好むと好まざるとにかかわらず、彼を受け入れることしかできなかったし、自分は不幸な女だと認めるつもりもなかった。

一口大に切ったチキンと野菜をお玉ですくい、三つの皿によそって、オーブンにいれた。ラジオでは言葉当てゲームが終わり、ドラマが始まった。グリーンピースの裏ごしをして、片手鍋のマッシュ・ポテトを皿に移したとき、廊下から夫の声が聞こえてきた。自尊心の話をしていた。「要するに、自尊心というものがあったわけだ」そう繰り返しながら、夫は食堂の席についた。

そして、右手の人差し指と親指で赤っぽい口ひげを撫でつけた。「つまり、イングランド人であることの自尊心だよ、ティモシー。昔々の話だがね」

「チェリーエイドはいかが？」甘味が入ったサクランボ・ジュースの瓶をティモシーのグラスのほうに差し出しながら、彼女はいった。

「それより、ビールだろうが」中佐はいった。「ウォトニーのペール・エールがあるぞ。それなら呑めるだろう」

　最初は聞き違いかと思ったが、もちろんそうではなかった。夫はこれまで家にビールを持ち込んだことなど一度もない。そもそもビールは好きではないといっていた。クリスマスにはスーパーマーケットのテスコでハンガリーのワインを買ってきた。雄牛の血《ブルズ・ブラッド》というワインだそうだ。

「とにかく、ビールを一口、これほどうまいものはない」彼はサイドボードを開け、〈ウォトニーの赤樽　ペール・エール〉と書いてある大瓶を二つ取り出して、栓を抜いた。「おまえも一口どうだ」

　彼女は首を振った。この大きさの瓶なら、それぞれ一パイントは入っているはずだ。シェリーを二杯呑んだうえにそれだけのビールが入れば、この子も素面《しらふ》ではいられないだろう。彼女はその懸念を口にした。もちろん、賢明な発言でないことはわかっていた。

「おいおい、それはないよ」いつもの調子で、彼は笑った。自分で自分のグラスにビールを注ぎながら、ティモシーも笑っていた。

「心が安まるな」と、中佐はいって、また席についた。「こんな他人行儀な時代でも、ディンマスのような町に住んでいるだけで、心が安まる。ここでは日曜になるとみんな教会に行く」

ティモシーはその話に耳を傾けていた。食卓を囲んでこんな会話が始まるのはいつものことだった。ほんとに変な夫婦だ。フェザー牧師はちっとも変じゃないといっていたが、それもまた変だ。この夫婦は二人とも頭がおかしいに違いない。

「ポケットに手を突っ込んだら、一シリングくらいは見つかるだろう、ティモシー。それで映画館に行きなさい。『無敵艦隊』『チップス先生さようなら』。どっちも傑作だぞ。入場料を払ったら、余ったお金でフィッシュ・アンド・チップスを買うといい。戦争前の、ちゃんとしたフィッシュ・アンド・チップスは、まさに神の食べ物だったよ」

「ええ、そうだったんですってね」彼は話を合わせた。相手を喜ばせたかったからだ。中佐はそんなふうに話しかけてもらうのを好んでいたし、奥さんのほうはにっこり笑いかけてもらうのが好きだった。奥さんは今は不機嫌だが、すぐに機嫌を直すだろう。

「おいしいポテトですね、奥さん」彼はそういうと、相手に向かって満面の笑みを浮かべた。

「これ、ほんとにおいしい」

彼女は何かいおうとしたが、中佐がさえぎった。

「土日にはハイキングに行くんだ。朝早くロンドンから列車に乗ったら、三十分でバッキンガムシアのまん真ん中に着く。腰のポケットにウッドバイン（紙巻き煙草）を突っ込み、昔からある感じのいいパブで、喉を湿す程度に一杯やる。あたりには人っ子一人いない。たまには、農場で働いている爺さんに会うかもしれん。すると、帽子のひさしを上げて挨拶してくれる。実に絵になっていたよ、ああいう爺さんは」

「ええ、そうだったんですってね」気分はとてもよかった。かすかに拍手が鳴り響くのを意識していた。まるでこの部屋の中から聞こえてくるようだった。彼は目を閉じ、自分でも本当は聞こえるはずがないとわかっている拍手に耳を傾け、その心地よい感覚に酔いしれた。その響きに全神経を傾けた。その調べは、まるで春の海のように、ゆっくりと暖かく波打った。目蓋の向こう側に暗闇が広がり、人を楽しませるように、いくつもの光がついたり消えたりしている。左の肩にかすかな重みを感じた。まるで誰かがそこに手を置いたようだ。きっとヒューイ・グリーンだ。意外なことに、聞こえてきたのはミセス・アビゲイルの声だった。蒸しプディングの話をしている。彼は目を開けた。自分で思っていた以上に時がたっていた。

「イチジクはいかが、ティミー？」奥さんはいっていた。「イチジクの蒸しプディングよ。このあいだ、おいしいっていってたじゃない」

そして、皿に載せた茶色の塊にナイフをかざしながら、どれくらい大きさに切り分ければいいか訊いてきた。

「ヨークというのを知ってるか？」中佐が尋ねた。

「どう、ティミー？」

「おいしいです、奥さん。おいしいんですね、イチジクのプディングって。それ、町の名前ですか？」

「いや、農夫がズボンの裾を上げるときに止める紐のことをヨークといったんだよ」

「カスタードは？」

「ぜひお願いします」

彼女はカスタード・ソースをプディングにかけてやった。容器を渡して、自分でやらせたら、きっとこぼしていただろう。この子は素面ではない。一口、二口、ビールを呑む前から、すでに手もとが怪しかった。額に汗が浮いている。

「昔はよかったな」中佐がいった。「食料品店では、カウンターのそばに丸椅子が置いてあって、客はそこにすわることができた。ところが、今じゃどうだ。店では汚れた白いお仕着せを着た小便臭い小娘が、鼻をほじりながらレジを打っている。スーパーマーケットだとさ。とんでもない話だろう、なあ、おまえ」

「おいしい？」彼女はささやいた。

「ありがとうございます、奥さん」

「娘っ子の中には、一日に何十万回もレジを打つのがいるそうだ」中佐はいった。

ティモシーはさらにビールを呑み、口いっぱいに詰め込んだイチジクのプディングとカスタードを喉に流し込んだ。八歳くらいのときの出来事が記憶によみがえった。遊歩道の手すり壁の上を歩いていたら、ミス・ラヴァントがやってきて、危ないからやめなさいといわれたのだ。ミス・ラヴァントは美人だった。いつもお洒落な格好をしている。彼女とならば結婚してもいい。壁から下りると、ご褒美にキャンディをくれた。紙袋を差し出して、好きなのを選びなさいといってくれた。キャンディはマッキントッシュのクオリティ・ストリートだった。ぴかぴか光る緑色の紙に包まれたのを選ぶと、中にはチョコレートで覆われたタフィーが入っていた。こういう女の人には笑顔を見せること。それが肝心だ。そうすれば喜んでもらえる。今、目の前にいる奥さんも同じだった。つい笑い出したりしないように気をつけながら、ミス・ラヴァントのことを考えた。おめかしをして、遊歩道を行ったりきたりしながら、キャンディを配って歩いている。こらえきれずにぷっと笑い、ごめんなさい、とあやまった。

そのあと、また時間の感覚がなくなった。気がつくと、奥さんは立ってプディングの皿を片づけていた。使っているのはいつものトレイ、木材に似せた茶色のプラスチックのトレイだった。蒸しプディングの残りも、カスタード・ソースもそこに載せた。まだ不機嫌そうで、顔に笑みはなかったし、笑うつもりもなさそうだった。ミス・ラヴァントもときどき同じことをする。美人だが、歯並びが悪かったからだ。ミス・ラヴァントとこの奥さんは姉妹なのだろうか、と思った。二人とも小柄だし、どちらにも子供がいない。

ティモシーはゆったりと椅子にすわり、ビールを呑みほした。あとしばらくしたら、花柄のカップと受け皿、花柄のティー・ポット、それにケーキを持って、奥さんが戻ってくるだろう。そして、椅子にすわると、下らないことばかりしゃべっている中佐の話を聞き流す。そのあとマクヴィティのフルーツケーキを勧めてくれるだろう。そのときがきたら、ぜひ訊いてみよう。ミス・ラヴァントは妹さんですか。そういえばきっと喜ぶはずだ。そういう質問は受けがいいに決まっている。『あらゆる年齢の子供のためのジョーク一〇〇〇篇』で覚えた小咄を一つか二つ披露したら、もっと喜んでもらえるだろう。思わず笑いが漏れた。気がつくと、食卓越しにこちらを見ながら中佐も笑っていた。神経に障る甲高い声だった。体がどこか悪いのだろうか。「乾杯、中佐」そういいながら、グラスを上げた。「ウォトニーのペール・エール、まだありますか?」

「頼もしいな。まだあるとも。上出来だよ、相棒」待ってましたとばかりに立ち上がると、中佐はサイドボードのところに行って、また二本、一パイント瓶を取り出した。なんだか浮きうきしているのは、奥さんを怒らせるのが面白いのだろう。奥さんがキッチンから戻ってきて、またビールが出ているのを見たら、気分を害するに決まっている。「すまんな、気が利かなくて」中佐はいった。

「本なんか読みますか、中佐。『恥じらいの時』。作者はルーシー・ラスティック」そういって、ティモシーはげらげら笑い、中佐に向かって何度も首を振って、「ルーシー・ラスティックですよ」と、念を押した。「『恥じらいの時』、ルーシー・ラスティック（「ルース・エラスティック＝ゆるんだパンツのゴム紐」の駄洒落）。わかりますか?　カフェである男がいいました。『ウェイター、この蠅は私のスープの中で何をしている?』『平泳ぎをしているようでございます』わかりますか、中佐。この客は――」

「わかったよ、ティモシー。よくわかった。笑えるね」

「あるご婦人がキッチンに入って、息子にいいました。『金魚鉢の水、取り替えるの忘れちゃったわ。あっぷあっぷしてる』『金魚はまだ呑み足りないんだよ!』息子はそういいました。わかりますか、中佐。その子供は——」

「ちゃんとわかったよ、ティモシー」

「〈砲兵の友〉亭のプラントさん知ってます?」

「別に知り合いじゃないが、顔は知っている。犬を連れて歩いているのを見たことが——」

「ある日の夜、〈砲兵の友〉亭の駐車場にいたら、女用のトイレからプラントさんが出てきたんです。そのあと二分くらいして、女の人も出てきました。何度かそんなことがあったんです。わかりますか、中佐?」

「うん、まあ——」

「別のときの話ですけど、夜中の二時に目が覚めちゃって、トイレに行ったら、上着を脱いだプラントさんがうちのラウンジにいたんですよ。母さんに会いにきて、あれの途中でひと休みしてたんです」今度もまた笑いが漏れるのをこらえることができなかった。プラントさんの奥さんがこの話を聞いたら、かんかんになって怒るだろう。あの奥さんはウェールズ人で、体が大きく、猫みたいに怒りっぽい。プラントさんは本当に下品だった。ズボンをはいてなくて、あそこが丸出し。

奥さんがやってきて、お茶の道具やマクヴィティのフルーツケーキを載せたトレイをテーブルに置いた。彼はにやりとわらい、首をこくりこくりと動かした。

「わかりますか、緑で、毛が生えていて、上に行ったり、下に行ったりするもの」

彼女には質問の意図がわからなかった。眉をひそめ、首を振った。まだケーキがお腹に入るかどうか、ティモシーに訊こうとしたとき、栓を開けたビールがあるのに気がついた。

「ゴードン！　これどういうこと？」

彼女は自分ではどうしようもなかった。いけないことだとはわかっていた。これではゴードンの思惑どおりではないか。あの人はわたしを怒らせようとしてまた二本、ビールの栓を開けたのだ。彼は細い口ひげの下でにんまりした。

「いかんかね？」彼はいった。

「この子はもう一本空けてるんですよ。シェリーも呑んだし。まだ十五歳なのよ、ゴードン。子供はお酒に馴れてないんだから」

「だがな、イーディス、本人がもう少し呑みたいといったんだぞ」

ティモシーは赤い顔をしていた。唇は濡れたように光り、上唇にはビールの泡が点々とついていた。目の焦点が合っていない。

「スグリがエレベーターに乗ってるところ」と、彼はいった。

「シェリーは呑まないでっていったでしょ！」彼女は急に甲高い声を出した。

ティモシーは笑い声を上げ、また首をこくりと動かした。「でも、わかったでしょ。エレベーターに乗ってるから、上に行ったり下に行ったりするんです。エレベーターに乗ったスグリ」

彼女は、しゃきっとするようにいった。すわったまま首をひょこひょこ振って、今の彼はまるでどこかの馬鹿みたいだ。

「カフェに入ってきたある男がいいました。『蟹でもいいかね？　注文したいんだが』『お席にどうぞ、お客さま。うちではどなたさまでもご注文いただけます』この男は、カフェに入ってきて、ウェイターに蟹を――」

「ええ、ええ、わかりましたよ、ティモシー」

「本なんか読みますか、奥さん？」

奥さんは返事をしなかった。笑っているのかどうか、ティモシーにはわからなかった。とにかく歯は見せていなかったが、笑っていても歯を見せない人だっている。奥さんの妹も、ぜんぜん歯を見せない。クオリティ・ストリートを差し出して、選んでといったときもそうだった。ほんとに変な話だ。遊歩道でお菓子を配る女の人。人に会ったからというのが配る理由。「あの小僧に会ったぞ」あの晩、寝室に戻って、プラントさんはそういったのだ。プラントさんが寝室のドアを閉める前に、もうくすくす笑いが聞こえてきた。プラントさんはいつもトイレから出てくるような男だ。駐車場の女用のトイレから。どこでも好きなところから。いつだったか、ローズ＝アンとレンがラウンジの絨毯に寝そべってあれをしていたことがある。映画を見て帰ってきたときに、鉢合わせした。二人ともぜんぜんあわてなかった。

部屋が少しぐらぐらしていた。テーブルの向こうにいる中佐はゆらゆら揺れ、右に行ったり、左に行ったりしている。輪郭が幾重にも重なって、目が四つ以上あるように見えたり、口ひげが二つも三つも見えたりした。「ごらんなさい、あなたがこんなことするから、この子ったら、すっかり酔っ払っちゃって」奥さんの声がした。遠くから聞こえてきた。まるで電話の向こう側にいるようだった。

もっとビールを呑んだら目の焦点が定まるような気がして、ティモシーはグラスに残っていたのを呑みほした。ビールは大好きだった。青少年センターに行って、誰も人がいなかったとき、彼は初めてビールの味を知った。食器棚の奥に誰かが隠してあったビール瓶を二本見つけたのだ。センター内でビールは禁止されていた。飲めるのはコカコーラかペプシだけだったが、何か特別な集まりがあるときに、こっそり持ち込む者もいる。彼はその二本を持って青少年センターのトイレに入り、瓶の中身を呑んだ。うまそうだと思ったからではなく、他人のものだったから呑んでみたくなったのだ。空き瓶は便器の中に置いた。誰かが用を足したあとで気がつくと面白いと思った。外に出ると明るい午後。気分は上々だった。それ以来、呑めるときにはいつでも呑むことにしていた。

もう一杯注いだ。奥さんがやめろといっていることには気がついていた。ビールはグラスの縁からあふれ、テーブルクロスにこぼれた。奥さんに向かってにやにや笑っていたので、手もとを見ていなかった。

「こりゃ失態だぞ、相棒」中佐は例の甲高い声で笑いながら叱った。

「ミス・ラヴァントって、奥さんの妹ですか？」

彼は奥さんの指が自分の指に触るのを感じた。彼が持っているビールの瓶を取ろうとしているらしい。あわてなくてもいいですよ、と彼はいった。奥さんならいつでも好きなときに呑めるでしょう。ぼくなら呑むなとはいいませんから。奥さんの妹がいつもお洒落をしているのはグリーンスレイド先生のことがあるからだ。妹さんにも子供がいませんね、と彼はいった。お洒落だけれど、歯を見せるのはいやみたい。

中佐はまた面白がっていた。親指で奥さんを指している。ただその指も輪郭がぶれて、何本もあるように見える。中佐は首を振りながら笑いこけていた。

「わたしには妹なんかいません」ミセス・アビゲイルは静かにいった。

「ぼくの父さんは逃げちゃったんですよ、奥さん」

「そうですってね、ティモシー」

「父さんは我慢できなかったんです。ぎゃあぎゃあ泣きわめく赤ん坊が家にいるのがね。もし二人が、赤ん坊なんかできないように用心してたら、ぼく、ここにいないですよね」

見ると、奥さんはうなずいていた。テーブル越しに、彼は微笑みかけた。

「ある女の人がキッチンに入ったんです、奥さん。すると子供がいて、金魚鉢を――」

「もうおやめなさい、ティモシー!」

奥さんは彼の手からグラスを取ろうとしている。そうはさせなかった。グラスを抱えこみ、笑顔を作った。ものが二重に見えないように、片目をつむっていた。熱いお茶を飲みなさい、といっているのが聞こえた。しかし、奥さんがグラスから手を放すと、すぐに彼はそれを口に当て、またビールを呑んだ。中佐は、少年が大人になることについて何かいっていた。奥さんはまたグラスを取りあげようとした。

彼は笑いだした。本当に面白かったからだ。グラスを奪い取ろうとする奥さん。何重にもなって部屋の右側や左側で揺れている中佐の顔。自分はおしっこをしたくてたまらない。手が滑り、グラスからまたビールがこぼれた。それがおかしくて、げらげら笑った。

「トイレ、行きたい」そういうと、ティモシーは立ち上がろうとしたが、なかなかうまくいかなかった。「トイレ」そう繰り返したとき、青少年センターの便器に置いた二本のビール瓶がふと頭に浮かんだ。

「よし、行きなさい」中佐が隣に立っていた。もうテーブルの向こうにはいなかった。「さあ、ちゃんと立つんだぞ、相棒」と、中佐はいった。

二人とも四角い卵のようにへんてこだった。立っていようがすわっていようが、同じことだ。ほんとに変だ。ダス夫妻と比べても、百万倍へんてこりんだ。奥さんに妹がいないなんて、馬鹿じゃなかろうか。「チャラーダ」そういって彼は立ち上がった。中佐が腕をまわして支えていた。

「あなたは金髪の美人とデート中。それでね、奥さん――」

「自分で歩けるか、相棒」中佐はさえぎった。「一人で大丈夫か？」

また部屋が動いていた。奥が沈んで、またゆっくりもとに戻る。奥さんは子供にお酒を呑ませるなんてと怒っている。中佐はよく考えてみろと反論している。

「ぼくたち、学校でシャレードをやったんだ」と、彼はいった。まだ二人にその話をしていなかったのを思いだしたからだ。「でも、ウィルキンスン先生のおかげで、めちゃくちゃになったんですよ。ぼく、エリザベス一世をやらされて、宝石とかいろんなものを身につけて。ごめんなさい、おしっこに行かないと」

なんとか立っていられるようになって、少し気分がよくなった。部屋の出口まで行き、助けを借りずに一人でドアを開け、外に出てから閉めた。トイレに向かいながら、用を足したら居間にこっそり入ってもう一杯シェリーを呑もうと決めていた。ウォトニーのペール・エールをまた呑んだら奥さんに嫌な顔をされそうだ。トイレで口笛を吹いた。ぼくはめちゃめちゃに酔ってる、と思った。ほんとに最高の気分だった。

その一方で、食堂には沈黙が流れていた。ミセス・アビゲイルは紅茶を二杯注ぎ、テーブルの向こうにいる夫にその一杯を渡した。

「なあ、おまえ、あの子が少しばかり呑みすぎたとしても、悪いのは私じゃないぞ」

「じゃあ、誰が悪いんです？」そんなことをいってはいけないのはわかっていた。正気を疑うのと同じだからだ。それでも、いわずにはいられなかった。黙って見ていることなどできないのだ。

「あの子が呑みたいといったからだよ。なんべんもいわせるな」

「あなたがお酒の味を覚えさせたからでしょうが。非常識ですよ、ゴードン。中等学校の生徒とシェリーを呑んで、ビールまで勧めるなんて。あなた、これまで一度もビールなんて買ってきたことなかったでしょう」

「ビールは悪くないぞ、おまえ。チャールズ皇太子だって呑むし、エディンバラ公だって――」

「馬鹿なこといわないでくださいな、ゴードン」こういう話し方は彼女らしくなかった。もう言葉など選んでいられなかった。何もかもが馬鹿ばかしい。「それからもうひとつ。あの食料品店の話はなんですか。十五の子供にあんなことといっても通じるわけないでしょう」

妻が動揺しているところを見るのは面白かった。愉快だった。目もとに笑いが浮かんだかと思うと、あっというまに消えてしまう。彼はぶっきらぼうにいった。

「まずあれは歴史の勉強だ。自分の国のことを知るのがよくないというのかね?」

ミセス・アビゲイルは返事をしなかった。赤い小さな斑点が、顔の二箇所、両頬の上のところにできていた。

「質問に答えるんだ、イーディス」彼はテーブル越しに顔を突き出し、肩を怒らせた。「質問に答えるんだ」彼は繰り返した。

答えが必要な問いかけだったとは気がつかなかった、と弁解してから、静かに彼女はいった。

自分の意見だが、食料品店にかつて椅子があったという事実は歴史的興味を惹くようなことではない。だいいち、と彼女は指摘した。プリティ・ストリートの〈モックス〉には今でも顧客用の椅子がひとつあるのに、誰もすわっていないではないか。

「それは違うね」相手の冷静な口調に合わせて、彼も感情を抑えた。「私はあの椅子にすわる」

「じゃあ、何がいいたいんですか、ゴードン。まるで過去の遺物のように食料品店の椅子の話をしていたかと思うと、〈モックス〉には今でも椅子があって、それにはすわっているとおっしゃる。そもそも」と、彼女は冷静に付け加えた。「こんな話自体が的外れじゃありませんか」

「的外れなもんか。男たちが命を賭けて守ってきたこの国が、こんなごみ溜めになったという話なんだぞ」

「今そんなことおっしゃられてもねえ」

「馬鹿もん。よく考えてみろ！」

彼は癇癪を起こしかけていた。望むところだった。目がぎらぎら光り、唇が震え、それにつれて赤っぽい口ひげも震えた。

「そのごみ溜めから生まれたのがあの子なんだ」彼は吐き捨てるようにいった。「チャーターハウス校やラグビー校に行くような子供だったら、あんなふうになったと思うか？　ちっとは頭を使え！」

彼女はため息をつき、曖昧に首を動かした。最初は小さく横に振って、続いてうなずいた。口論をしている場合ではない。酔っ払った子供がいるのだ。それなのに物の道理を忘れ、意味のない言い争いを続けて、ますます深みにはまっている。

見ると、彼は紅茶を飲んでいたが、カップを持つ手が勝ち誇っていた。癇の虫は納まっている。負かしたいと思っていた相手を負かすことができて、しかもミルク入れを壁に投げつけたりする必要もなかったのだから、勝ち誇って当然だ。結婚当初はよく物を投げたものだ。今は自制心を自画自賛しているのだろう。カップを持ち上げる身のこなしに、自慢げな様子を看て取ることさえできた。ときどき彼女は思うが、結婚の本質は勝つか負けるかで、女性が敗者になったほうがうまくいく。男は負けることに耐えられず、敗者の諦観も知らないらしい。

「ティモシーのこと、どうしましょうか、ゴードン」

彼は唇をめくり上げ、小さな歯列を見せた。口ひげに似た色の、赤っぽい茶色に染まっている。

「ティモシー坊ちゃまだったら、私にまかせろ」と、彼はいった。その口調は、彼女がすでに知っていることを裏づけるものだった。こんな状況を招いたのは、それを自分で解決して、勝ち誇るためなのだ。さっきのことも同じで、彼女を議論に引きずり込み、ぞくぞくするような勝利の感覚にひたりたかっただけなのだ。そういうことを考えながら、なかなかトイレから戻ってこない少年を案じていたとき、ドアが開いて、ティモシーが入ってきた。驚いたことに、少年はゴードンのスーツを着ていた。

「こりゃなんだ」中佐がぽつりといった。

彼は二人に微笑みかけ、椅子の背に手を置いた。まだ少し体が揺れていた。シャレードの実演をしたかったのだ、と彼はいった。隠し芸の出し物をひとつ考えてあって、復活祭の野外行事で披露するつもりだ、ともいった。三人の花嫁の扮装をして演じ分けなければならない。ジョージ・ジョゼフ・スミスに扮するための服もいる。そのためにスーツを試着して、サイズが合うものを捜していた。選んだのが、この千鳥格子柄のスーツだ。これならスミスの役柄に合っている。

「ストリンガー校長がマダム・タッソーの蠟人形館に連れていってくれたんです。下の階の恐怖の部屋にも。ミス・ロフティの蠟人形、見たことありますか？」

「ティモシー、あなた呑みすぎよ」奥さんがささやいた。

彼は奥さんに向かってうなずき、ウェディング・ドレス探しにさんざん苦労したことを話した。あきらめかけたとき、ふと名案が浮かんだ。ウェディング・ドレスがそう簡単に手に入るはずはない。

「自分の服を着なさい。着替えるんだ、早く」中佐の声は鋭かった。何かの切れっ端のように尖っていた。

その声が滑稽だったので、ティモシーは笑った。海水パンツをはいて毎日海に入るのも滑稽だった。

「緞帳、作れますか、奥さん」

彼女は首を振った。少年が何をいっているのか、さっぱりわからなかった。

「フェザーさんにいったら、奥さんに訊いてみろっていわれたんです」

「その話は別のときにしましょうね、ティモシー」

「ミシンはあります？　ミシンがないと緞帳なんか作れませんよね」

「そんなものはうちにないけど――」

「妹さんとこにミシンあります？」彼女はうなずいたが、それは微笑みかけるための仕草だった。

「じゃあそれで解決だ」

「聞こえなかったのか？」さっきと同じ尖った声で中佐がいった。「私のスーツをすぐに脱ぐんだ」

「ちゃんと自分の服に着替えなさい。わたしたちもそのほうが嬉しいわ」

子供は大人の格好をしたがるものだ、と彼女は思った。冷静に、冷静に、と自分にいいきかせていた。これは遊びで、子供はそういうことを喜ぶものだ。とはいえ、実は違う。遊びで子供が大人の服を着ているのではない。子供といっても、酒を呑まされていて、口の両端が下に垂れ、見開かれた目はどんより濁り、首筋や顔は汗まみれだった。千鳥格子柄のスーツを着た姿はグロテスクそのもの。まるで日曜版の三文新聞に載る記事のような出来事だった。

ティモシーは「オポチュニティー・ノックス」の話をした。ヒューイ・グリーンのことも話した。ヒューイ・グリーンはヴィクトリア・ホテルに泊まっているかもしれないという。ゴルフをするためディンマスにきているのだ。「オポチュニティー・ノックス」の出演者で、こんな出し物を演じた者はいない。鳩を使った手品、家族全員でやる隠し芸、自転車の曲乗り、歌の名人、三つの子のダンス、パイプを吹かす犬。そんなものなら「オポチュニティー・ノックス」で見たことがあるが、死をテーマにした爆笑コントはまだ一度もお目にかかったことがない。三人の花嫁はみんなジョージ・ジョゼフ・スミスの手から逃れようともがいている。それでもジョージ・ジョゼフ・スミスがいつも勝つ。ジョージ・ジョゼフ・スミスは舞台にいないが、観客は想像の中でその姿を見る。花嫁が水に沈められると、照明が暗くなる。そのあと、少し間があって、ここで初めてジョージ・ジョゼフ・スミスが登場する。そのときに着ているのが千鳥格子柄のスーツだ。彼はジョークを披露する。横には浴槽があり、その中には花嫁が沈んでいる。それがわかるのは、ウェディング・ドレスの裾が浴槽の端から垂れているからだ。もちろん、本当に花嫁が浴槽に入っているわけではない。これは一人芝居だ。「さあ、これでよし。仕事に戻るとするか」拍手喝采を浴びながら、ジョージ・ジョゼフ・スミスはいう。照明が暗くなって、次に観客が見るのは、もう一人の花嫁が、人殺しの手から逃れようともがいているところだ。花嫁を溺死させるたびに、ジョージ・ジョゼフ・スミスは外に出かけ、死んだ女のために夕食を買ってくる。ミス・マンディには魚、ミセス・バーナムとミス・ロフティには卵。それが彼の奇妙な習慣で、海辺の町を殺しの現場に選ぶのも彼の癖だった。ジョージ・ジョゼフ・スミスはディンマスに滞在していたことがある。ディンマスのカースルレー下宿館に。

こういった話を最初から最後まで聞きながら、ミセス・アビゲイルは、これは夢だと繰り返し思っていた。夢とそっくりではないか。人を捉えて放さない悪夢だ。絡め取られて目を覚ますこともできない。現実に起こった残忍な三件の殺人を、子供が一人芝居に仕立て上げた。牧師館の庭に設《しつら》えた天幕つきの会場で、人がそれを見てげらげら笑うと思いこんでいる。しかも、テレビの司会者がたまたまその場にいて、自分を見てくれるかもしれないというのだ。

「ベニー・ヒル、見たことありますか、奥さん。それから、ブルース・フォーサイス（テレビ司会者、役者、ダンサー）。ブルース・フォーサイスって、本気出したらすごいと思いません？」

「もうやめましょう」それでも彼女は静かに話していた。理にかなった提案を初めてするように、落ち着き払っていた。

「ベニー・ヒルはただの牛乳屋だったんですよ。一パイント入りの牛乳瓶を何本も荷車に載せて、クリームも、ヨーグルトも、人参も、人が欲しがりそうなものを、一軒一軒、売り歩いて。ベニー・ヒルの家のドアを好機《オポチュニティー》がノックしたんです。奥さんもそうなるかもしれませんよ。誰にだってチャンスはあるんです」

「早くしろ」中佐は気が抜けたような声で命じた。「いわれたことをやるんだ、ゲッジ」

だが、ティモシーはいわれたことをやらなかった。首をひょこひょこ振りながら、椅子から立とうともしなかった。彼は教育実習生ブレホン・オヘネシーのこと、その彼が語った陰惨な光景のこと、萎びた大黄《ルバーブ》のように町を歩きまわっている人々のことを話した。にやにや笑って聞くしかなかった、と彼はいった。でも、よくわかった。オヘネシーはたしかに変人で、頭がおかしかった。それなのに、否も応もなく、いいたいことはちゃんと伝わってきた。彼は笑い声を上げた。ぼくはね、と彼はいった。しょっちゅう人のあとをつけたり、窓から家の中を覗いたりしてるんです。

「ミス・ラヴァントは奥さんの妹ですか、中佐。ラヴァントさんは、医者のグリーンスレイドさんに片思いしてるんです。二十年もね。でも、グリーンスレイドさんは知らん顔なんです。何かあったら、医師登録抹消ですからね。すごいと思いません？　ミス・ラヴァントは、既婚者にのぼせあがって、人生を無駄にしてるんですよ。怖いでしょう、奥さん。妹さんがそんな馬鹿なことしてるんですから」

彼女はうなずいた。ほかにどうすればいいかわからなかった。

「この町にはもっとひどい人もいますよ。あの人からキャンディをもらったとき、ひょっとしたら誘拐されるかも、なんて思いました。身代金目的。二千ポンドか三千ポンドで——」

「うちのやつには妹などおらん。もういいかげんにしてくれ」

「ミス・ラヴァントの話ですよ。ぼく、キャンディをもらって——」

「ミス・ラヴァントはうちのやつの妹ではない」

ミセス・アビゲイルは少年からゆっくり目を離した。夫がわけもなくおびえているのが声でわかって、びっくりした。怒って楽しむのはもうやめていた。顔はまだらになり、声を荒らげながら唇は震え、視線も揺れていた。この部屋の中で何かが起こっている。ゴードンの服を着た少年に、ではなく、ゴードン本人に何かが起こっている。自分のまわりにそれが凝集されるのを感じた。甘ったるく、粘っこい、濃密な何かが、体にまとわりついてくる。ゴードンは背をかがめ、おびえているように見えた。目は一点を凝視している。ティモシー・ゲッジはにやにや笑っているが、そんな様子がかえって痛ましい。彼女は二人のために泣きたくなった。ゴードンには、いったいどうしたの、と訊いてみたかった。ティモシーにも別のいいかたで同じ質問をしてみたかった。

笑みを浮かべたまま、彼はまた話しはじめた。自分はありとあらゆるものを見てきた、と彼はいった。葬儀で人が埋葬されるところ、WHスミスで初等学校の生徒が消しゴムを万引きするところ、自分の母親がプラントと寝ているところ。プラントの脚は羊肉の脂身のように白かったんです。ローズ＝アンとレンは絨毯に寝ころがってやっていた。青少年センターの裏の林では子供たちがやっていた。それも九歳から十五歳までの子供ですよ。郵便局のロブソンおばさんが酒屋の〈ファイン・フェア〉のスロコムさんと〈フィルのフライ〉でフィッシュ・アンド・チップスを仲よく買っているのも見たし、事務弁護士のピムがクイーン・ヴィクトリア・ホテルでロータリークラブの晩餐会に出たあと海に向かって嘔吐しているのも見た。ディンマス団の連中がバスの待合所で洗濯屋のパキスタン人を痛めつけているのも見たし、エッソルド・シネマの裏の壁にスプレーで「黒人は出ていけ」と書いているのも見た。同じ連中は助産婦のハケットさんにも嫌がらせをしていた。夜、青いミニに乗ってお産に駆けつけるハケットさんの前をオートバイで走って、煽り運転をしていたのだ。ロンドンに向かう街道のそばにできた新しい住宅地、リーフランズ団地では、土曜日になると夫婦交換パーティが行われている。あるとき、レース・ストリートの家を窓から覗いたら、一人の男がガラスの義眼を外していた。スロコムさんとロブソンおばさんがゴルフ場にいるのを見たこともある。ディンマスの町とそのまわりで、ぼくはとんでもないものを見てきたんです、と彼はいった。

あることないことを適当にしゃべっているようだったが、ミセス・アビゲイルは妄言と決めつけていいかどうかよくわからなかった。ただし、最初のウェディング・ドレスの話とか、ミス・ラヴァントは妹さんですねとか、エレベーターにスグリが乗っていたんですといった話は、意味のないたわごとだろう。

「人の生活を覗く権利はおまえにはない」と、中佐がいった。「人がすることをこそこそ嗅ぎまわって――」

「中佐のことも見てますよ。海岸にいましたよね。海水パンツで走りまわってましたよね。いけないこともしてるでしょ。奥さんが給食宅配サービスに出かけているときに」

ティモシーはミセス・アビゲイルに笑いかけたが、彼女はその顔を見たくなかった。「人にはしゃべりませんよ」彼はいった。「内緒にしておきますからね、中佐」

彼女は待った。眉をひそめ、花柄のティーポットをじっと見つめていた。この子が夫の何をほのめかしているにしても、そんなことは聞きたくなかった。もう何もしゃべらないでいてもらいたい、と思った。夫の動揺が感染《うつ》るのを感じたが、なぜそんなふうに感じたのか、自分でもわからなかった。秘密は守りますよ、と少年はいった。そのほうがいいですからね。

「秘密などない」中佐は声を荒らげた。「そんなものがあるわけはない」

聞かなければよかった、と彼女は思った。もしも今の夫の発言がなければ、白を黒といいふくめるように、これまで相手が話してきたことを二人で塗り替えることもできただろう。たしかに秘密もあるわよと、話を合わせるふりをして、少年を嬉しがらせることもできただろう。わたしたちが結婚して三十六年になる、と彼女は思った。どうしてそんなことを思ったのか、自分でもわからなかった。

「この子はわけもわからずにこんなことをしゃべってるんだ」中佐の声は小さくなっていた。ほとんど聞き取れないほどだった。

わたしは幸せな女だ。彼女はそう自分にそういいきかせた。幸せだからこそ、食事の支度も苦にならず、チキンを料理して、イチジクのプディングもこしらえた。ゴードンが議論をふっかけてきて、わたしをやり込めようとしても、ちっともかまわない。夫の脱ぎ散らかした衣類がキッチンに散らばっていても、ちっともかまわない。生涯をかけてゴードンに尽くしてきたのだ。聞きたくない。どんな隠し事があるとしても聞きたくない。

「お願いだからやめて」彼女はいった。ティーポットから顔を上げ、テーブル越しにティモシー・ゲッジを見た。「お願いだからもう何もいわないで」

ティモシーはにっこり笑ってこちらを見た。あれは中佐とぼくとの秘密です、と彼はいった。ふらつきながら席を立ち、テーブルを回って、ゴードンがすわっているところに近づいてくる。両手を上げて耳をふさぎたかったが、どうしてもできなかった。さすがに愚かしい気がした。ある日曜の午後、サットンでクリケットの地方リーグ対抗戦を見ていたとき、彼女は結婚を申し込まれた。彼は愛しているといってくれた。

ティモシーはこっそり耳打ちしようとした。だが、シェリーとビールのせいでうまくいかなかった。その声は彼女の耳にもはっきり聞こえた。まるで叫んでいるようだった。二人だけの秘密にしておきますからね、と彼はいった。ディンマスのカブ・スカウト（ボーイ・スカウトのうち、八歳から十一歳の男子）をいつも見てるでしょ。いけないことを考えながら。

その夜、町に暴風雨が吹き荒れた。狭い街路は水びたしになり、リングズ・アミューズメントのテントがサー・ウォルター・ローリー公園ではためき、遊歩道の手すり壁で大波が砕けた。町に人通りは絶えた。ピンク色のエッソルド・シネマは息をしていなかった。〈フィルのフライ〉は十時半に店を閉め、クイーン・ヴィクトリア・ホテルの夜勤のフロント係は狭く快適な当直室でぐっすり眠っていた。ディンマスの夜の通りをときおり巡回する警察車輌はヘッドライトを消して署の駐車場に駐まっていた。ディンマス団はなりをひそめ、ハケット助産婦の青いミニも走っていなかった。店の飾り窓だけが生彩を放っていた。並んだテレビには深夜ニュースのアナウンサーが無言のまま口をぱくぱくさせるのが映っていた。白い照明に明々と照らされた顔のないマネキンたちは、カーディガンとセーターのアンサンブルやドレスを見せびらかしたり、Gプラン（家具のゴム社が展開するブランド）のソファにすわったりしている。ポスターの男女が嬉しそうに微笑みながら、ある住宅金融組合の金利に見入っていた。

　雨は〈砲兵の友〉亭のスレート屋根を叩いた。その屋根の下で、パブの経営者は、満足そうにうとうとしながら横たわっていた。三十分前、プラント氏は体格のいいウェールズ出身の妻と性交渉を持った。その何時間か前には、パブの駐車場の女性用トイレで、ティモシー・ゲッジの母親の肉体を貪《むさぼ》った。妻よりも細い体をしていた。いつものように、その対照を楽しんだ。ミセス・ゲッジと事に及んでいるときにはそのあとの妻との行為に思いを馳せ、妻と交わっているときにはその前のミセス・ゲッジとの行為を振り返る。女はどちらも満足したようだった。

　蔦に覆われた牧師館では、ラヴィニア・フェザーストンがベッドでまだ眠れずにいた。不機嫌なまま一日を過ごしたことを後悔していた。今の生活に苛立ち、今さら変えられない自分の人生に腹をたてるのは、よくないことだ。双子を寝かしつけたあとも不機嫌になった。かなりきつい口調で夫に不満をいった。どうして牧師館にはひっきりなしに人が、それも恵まれない人ばかりがやってくるのか。汚い人、醜い人、退屈な人、頭のおかしい人。ミセス・スルーイの話を聞くのはうんざりだった。生活保護担当職員の悪口ばかりいっている。ミセス・スルーイは煙草をふかしながら、牧師館の裏口に寄りかかって、一ポンド貸してくれという。猿爺《オールド・エイプ》にもうんざりしていた。曜日が違うのに、残飯をせびりにくる。ミセス・ステッド＝カーターにはもう何百杯もネスカフェを出したが、コーヒーをいれているあいだにもあれこれ指図されるので、ほんとにいやになる。頭のおかしいミス・トリムが風邪を引いてくれたのはありがたかった。これでしばらくのあいだ、自分は二人目のイエス・キリストを生んだ、などという妄想にさよならをいうことができる。ミス・ポウラウェイを見ていると、ぎゃあっと叫びたくなる。クウェンティンは静かにそんな愚痴を聞いて、よくわかる、といってくれたが、彼女はさらに苛立って、いつもそういうだけじゃないのと言葉を返し、わっと泣き出した。「ごめんなさい」眠っている夫に向かって、彼女はささやいた。だが、今からわかっていることだが、明日もまた彼女は不機嫌になるだろう。

じっと横になったまま、彼女は保育園のことを考えた。腕をびしょびしょに濡らすマイキー・ハッチ。悲しそうな顔をするジェニファー・ドロッピー。でしゃばりのジョゼフ・ライト。いつも歌をうたっているマンディ・ゴフ。笑ってばかりいるジョニー・パイク。人の邪魔ばかりするトマス・ブレイン。いい子ぶっているアンドルー・カートボーイ。食べ物を投げつけるスザンナとデボラ。無理やり子供たちのことを考え、そのあと、お金に思いを馳せ、いずれ新しいおもちゃの家を買わないといけないのだが、いくらぐらい出せるだろう、と頭の中で算盤《そろばん》勘定をした。彼女の心はその計算結果をなかったことにして、またくよくよ悩もうとしたが、彼女はそれを許さなかった。マンディ・ゴフの父親がおもちゃの家をつくってくれるかもしれない。もちろん材料費と手間賃は出そう。前にも、ほんの一言声をかけると、コート架けや滑り台をつくってくれたのだ。灰色をした木の滑り台と、それを滑る子供たちを思い浮かべながら、彼女は眠りの世界に入っていった。

隣の部屋では双子が幸せそうな顔で眠っていた。寝相もよく似ていた。二マイル離れたダウン・マナー孤児院では、例外なくどの孤児も夢を見ていた。怖い夢もあったし、楽しい夢もあった。ディンマスのあちらこちらに住んでいる、ラヴィニアの保育園に通っている子供たちも同じだった。薔薇の輪保育園の子供たちも、英国婦人ボランティア協会の私設保育所に通っている子供たちも、ディンマス初等学校の生徒たちも、ディンマス中等学校の生徒たちも、ロレット女子修道会付属校の生徒たちも、リングズ・アミューズメントの一座にいる旅巡業の子供たちも、人工透析の機械がないと生きられないシャロン・ラインズも、みんなそうだった。

スウィートレイと呼ばれる家の中で、ミセス・ダスは暗い寝室に横たわり、眠れないまま息子のことを考えていた。目の中に入れても痛くない子、難産の末に生まれた子、そして、不人情にも彼女を捨てた子。プリティ・ストリートにある一間だけのフラットで、結婚が望めぬ愛しい人の子供を生みたいと、起きているあいだずっと考えている美しいミス・ラヴァントは、日記のページを開き、空白を埋めようとしていた。雨。そう書くと、ほかには何も書くことがなかった。その日はグリーンスレイド医師を一度も見かけなかった。

海洋荘でケイトは自分が寝ている寝室の夢を見ていた。オレンジ色の化粧台とオレンジ色の椅子、窓の日よけと壁紙は同じ模様で、草むらに埋もれたオレンジ色の罌粟《けし》の花が描かれている。夢の中でその部屋に食堂車のあの恰幅のいい給仕が立って、熱々のレーズンパンはいかがですか、と声をかけてきた。ミス・ショウとミス・リストが小柄なミス・マラブディーリーをいじめている。同じ部屋で結婚式がおこなわれた。アフリカの主教が、この黒い肉体をミス・マラブディーリーに捧げます、と誓った。その頬には虎の爪に引っかかれた跡があった。熱々のレーズンパンは実にうまい、と主教はいった。

スティーヴンも眠っていた。眠る前には、ベッドに横たわったまま、プリムローズ荘で使っていた自分の部屋を思い出していた。今は誰がそこで眠っているのだろう。そのあと、サマセットのクリケット・チームのことを考え、昨シーズンの得点率を振り返った。

ガレージの上の部屋で、ブレイキー氏は眠れないまま、砕ける波の音に耳をすましていた。激しい突風が吹いて、窓がけたたましく揺れた。横殴りの雨がガラスを叩いた。隣にいる妻は、そんなことには気がつかず、すやすやと眠っている。

ブレイキー氏はそっとベッドを抜け出した。明かりをつけずに茶色のウールのガウンをはおると、寝室から出て行った。そのまま暗い中を歩き、狭い居間を抜けると、階段をおり、廊下を通ってキッチンに入った。そこで紅茶をいれ、食卓の椅子にすわって飲んだ。

外の小屋で犬たちが吠えていた。たいして気にも留めず、嵐のせいで騒いでいるのだろうと思った。キッチンを出たブレイキー氏は、緑のリノリウムの廊下を通って、玄関ホールに向かった。

窓が開いているかもしれない。こんな夜だから、ドアが風にあおられて、騒々しく開いたり閉まったりするかもしれない。ついでに見まわりをしておこう。

玄関ホールの電灯をつけた。深紅のヘシアンクロスを張った壁が明るくなり、芝居の登場人物を描いたさまざまな絵に光が当たった。屋敷の中は静まりかえっている。しかし、犬はまだ遠くで吠えていて、波の音は自分の寝室にいたときよりも大きく聞こえた。全面ガラスの両開きの扉を打つ雨音が気になって、居間に入った。玄関の照明が漏れてくるので物の形は見えるが、色ははっきりしない。壁紙とカーテンは灰色一色で、絵や家具は影に包まれていた。

この部屋では、屋敷のどの部屋よりも波の音が耳についた。だが、全面ガラスの扉の向こうを見ても、嵐の様子はうかがえなかった。暗闇に浮かび上がる見馴れた木や灌木に目をこらしながら、嵐の被害を受けていないかどうか確かめようとした。そのとき、雲の切れ目から思いがけず月の光がさした。ぎょっとしたのは庭園に被害が出ていたからではない。チリマツの木の下に、動く人影があったのだ。子供の顔が、にやにや笑いながら、屋敷を見ていた。

第四章

嵐は夜のあいだに収まった。朝食のとき、ミセス・ブレイキーが今日は何をするのか子供たちに尋ねると、ケイトは、もしも昼食の時間を早くしてもらえるのなら、八マイル歩いてバドストンリーに行きたいと答えた。パヴィリオンで『ドクター・ノオ』と『ダイヤモンドは永遠に』をやっているのだ。ミセス・ブレイキーは、早めに昼食の支度をするのは承知したものの、その二本立てだったら来週エッソルドでやりますよ、と伝えた。だが、ケイトはできれば早く見たいという。

天井の高い広々としたキッチンで静かに朝食をとるのはいいものだ、とスティーヴンは思った。ブレイキーさんは一言もしゃべらずにソーセージとベーコンと卵を食べていた。ブレイキーさんみたいな暮らしもいいものだな、と彼は思った。慌てず騒がず、口数も少なく、淡々と庭仕事をしている。まず州の一部リーグでクリケットをやるのもいいだろう。それなら、引退してからダリアやレタスを育てながらクリケットのことを考えられる。ハンプシア相手に一回の打席で五十七点、ランカシアとの対戦で九十点、一日だけのジレット・カップ決勝戦でケント相手に四対四十一。ブレイキーさんは幸せそうだった。そんな人はめったにいない。食卓についている様子からもそれはわかる。「おまえはまた幸せになれるように努力しなければいけないよ」と、スティーヴンの父親はいった。「お母さんも私たち二人が幸せになることを望んでるんだから」

もうそれはだいぶ前のことだ。幸せになれない理由なんかない。彼にもそれはわかっていた。父親が再婚したのだから、それを恨みに思うのはたやすいことだ。しかし、不幸せな人間は相手をしていても白けるし、始末に負えない。スペンサー・メジャーがいい例だ。魚を見るたびに悲鳴を上げるし、ボクシング教官のマッキントッシュ軍曹を怖がっている。

朝食のあと二人は庭で犬と遊んだ。赤いボールと青いボールを湿った芝生に投げた。州のリーグに入れるかどうかは誰にもわからない。じっとそのときを待つだけだ。ちょっぴり自分を偉く見せながら。

「いい朝になりましたね、プラントさん」ティモシー・ゲッジは遊歩道で声をかけた。パブの経営者は朝の日課である犬の散歩をしているところだった。犬の名前はタイクという。プラント氏は赤ら顔の大男で、犬は毛がすべすべしたフォックス・テリアだったが、後ろ脚が一本なかった。「やあ」と、プラント氏はいった。これまで晴れやかだった気分が、急にしぼんだ。この子の母親と関係があるせいで、顔を見ると平静ではいられない。

「嵐が通りすぎると、すっきりしますね」ティモシーは英国国旗のついた手提げ袋を持っていた。

八時十五分前に目覚めたとき、口はからからに渇いていた。そのままベッドに横たわって、ローズ＝アンと母親が出かけるのを待った。待っていると、トイレを流す音が二回聞こえ、せかせかした母親の足音と、あなたも急ぎなさいとローズ＝アンをせかす声がして、朝食後に二人が吸った煙草の煙がいつものように寝室に侵入してくる。突然、キッチンのラジオが消され、ばたんとドアが閉まる。彼は起きだし、母親の薬箱にあったアスピリンを四錠飲み込んで、二パイント近くの水を飲んだ。そのあとベッドに戻り、横になったまま、前夜の出来事を振り返り、思い出そうとした。ようやく起き上がると、今度はジーンズとジッパー付きの上着にアイロンをかけなければならなかった。濡れたあとのしわがまだ残っていたからだ。今はそれなりに気分もよくなっていたが、もしも〈砲兵の友〉亭に誘われて、頭をすっきりさせるためにビールでも一杯どうかねといわれたら、喜んで誘いに乗っていただろう。だが、そんな言葉は期待できなかった。

「嵐は二、三日、続くかと思いましたよ、プラントさん」

プラント氏はうなずいたが、この子が天候をどう思おうと興味はなかった。彼は犬に向かって口笛を吹いた。犬はベンチにすわった老人二人の長靴のにおいを嗅いでいた。あわててよたよたと彼のもとに戻ってきた犬は、お仕置きを覚悟して頭を低く垂れていた。

「可愛い犬ですね」ティモシーはいった。いつのまにかプラント氏と歩調を合わせていて、プラント氏はうろたえた。「ガム、食べます？」彼はきのう買った円筒形の容器に入ったガムを差し出した。プラント氏は首を振った。「タイクはガム、好きですよね？」

「犬にかまわないでくれ」

ティモシーはおとなしくうなずいた。そして、黒フサスグリ味のガムをひとつ口に放り込むと、容器をポケットに戻した。そのとき笑いたくなったのは、不意に記憶がよみがえって、ぼんやりとだが、ミス・ラヴァントはアビゲイルの奥さんの妹だと、自分が何度もしつこく繰り返したことを思い出したからだった。片手を口元にあてがい、しばらくそのままにして、笑いをこらえた。

プラント氏はしげしげと海を見つめている。目はうつろで、少し血走っていたが、それはいつものことだった。ティモシーはいった。

「プラントさん、あなたは金髪の美人とデート中。そこに奥さんがやってくる」

「なんだって？」

「そしたら、どうします？」

「はあ？」

「走って逃げ出すんです。すごい速さで、一マイル四分の壁突破！」

ティモシーは笑ったが、プラント氏は笑わなかった。二人のあいだで沈黙が深まった。そのとき、ティモシーがいった。

「ちょっとお話をしたかっただけなんです」

プラント氏は、ふん、といった。目は海を見たままだった。「実は、プラントさん、お力を貸していただきたくて」

　パブ経営者はそれを聞いてぎょっとした。そもそも子供の言い草ではない。そのとき、ふと思ったのは——なぜそんなことを思ったのか自分でもよくわからなかったが——この子は男女の性交渉について知りたいのではないか、ということだった。気まずい記憶だが、コーナーウェイズの一室でシャツしか着ていない裸を見られたことを思い出した。

「ぼく、タレント発掘隠し芸大会に出るつもりなんです。復活祭の野外行事で」

　プラント氏は水平線の彼方に向かって眉をひそめ、ゆっくり振り返って、ティモシー・ゲッジの肉の薄い顔を見下ろした。白に近い薄い色の髪の下にある目には真剣そうな表情が浮かび、うっすらとひげが生えかけている口もとにはかすかな笑みが浮かんでいる。プラント氏が見ているうちに、唇が開いて、笑みは大きくなった。

「そのこと、ちょっと聞いてください」ティモシーはいって、二人で歩きながら説明をはじめた。アビゲイル夫妻にしたように、事細かに語った。ただし、まったく同じ調子だったわけではない。ビールもシェリーも呑んでいなかったからだ。ジョージ・ジョゼフ・スミスの花嫁たちのこと、ジョージ・ジョゼフ・スミス本人のこと。死んだミス・マンディには魚を、ミセス・バーナムとミス・ロフティには卵を買ってきたこと。それぞれの花嫁は目に見えないジョージ・ジョゼフ・スミスの手から逃れようともがき、舞台が真っ暗になったあと、また照明がつくと、そこにジョージ・ジョゼフ・スミスが立っていて、千鳥格子柄のスーツをまとい、矢継ぎ早にジョークを披露する。

「あんた、頭がおかしいんじゃないのか？」プラント氏はいって、じっと少年を見つめた。

「スワインズさんとこの資材置き場に古い浴槽があるんですよ。譲ってもらえるかどうか聞いてみたんです。だから、運ぶのに幌つきの自動車がいるんです。持ってるでしょ？」

「自動車？　誰が使う。いったいなんの話だ？」

「あるでしょ、プラントさん、茶色の幌つき自動車が。土曜日の朝、一緒に浴槽を大テントに運びましょうよ。シートをかぶせたら、誰にもそれがなんだかわかりませんよ。ウェディング・ドレスは大丈夫です。そっちのほうは問題ない」

「あんた、狂ってるよ」

ティモシーは首を振った。フルーツ・ガムを嚙みながら、狂ってなんかいないといった。自分がやりたいのは、と彼は説明した。タレント発掘隠し芸大会に出ることだけです。

プラント氏は何もいわなかった。くるりと背を向けると、市街地に向かって戻りはじめた。犬は街灯のにおいを嗅ぎにいっていた。プラント氏はついてくるように声をかけた。

「裏声を使って女みたいにしゃべりましょうか？」ティモシー・ゲッジは妙なことをいいだした。

プラント氏は、まだ赤ん坊だったこいつをあの女は床にでも落としたのだろうか、と思った。そういう話はよく耳にする。生後二か月くらいの赤ん坊を落として、何かの角に頭がぶつかり、それ以来、普通ではなくなったとか。そのあと、アビゲイル夫人と同じように、子供は大人の格好をしたがるものだ、と思った。そうやって、よく遊んでいる。自分だって妻と一緒に、息子二人と娘二人が子供なりに考えた芝居の遊びをするのをよく見ている。どこかの貴族の館か鉄道の駅を舞台にしたおとぎ芝居だ。このゲッジの小僧も似たようなことに熱中しているようだが、グロテスクすぎる。浴槽で殺人だと？　近ごろでは何かにつけて「むかつく」という言葉を使う傾向があるが、たしかにこれにはむかついた。生まれてこのかた、と彼は振り返り、こんな話は聞いたこともない、と思った。

「資材置き場の左側にあるんですよ、プラントさん。材木小屋のうしろです。スワインズさんにはもういってありますから、今日でもいつでも、都合のいいときに取りに行ってください」

「なんだと？」その声は静かだった。威嚇の調子が混じっていた。彼はまたティモシー・ゲッジを見つめた。「スワインズの資材置き場から浴槽なんぞを運び出す者はいない。今日でも、いつでもだ」

「ぜひお力を、プラントさん」

「くどいぞ。失せろ」

「いつでも、といったでしょ。今日じゃなくてもいいんです。土曜日の朝、復活祭の土曜日の——」

「あんた、どうかしてるよ」

初めてティモシーは気がついたが、パブ経営者の耳の穴や鼻の穴からは、赤い毛が生えていた。

疎らな剛毛で、頭に生えている髪と同じだった。自分の母親くらいの年代になると、女性は選り好みができなくなるのだろう、と彼は思った。〈砲兵の友〉亭の駐車場にある女子トイレでプラントの相手をする女たちも同じだ。一度、プラントのあとをつけてトイレに入り、服を脱ぐ衣擦れの音やささやき声に耳を傾けたことがある。あるいは、『鬼警部アイアンサイド』を見ているときに、ひそひそと話をする声が聞こえてきて、母親がプラントを寝室に連れ込んでいるのだ、と気がついたこともある。そのときはテレビをつけたまま寝室の前に行き、聴き耳を立てた。鍵穴から覗いてみたら、母親は素っ裸で男の靴下を脱がせていた。今、そのときのことを話した。あの真夜中の出来事も話した。

「このくそガキが！」プラント氏は怒鳴った。

「でもね、秘密は守りますよ、プラントさん。二人だけの話にしておきます。奥さんには何もしゃべりません」

「しゃべられてたまるか。一言でもしゃべってみろ、半殺しの目に遭わせてやる」

「だからしゃべらないといってるでしょう。そんなこと、一度もしたことがないんです。土曜日のこと、お願いしますよ。あの幌つきのちっちゃな車で浴槽を運んでください。くれぐれも人にはしゃべらないように。みんなを驚かせたいんです。ぼく、ちゃんと計画を立ててるんですよ、プラントさん——」

「そんなことはやめろといってるんだ、鑑別所にぶち込まれたくなければな」

二人はもう歩いていなかった。相変わらずフルーツ・ガムを噛みながらティモシーが耳を傾けている前で、プラント氏はいった。こんな馬鹿ばかしい下らない話は聞いたことがない。今聞かされたような寸劇を演じたところで、誰も見てくれるわけがない。大テントの中でやろうが、どこでやろうが、同じことだ。そして、また鑑別所の名前を出し、不倫はしていないと主張した。『鬼警部アイアンサイド』をテレビでやっていたときの出来事はでっち上げだ、とも力説した。もし本当にそんなことがあったとしても、寝室にいたのは別の男だ。シャツ姿を見られたのは、ティモシーの母親から相談を持ちかけられて、コーナーウェイズの部屋に立ち寄ったときのことだ。家賃に関する通達を住宅公社から受け取ったが、どうすればいいんだろう、という相談だった。ズボンを釘に引っかけたので、繕ってもらうために脱いでいたのだ。何も悪いことはしていない。下種《げす》の勘ぐりとはこのことだ。「何かをやろうと思ったら、よく考えることだ。さもないと、やばいことになるぞ」

ティモシーは駐車場の女子トイレのことを話した。女の人が出てきたあと、時間をおいてプラント氏が出てくるところを何度も見たといった。服を脱ぐ音が聞こえ、ささやき声が聞こえてきたことも話した。それは勘違いだ、とプラント氏はいった。そのあと、急に笑い出した。自分の理解できないことを突っつきまわすのはやめろ、とティモシーにいった。トイレから出てきたのは、水洗の浮き玉コックを修理していたのかもしれないし、トイレで上着やズボンを脱いだりしても犯罪にはならない。笑いながら、彼は続けた。ズボンを釘に引っかけたりするのは、誰だって憶えがあるだろう。

「人のすることに首を突っ込むな」と、彼はいった。もう笑っていなかった。「たいがいにしないと、唇が腫れ上がることになるぞ」彼は大きな手を突き上げ、ティモシー・ゲッジの顔に近づけた。これを見て、よく憶えておくように、といった。この手はおまえを血まみれにすることができる。こてんぱんに叩きのめすことができる。だから二度とこんなことはしゃべるな。誰にもいうな。

「プラントさん、まだよくわかっていないようですが——」

「わかってないのはおまえのほうだ。まず半殺しにしてやる。ぶっ倒れてるのを助け起こされたら、そのまま鑑別所送りだ。五、六年は出られない。わかったな?」

プラント氏はよろよろ歩く犬を連れて去っていった。ティモシーはあとを追わなかった。遊歩道に突っ立ったまま、パブ経営者と三本脚の犬を見ていた。犬は飼い主に戸惑っているようだった。


「灰は灰に」クウェンティン・フェザーストンは聖シモン=聖ユダ教会の墓地で祈禱書の一節を吟唱した。墓のわきにあった小さな土塊《つちくれ》が、真新しい棺の薄い蓋にかけられた。中に入っているのは、ジョゼフ・ラインという年老いた漁師の亡骸《なきがら》である。黒衣をまとった漁師の老妻がすすり泣いた。リューマチで腰の曲がった妹もすすり泣いている。父は天寿をまっとうした、と老人の息子は考えていた。

　葬儀が終わり、遺族と握手をすると、クウェンティンは寺男を連れて教会まで歩いていった。寺男のピーニケット氏は静かに話しはじめ、ライン一家はいい人ばかりだ、あまり教会にはこなかったが、と感想を漏らした。コークスを頼みました、ともいった。秋までは注文しなくてもいいだろうと思っていたが、それでよかっただろうか。

「ええ、ええ、もちろんです、ピーニケットさん」

「備えあれば、というわけで」

　ピーニケット氏は生真面目な初老の独身者で、労を惜しまず聖シモン＝聖ユダ教会に尽くしていた。信徒席や真鍮を磨き上げ、職務とは別にタイル洗いもしていた。クウェンティンを悪く思っていたわけではないが、フルーエット参事司祭が牧師を務めていた時代のことをよく懐かしんでいた。あのころはたくさんの人がやってきて、教会も栄えていたものだ。その背景には時代の変化がある。それはわかっていたものの、クウェンティンは、自分の前任者のことをピーニケット氏が語るとき、フルーエット参事司祭が今でも責任者であったなら、変化の波もこれほど大きくはなかったのではないか、そうピーニケット氏が信じているのをいつも感じていた。

「ちょっと一回りして片づけてきます」寺男がそういうと、クウェンティンはうなずき、聖具室に入っていった。

「とてもよかったです」一、二分後、手提げ袋を持って聖具室に入ってきたティモシー・ゲッジがいった。「ほんとにお見事でしたね、フェザーさん」

クウェンティンは静かにため息をついた。近ごろこの子はノックもしないで聖具室に入ってくるようになった。それもただ葬儀の進行が滞りなく行われたことを誉めにくるのだ。

「これから祭服を脱ぐところなんだよ、ティモシー。祭服は一人で脱ぎたい。わかるね」

「話をしにきたんです。いつでもきなさいっていってくれたでしょ。ラインさんはお気の毒でしたね」

「もうかなりのお歳だったんだよ」

「若くはなかったですね。八十五だから。ぼく、そこまで長生きしたくないな。なんだかきつそうだから」

クウェンティンは祭服を脱ぎはじめた。この子が聖具室から出て行かないことがわかったからだ。まずサープリスを脱ぎ、衣装戸棚の木釘にかけた。続いてカソックのボタンを外した。ティモシー・ゲッジがいった。

「ラインさんみたいにいい人、いませんでしたよね。ときどきおしゃべりをしたんです。神はいい人を手に入れたことになりますね」

クウェンティンはうなずいた。

「息子さんは魚をパック詰めする作業所にいますよ。副主任なんだ。知ってました、フェザーさん？　魚に縁がある家族ですね」

「ティモシー、頼むから、そんな名前で呼ばないでくれ」

「どんな名前です、フェザーストンだ」あえて笑みを浮かべたのは、偏狭な性格だと思われたくないからだった。ともかく、大事なのはそこではない。「名前の最後には〈ストン〉がついてるんだよ」

「ストンですか、フェザーさん」

彼はカソックを衣装戸棚に吊した。午後には教会婦人会《マザーズ・ユニオン》のお茶会がある。心してかからなければ成功は見込めない。十九人の女性が牧師館にやってきて、サンドイッチやビスケットやケーキを食べるのだ。女性たちはディンマスの噂話に花を咲かせるだろう。彼が思わず神に救いを求めると、神は女性も自分の創造物だとおっしゃるだろう。ミス・ポウラウェイは、資金集めのためにタッパーウェア販売会みたいなホーム・パーティを開いたらどうだろう、という。ミセス・ステッド=カーターは、タッパーウェア販売会みたいなホーム・パーティといっても、売る物がなかったらどうしようもないだろう、と冷たく応じる。ミセス・ヘイズは、復活祭の野外行事で資金が集まっても、その全額を教会の塔の修繕費に当てるべきではない、と提案する。もしも教会の塔を今、修繕しなければ、そもそも修繕する塔がなくなりますよ、と仕方なく彼は答えるだろう。

「ストンてどういう意味です?」

「私の名前だ。それだけだよ」

彼はハンガーから私服の黒い防水外套《マッキントッシュ》を取ると、衣装戸棚に鍵をかけた。うしろから少年がついてきたが、そのまま聖具室を出た。教会の側廊を歩いていると、少年は横に並んだ。ピーニケット氏は信徒席の祈禱書をきちんと並べ直していた。ティモシー・ゲッジが教会にきて、ピーニケット氏と鉢合わせをすると、クウェンティンはなぜか気まずい思いがした。

「フェザーさん、レストランである男がいいました。『ウェイター、このスープに犀が入ってるぞ――』」

「ティモシー、ここは教会だぞ」

「きれいな教会ですよね」

「ジョークはいささか場違いだぞ、ティモシー。だいいち葬儀が終わったばかりじゃないか」

「葬儀を取り仕切ったあのやり方、とってもよかったです」

「前からそのことをいいたかったんだが、ティモシー、葬儀のたびにひょっこり顔を出すのは、あんまり誉められたもんじゃない」

「はあ?」

「私が葬儀を執り行うたびに、いつもきみがきている」軽い調子でいって、笑みを浮かべた。

「バプテスト派の墓地でもきみを見かけた。どう見ても健全な趣味とはいえないぞ、ティモシー」

「健全、ですか、フェザーさん」

「故人の友人だけが葬儀に参列するんだよ、ティモシー。もちろん、身内もだが」

「ラインさんとは友だちだったんですよ、フェザーさん。ほんとにいい人でした」

ピーニケット氏はその話をじっと聞きながら、祈禱でひざまずくときに使う膝布団に覆い被さっていた。信徒席にある膝布団だったが、ぺしゃんこになったのをもとに戻そうとしているのだろう。フルーエット参事司祭の時代には、中等学校の子供がふらりと入ってきて、最近亡くなった信徒の噂をすることなどなかった、とピーニケット氏は思っている。クウェンティンはそう感じた。

「葬儀に参列する、といったのはね、ティモシー――」

「友だちの葬儀には参列するものでしょう？」

「ミセス・クローリーはきみの友だちじゃなかっただろう」

「その人、誰です？」

「先週の土曜日の朝に葬儀があった。きみもいたぞ」つっけんどんなしゃべり方をしようと思ったが、うまくいかなかった。ミセス・クローリーの葬儀にティモシー・ゲッジが参列していたことを思い出すと、腹が立つ。高齢のミセス・クローリーは、ティモシー・ゲッジが生まれる前から養護老人施設のウィステリア荘に入居していた。ピーニケット氏が、膝布団に覆い被さったまま、じっと聴き耳を立てていることにも腹が立つ。だが、言葉を出したとき、その腹立ちはかなり抑えられていた。

「まあ、それがちょっと気になってね」

「わかりました、フェザーさん。それでしたら、もう出ません。わかりました。おっしゃるとおりにします」

「すまんな、ティモシー」

教会の出入口でクウェンティンは振り返り、祭壇に向かってお辞儀をした。ティモシー・ゲッジも礼儀正しく同じことをした。「さよなら、ピーニケットさん」クウェンティンはいった。「ご苦労でした」

「さよなら、フェザーストンさん」寺男はうやうやしく挨拶をした。

「どうもです」ティモシー・ゲッジがいったが、ピーニケット氏は応えなかった。

袖廊には布教関連の告知や花を飾る当番表がべたべた貼ってあった。クウェンティンは身をかがめ、自転車に乗るとき裾が汚れないように、ズボンをクリップで留めた。

「変な人ですね、あの爺さん」ティモシー・ゲッジがいった。「あの目、気がつきました？ まるで腐ったゴミを見るようにあなたを見てましたよ」彼は笑った。ピーニケット氏が変な人だとは思わない、とクウェンティンはいった。そして、自転車を押し、タール舗装された小道に入った。その道は墓石のあいだを抜けて、屋根つきの墓地門に通じている。

「ダスさんの家に行きましたよ。いわれたとおり」

「別に行けといったわけじゃないがね」

「隠し芸大会のことですよ、フェザーさん。ダスさんが責任者だといったじゃないですか」

「わかったよ、ティモシー。もういい」

「ただ、青少年センターの緞帳は燃えたんです、フェザーさん。十二月に男の子二人が燃やしたんです」

「燃やした？」

「酒を呑んでたんだと思います」

「ただ火をつけたというのかね？」

「まず灯油をぶっかけたんです。建物全体を丸焼けにしてやろうと思ったんですよ」

彼は思い出した。青少年センターで放火未遂があったことは知っている。だが、まず舞台の緞帳が燃やされたのは知らなかった。たぶん、それは事実だろう。しばらく前から緞帳はなくなっていた。彼自身も、どうしたのだろう、と思っていた。

「ぼくの出し物には緞帳がいるんですよ、フェザーさん。テントの中を暗くして、二回、幕を下ろすんです。ダスさんにもそういいました。ぱっと場面転換したいんです」

「ダスさんなら代用品を手配してくれるだろう」

「駄目だっていうんです、フェザーさん。無理だって」

「じゃあ、どこかで探そう」彼は少年に微笑みかけた。自転車を押して歩道を横切ると、車道に出た。教会婦人会のお茶会のために買わなければならないものがいくつもある。

「ダスさんは緞帳を用意できないっていうんです。費用がかかるから。あの家には何か経済的な問題があって——」

「私費で緞帳をこしらえろというのが、そもそも無理な話だ。どこかにきっと使えるのがあるよ。心配することはない」

「でも、心配で、心配で」

自転車にまたがり、足の先を地面につけてバランスを取りながら、隠し芸大会の緞帳は必ずどこかで見つかる、とクウェンティンは繰り返した。そして、安心させるように、うなずいてみせた。この子といると、不安になった。自分が無力に思えて、なぜか罪悪感を覚える。

「あなたは金髪の美人とデート中。そこに奥さんがやってくる」

「すまんが、ティモシー、これから用事があるんだ」

「フェザーさん、なんて呼びかけるのも、ジョークなんですよ。鶏の羽根《フェザー》のジョークがあって。ご存じないかもしれませんが」

クウェンティンは首を振った。近いうちにまた話をしよう、と彼は約束した。

「あの寺男はぼくたちのことが好きじゃないんですよ」ティモシー・ゲッジは去ってゆくクウェンティンに声をかけた。「ぼくたちのことが大嫌いなんです」

その日の朝の十一時半過ぎ、一台のオートバイに乗った男と女がダス夫妻の住むスウィートレイへの道を尋ねた。

「プラットという者です」呼び鈴に応えてダス氏が玄関に出ると、男はいった。朝になってもまだちかちか瞬いている街灯の下で、オートバイは縁石のところに停めてあった。バイク・ファッションに身を包んだ女がその横に立っていた。

男は、復活祭の野外行事で行われるタレント発掘隠し芸大会のことを聞いたという。引っ越してきたばかりで、今は妻と一緒に十八マイル離れたパルトリー・コームの町に住んでいる。まだ間に合えばぜひ出場したいと思い、オートバイで駆けつけてきた。男は犬のものまねができるという。

ずんぐりした男で、頭にはヘルメットをかぶり、革の手袋をわきにはさんでいた。オートバイのそばに立っている女を顎の先で示し、妻であることを告げた。似たような大会に何度も出たことがあるらしく、村で開かれようが、リゾート地で開かれようが、自分には関係がないという。参加申込書の必要事項を書き込んだあと、賞金の額を尋ね、持っていた封筒の裏に書きつけた。「あれは筋金入りだね」男が帰ってから、居間でダス氏はいった。「全部で十一人だ。去年より二人多い」正式にはきのうが申込みの締切だったが、参加費の五十ペンスを断る理由はなかった。

スウィートレイの呼び鈴がまた鳴った。今度も参加者なら、やはり断る理由はない、とダス氏はいった。犬のものまねを披露しても、復活祭の土曜日が盛り上がることはないだろう。ほかの出し物も、二番煎じ、三番煎じだ。しかし、予想に反して、やってきたのは駆け込みの参加者ではなかった。

「どうもです」ティモシー・ゲッジがいった。そして、緞帳のことを牧師に話したが、どこで手に入れたらいいかわからないといわれた、と続けた。

ダス氏は少年を見て、家には絶対に入れるまいと決心した。たまったものではない。四六時中プライバシーを侵害されるとは。しかも、なんの理由もなく。

「きみの用事はそれか？　緞帳の話か？」

「知りたいんじゃないかと思って」

ダス氏は怒鳴りそうになったが、何もいわなかった。眼鏡越しに少年を見ながら、この子は狂っている、と思った。

「息子さんはもうディンマスに帰ってこないんですよね。変じゃありません？　お母さんにも会いたくないなんて、おかしいですよ。息子さんが出て行った夜のこと、ぼく憶えてますよ」

「おい、きみ、それは――」

「ダスさんちに行ってみろって、フェザーさんはたしかにいったんです。あっちには幕やカーテンはないんです。大きいのにしても、小さいのにしても、教会や牧師館には、一枚も――」

「何度もいわせるな」ダス氏は押し殺した声を出した。「この家にくるんじゃない。自分ではわかっていないかもしれないが、おまえは疫病神だ。私には緞帳を用意するつもりなどない。舞台に幕が下ろせないというのなら、幕なしでやってもらおう。さあ、帰ってもらえるかね？」

少年はにっこりして、うなずいた。そのあと、息子のあとをつけた、といいだした。あの夜のことだ。クイーン・ヴィクトリア・ホテルから出てくるのを見かけて、足もとがふらついていたから、どうしたんだろうと思った。この家までずっとあとをつけた。食堂の窓の外で耳をすましていると、中から話し声が聞こえてきた。

「どなたがいらっしゃったの？」ミセス・ダスが居間から静かに訊いた。いつもと違って、夫の返事はなかった。十九年間、ネヴィルはずっと親を慕っているように見えた。世間の息子よりも、ある意味でその情は深いように思われた。ところが、一瞬にして豹変し、恐ろしい真実をぶちまけた。彼女は夕食のサーディン・サラダを食堂に用意していた。ネヴィルが喜んでそれを食べてくれるところを見ようと思っていたのに、耳に届いたのは彼女を軽蔑する言葉だった。ネヴィルはなかなか仕事に就けなくて、長いあいだ何もせず家にこもっていた。彼女も夫も、息子を甘やかしすぎたのではないかと、そのときからすでに気がついていた。だが、あの恐ろしい夜、息子への溺愛は息子自身によって罪の烙印を押されたのだ。息子は家にこもっていた長い日々のことを口にした。親が用意したものを食べ、親から小遣いをもらっていたことを口にした。親が息子を駄目にしてしまった。〈美しき田園《スウィートレイ》〉という陳腐な名前をつけた家に、いつまでも息子を閉じ込めようとした。おかげでとんだ徒飯食《むだめし》いに育ったのに、その醜態を黙認してしまった。本当は活を入れなければならなかったのだ。退屈で下らない生活だった、と彼はいった。生まれてこのかた、憶えているかぎり、親にはうんざりしてきた。あんたなんか好きでも何でもない、と彼は母親にいった。いくら金をかけても愛情は買えないのだ。娘のほうは二人ともまっとうな扱いを受けてきたのに、どうして息子にはそれができなかったのか。一瞬にして彼は母親の心を砕いた。「あの話を他人に聞かれていたことがわかったら、奥さんはうろたえますよ」少年はそういうと、同情するように笑みを浮かべてから、背中を向けて帰ろうとした。どんな母親だってうろたえるだろう、と彼は付け加えた。あんな話を他人に聞かれていたのだから。「でもね、それはぼくたちだけの秘密にしておきませんか、ダスさん。奥さんには内緒にしておくんです。緞帳のない舞台で芸をするなんて、やっぱり嫌だな」

第五章

二人は海洋荘から崖の道を降りて海岸沿いを西に進み、バドストンリーに向かった。二人とも淡い黄色のコーデュロイのジーンズにサンダルをはき、セーターを着ていた。ケイトは赤の、スティーヴンはネイビーブルーのセーターだった。ミセス・ブレイキーはアノラックを持っていきなさいといった。いわれたとおり、子供たちは自分の部屋からそれを持ってきた。しかし、手に持っているとかさばっていやなので、キッチンの椅子に置いてきた。

潮が引いていた。海は遠くで静かにさざ波を立てていた。小さな波が立つと、次の波がそっとそれを追いかけていく。水際の近くでは濡れた砂が光っていて、足跡がそこについても、一、二分で消えていった。崖下の玉砂利からほんの少し離れた砂の上を、子供たちは歩いた。そこなら足もとがぐらつかないからだ。

ケイトは夢の話をした。小柄なミス・マラブディーリーが、ミス・ショウとミス・リストにいじめられている。そのあと、ミス・マラブディーリーはアフリカの主教と結婚した。主教は自分の肉体で彼女を崇拝するという。夢を見たかどうか自分は憶えていない、とスティーヴンはいった。

このときもまた、相手の学校の人を自分に関係のある人のように想像して遊ぶこともできただろうが、ケイトにとってそんな人たちは今の自分にはなんの関係もなかった。ブレイキー夫妻も、新婚旅行でカシスにいっているお母さんとスティーヴンのお父さんも、自分には関係なかった。大事なのは自分とスティーヴンだけだった。今みたいに二人きりでいるのは好き？　天気のいい日に、こんな静かな海岸で、と訊いてみたかったが、当然ながらできなかった。

「もう二マイルくらい歩いたかなあ」と、スティーヴンがいった。

二人が歩いている砂浜にはゴカイがいて、あちらこちらに貝殻が埋まっていた。ふわふわした雲が、太陽のまわりにいくつも浮かんでいるが、太陽を隠さないように気を遣っているようだった。沖にはトロール漁船が一隻、停まったままじっと浮かんでいる。

ふと彼女は夢想した。二人はヨットに乗っている。ちょうどあのトロール漁船がいるあたりだ。二人とも成長して、十八か十九になっている。スティーヴンは背が高くなっただけで、ちっとも変わっていない。自分のほうは、もう丸顔ではなく、今よりもきれいだ。きみは面白いね、と彼はいう。ぼくをいつも笑わせてくれる。美人かどうかは関係ない。面白いのは、才気煥発なその心だ。

「もっとよ」彼女はいった。「二マイル以上歩いたわ」クリケットの守備位置を覚えたいからテストしてみて、と彼女がいうと、スティーヴンは砂の上に二組の柱《スタンプ》を描いて、そのまわりに十か所の守備位置の印をつけた。「打者のそばの右の野手《シリー・ミッドオン》」と、彼女はいった。「打者のそばの左《シリー・ミッド》の野手《オフ》。打者のすぐうしろの野手《スクエア・レッグ》。打者の右うしろの野手《スリップ》。捕手のうしろの野手《ロング・ストップ》。それから、もちろん捕手《ウイケットキーパー》」

　彼がほかの野手のことも教えてくれたので、その守備位置や呼び名を憶えようとした。彼によると、守備位置は投手《ボウラー》のタイプによって変わる。速球派か、スローボールが得意か、その中間か。外れ球《レッグ・ブレイク》を投げるか、オフ・ブレイクを狙ってスピンをかけるタイプか。打者の力量、左利きかどうか。三柱門《ウイケット》の状態も考えないといけない。投手力を買われてチームに入っている打者の場合は、スリップという野手がすぐそばで守っている。強打者なら、境界線のぎりぎりまで下がって守ることになる。難しすぎてケイトには理解できなかったが、理解したいと思った。自分でもクリケットのことを知っておきたかった。残念ながら、今はまだよくわからないでいる。どちらかといえばフランスのクリケットのほうが好きだったが、もちろんそんなことはスティーヴンにいえるはずもない。

　二人は歩き続けた。あと一マイルほど歩いたような気がしたとき、また足を止めて、ディンマスのほうを振り返った。そこからだと、町は住宅がごたごた集まっているようにしか見えず、遊歩桟橋が地味に海に突き出ていた。崖の上には、自分たちの住んでいる家が、ぽつんと建っていた。海岸では、小さな点が、二人と同じ方角に移動している。

人影はもう一つあったが、二人には見えなかった。二人よりも高いところにいたのだ。ティモシー・ゲッジが、崖の上の道から、二人をじっと見下ろしていた。ティモシーはとりあえず監視をやめ、海のほうに目を向けて、水平線上にいるトロール漁船をながめた。中佐がよくいっていることだが、スペインの無敵艦隊が敗れたのは海での出来事だ。アドルフ・ヒトラーには、その海を越える覇気がなかった。ティモシーは一人でうなずき、スペイン無敵艦隊の帆船を思い、あのドイツ総統の厳めしい顔、何枚もの写真で見た顔を頭に描いた。うしろにあるゴルフ・コースでは、十四番のグリーンに近づきながら、四人連れのゴルファーがたがいに大声を出していた。

ふたたび海洋荘の子供たちの監視をはじめた。その姿は、砂浜でどんどん小さくなっている。二人はバドストンリーに行く途中なのだろう、と彼は推測した。パヴィリオンに二本立てがかかっている。彼はもう見てきたが、二人の監視を続けるために、また見るつもりだった。映画が終わったら、二人はもう何もすることがなくて、ぶらぶら歩きはじめるだろう。そのときを狙って近づこう。彼の片手には、英国国旗のついた手提げ袋の持ち紐があった。もう一方の手には、五十ペンス玉をひとつ握りしめていた。ゆうべミセス・アビゲイルの財布に入っていたのを見つけたものだった。不用心にも、冷蔵庫の上に財布が置いてあった。

子供たちは砂の上の点になり、今ではだいぶ先まで進んでいる。それがどんどん小さくなっていた。反対の方角には、アビゲイル中佐の姿が見えていた。ゆっくり進みながら、その姿はだんだん大きくなってきた。

　ミセス・アビゲイルは給食宅配サービスの受け持ち区域をまわっていた。助手はミス・ポウラウェイだった。正式には助手ではなく、補佐役という。ミス・ポウラウェイは藤色のコートを着て、藤色の帽子をかぶっていたが、色が重なって似合っていなかった。ミセス・アビゲイルはよく似合う青を身につけていた。

　二人は配布する食事を養護老人施設のウィステリア荘で受け取った。食事は、蓋のついた錫メッキの皿に一人前か二人前が入っていて、まとめて金属製の大きな保温箱に収められている。ミセス・アビゲイルが英国婦人ボランティア協会のワゴン車を運転し、隣にすわったミス・ポウラウェイが、その日の午前中に予定された訪問先の所番地や住人の名前を書いたリストを持っていた。糖尿病患者《ダイアベティック》の名前の頭には「D」がつき、それに該当する保温箱の中の食事にも同じ印がつけられていた。グレイビー・ソースが嫌いな人にも印がついていたが、それはグレイビーがらみの苦情が多いからだった。

「ロースト・ビーフとライス・プディングか」ミス・ポウラウェイがそうつぶやいたとき、ミセス・アビゲイルは朝の渋滞を縫って車を走らせていた。ミス・ポウラウェイはロースト・ビーフの話を続けた。みんなそれが好きだ、と彼女はいった。それをいうなら、ライス・プディングも。でも、どうしてなのかわからない。ウィステリア荘の調理法に秘密があるのかしら。彼女は名前と住所が載ったリストを点検した。プラウト・ストリート二十九番のパジェット氏は、いつもなら最初に食事を届ける相手だが、名前が線で消されていた。「あらまあ」と、ミス・ポウラウウェイはつぶやいた。

ミセス・アビゲイルは上の空でうなずいた。その日の朝は、ミス・ポウラウウェイの世間話など聞きたくない心境だった。眠れずに悶々としながら、ティモシー・ゲッジの訪問によって自分がひどく動揺し、得体のしれない不安で胸が一杯になっていることを自覚したとき、ミス・ポウラウウェイを連れてこんなふうに給食を配ってまわるのは絶対に無理だと思っていた。責任者のミセス・トロッターに、体調がすぐれないことを電話で伝えよう。だが、朝になると、考え直した。仮病はよくないし、みんなを裏切ることになる。つい最近のことだが、一度か二度、ミス・ポウラウウェイが鼻の病気を口実にして仕事にこなかったことを思い出し、あんなことはしたくないと肝に銘じた。そのときは、仕事に関しては有能なミセス・ブラッカムが代わりを務めてくれた。

「これ、面白いわよね」と、ミス・ポウラウウェイがいっていた。指差す先には、ダッシュボードに誰かがセロテープでとめた、ボランティア協会の会報から切り抜いた漫画があった。高齢の夫婦に給食を渡しながら、ボランティア協会の制服を着た女性が、前回の食事はいかがでしたか、と訊いている。「お肉は美味しゅうございましたよ」と、年老いた妻がにこやかに答える。「じゃがな、グレイビー・ソースは堅くて噛み切れんかった」もっと年老いた夫が、歯のない口でいう。

ミセス・アビゲイルは運転に集中していたのでそれを見ることができなかった。ミス・ポウラウェイが台詞を読んでくれた。漫画の下にイタリック体で書かれた説明も読み上げた。それによると、作者はある地方紙で活躍していた漫画家で、人生のたそがれどきを迎えた今、彼自身、一週間に二回、給食宅配サービスを受けているという。

「ほんとに面白いわねえ」ミス・ポウラウェイはいった。「よくできてるわ」

ワゴン車がプリティ・ストリートで停まると、ミス・ポウラウェイとミセス・アビゲイルは外に出た。ミス・ポウラウェイはその漫画のことがまだ頭から離れないらしく、話したら弟もきっと笑うだろう、という。ミセス・アビゲイルは蓋つきの皿を二つ重ねた。熱かったので布巾を使った。十番という住所表記の門を開いた。ミス・ヴァインが住んでいるテラス・ハウスだ。ペットのセキセイインコが元気をなくしているという。ミス・ポウラウェイが騒々しい音を立てながらうしろからついてきた。手には名簿と煙草の空き缶がある。代金はその空き缶に入れることになっていた。

「おはようございます、ヴァインさん！」ミセス・アビゲイルはそう声をかけ、無理にでも明るくふるまおうとしながら、玄関を開けた。

「失礼しまーす！」うしろからミス・ポウラウェイの声が響いた。

二人がキッチンに入ると、ミス・ヴァインが椅子にすわっていて、その横にはセキセイインコの鳥籠があった。いつもなら電気コンロで片手鍋が湯気をあげていて、その上に二枚の皿をのせて温め、給食を受け取る準備をしている。だが、その日はそれどころではなかった。セキセイインコの具合が悪くなっていたのだ。

「この子もう長くないわ」ミス・ヴァインは悲痛な声を出した。「すっかり弱ってしまって」

「そんなことありませんよ、ミス・ヴァイン、すぐ元気になります」ミセス・アビゲイルはさらに明るくふるまいながら、ロースト・ビーフとポテトと芽キャベツとグレイビー・ソースを冷たい皿に移した。「二、三日、具合が悪くなることなんて、よくありますもの」

ミス・ポウラウェイが割って入った。口をすぼめて小さく息を吐きながら鳥籠をのぞき込んでいたかと思うと、そろそろ寿命ではないか、と意見を述べて、新しいのを飼うように勧めた。

「ライス・プディング、オーブンに入れましょうか？」ミセス・アビゲイルはそういって、オーブンの扉を開け、ガスをつけた。

ミス・ヴァインは答えなかった。いつのまにか泣き出していた。絶対にできない、と彼女はつぶやいた。ビーノがいなくなったあと、この家で新しい鳥を飼うなんて。鳥を愛するのは人を愛するのと同じ。毎朝、最初にするのは、キッチンに入って、おはよう、と声をかけること。

ミセス・アビゲイルは食器棚からスープ皿を取り、ライス・プディングをそれに空けた。ミス・ポウラウェイはぐずぐずしていないで、ミス・ヴァインから早く十二ペンスを受け取ればいいのに。名前に支払い済みの印をつけて、空になったお皿と蓋を早くワゴン車まで運べばいいのに。一軒の配達にかけられる時間は二分まで。それ以上かけると、最後の六軒ほどの食事が冷え切ってしまう。彼女はライス・プディングの皿をオーブンに入れ、ミス・ヴァインの注意を惹いた。「カブ・スカウト」ティモシー・ゲッジのささやく声が、また聞こえた。まるでこだまのようだ。一晩中、彼はその言葉をささやいていた。

「あの金物屋さん」と、ミス・ポウラウェイがいった。「モールトさんだったかしら。車で灯油を売りにくる人よ。あの人の店では鳥も売ってるわ。なんとかしてくれるんじゃないかしら」

「十二ペンスありますか、ミス・ヴァイン」ミセス・アビゲイルは尋ねた。「オーブンにライス・プディング入れたの、忘れないでくださいね」

「ほんとに辛いわよね」ミス・ポウラウェイはいった。「小さな生き物が死ぬのは」

こらえきれず、ミセス・アビゲイルは舌打ちした。奉仕活動をはきちがえて社交訪問のつもりでいる補佐役とペアを組むのは本当に虚しいものだ。この人はキッチンの椅子にすわりこみ、一休みさせて、といったこともある。おかげで、名簿に載っている最後の訪問先であるグラディ氏の家に着いたときには三時を三十分もまわっていて、注文のフィッシュ・アンド・チップスは固くなり、食べられなくなっていた。今、自分で皿と蓋を片づけ、ミス・ヴァインの十二ペンスをもらうこともなく外に出たとき、ティモシー・ゲッジの顔が不意に浮かんできて、吐き気を催した。そうでなくても、神経を使うのだ。配達先の目印を探しながらワゴン車をゆっくり走らせ、補佐役が当てにならないので、自分の目で所番地を確かめる。なんでもかんでも自分一人でやらなくてはならないので、気が急いて仕方がない。手助けをしてくれるはずの人はおしゃべりに夢中。普段でも神経を使うのに、ゆうべは一睡もしていない。激しく動揺し、嫌悪感がこみあげてくるのをこらえながら、ずっと横になっていた。普通の人間には耐えられないことだ。もちろん、ミセス・トロッターに電話をしなかった自分が悪い。ミス・ポウラウェイに邪魔されながら、四十軒の配達先に食事を届けられるような状態ではないと、はっきり伝えるべきだったのだ。結婚生活三十六年にして、自分の夫が同性愛者だとわかったんです、と伝えて、洗いざらいぶちまけるべきだったのだ。

ワゴン車はヒースフィールド屋敷に向かい、バッド夫妻のバンガローに向かい、シーウェイ・ロードに向かい、ミセス・ハッチングズ宅に向かい、バウズ・レーンの貧困高齢者宅に向かった。そのあいだずっとミス・ポウラウェイはしゃべりつづけていた。ある競売人と結婚したばかりだという姪のグウェンのことを話し、別の姪の話もした。その姪の子供は、耳に障害があるという。三人の高齢者が共同生活をしているビーコンヴィルに着いたとき、ミセス・アビゲイルはミス・ポウラウェイに一人前の食事を運ばせたが、玄関ホールの扉を空けようとしているときに落とした。どこへ寄ってもミス・ポウラウェイは代金を集めなかった。「気をつけてね、その歳で風邪を引くと危ないのよ」彼女はミス・トリムにいった。「ほんとに顔色が悪いのよね」玄関ホールに戻って、ミス・ポウラウェイは大きな声でいった。彼女はつい忘れていたが、ほかのことはともかく、歳を重ねてもミス・トリムは耳だけは年々よく聞こえるようになっている。今朝はみんなラインさんのお葬式に行ったらしい、と彼女は付け加えた。先週の土曜日にはミセス・クローリーのお葬式があった。

昼まで悪戦苦闘を続けながら、ミセス・アビゲイルは繰り返し思い知らされた。そのたびに馬鹿にされたような気持ちになってきた。そもそもこのディンマスにくるつもりなどなかったのだ。ロンドンには好きな映画館もあったし、芝居のマチネもあった。ハーヴィー・ニコルズやハロッズの店内を見てまわるのも楽しみだった。ただ、そんな高級デパートで実際に何かを買ったことはない。ディンマスには、ろくに暖房も効いていないエッソルドという古い映画館しかないし、そこでは同じ映画を七日間も上映している。買い物に行こうとしても、つまらない店しかなかった。ミス・ポウラウェイが延々としゃべり続けるなか、彼女はこうしたことを思い返し、ゆうべと同じように、童貞と処女だった自分たち夫婦が結婚したときのいきさつを改めて振り返った。

世間並みの物静かな二人で、二十九歳の彼は優しそうに見えた。彼女は人生を知らず、彼も似たようなものだった。二人ともロンドン南部のサットン近郊で実家暮らしをしており、彼のほうは海運会社に勤めていた。その会社を定年で辞めて、新生活を始めた場所がこのディンマスだ。彼女のほうは父親が経営する不動産屋で働き、非常勤の秘書をやったり、接客する部屋に花を飾ったりしていた。どちらの両親も結婚には反対だったが、ゴードンも彼女も決して諦めなかった。反対されたことで二人の仲はかえって深まっていた。結婚式は彼女が子供のころ通っていた教会で行われ、そのあとマンスフィールド・ホテルで披露宴をした。利便性を考え、近場のホテルを選んだ。新婚旅行はカンバーランドだった。彼女はスタイルがよく美しかった。列車のトイレで白粉《おしろい》をはたき、鏡に顔を映してチェックしながら、自分は不細工ではないと思った。それまでに二度、結婚を申し込まれたことがある。どちらも断ったのは、求婚をしてきた男が好きになれなかったからだ。

結婚とはどういうものか、彼女にはよくわかっていなかった。結婚にはいろいろな側面がある。カンバーランドのホテルで二人は同じベッドに寝たが、何もかもがちぐはぐで、彼女はゴードンを慰めなければならなかった。どんなことでも、まず馴れないとね、と彼女はいった。次の夜も、そのまた次の夜も、同じことをいった。暗がりの中で、静かにささやいた。こつを覚えればいいのよ。そう耳打ちしたのは、ゴードンが苦手としている行為は、テニスのように練習すれば上達すると思ったからだった。悩まなくていいのよ、と彼女はいった。二人はカンバーランドで長い散歩を楽しんだ。ホテルの食堂で一緒に朝食をとったのも楽しかった。

そのときの服装は今でも憶えている。新婚旅行のときも、そのあとも。スーツやドレス、好きなブルー系のものが多い。コートやスカーフや靴。親しい人たちもできた。夫婦で付き合える人たちだ。ワトスン夫妻とか、ターナー夫妻とか、ゴッドスン夫妻とか。夕食会があり、ブリッジをやった。劇場まで遠出したこともあった。ダンス・パーティにも参加した。あるとき、ピーターという独身らしい初対面の男が、ゴッドスン夫妻の家で、繰り返し彼女と踊った。体をぴったりくっつけてきたので、気が動転したが、そこには甘い悦びもあった。その一年後、戦争が始まり、ゴードンはすでに海軍に入隊していたが、そのピーターと、ボンド・ストリートでばったり出会った。彼は酒場に誘い、肘を取った。彼女は怖くなり、誘いを断った。

戦後はロンドンの別の地区に引っ越した。戦争前に付き合いがあった人たちとは疎遠になったし、新しい友人をつくることもしなかった。どうしてなのかはわからない。ゴードンは少し人が変わった。戦争体験と関係があるのかもしれない。彼女自身も変わった。振り返れば、そう思う。もう天然の自分ではなく、元気潑剌な自分でもなかった。子供ができないことには落胆したが、そんな夫婦は数え切れないほどいる。それより悲しいことはほかにもあった。戦争でもいろいろなことが起こったではないか。

ゴードンの性的嗜好が異常だと感じたことは一度もなかった。たとえ漠然とでも、そんな考えが頭に浮かんだことはなかったし、ほかの男と違うとも思っていなかった。結婚しても子供ができない夫婦はどこにでもいる。だから、何万組もいるそんな夫婦と同じ問題を、自分たちも抱えているのだろうと思っていた。それは二人の問題であり、ゴードンだけが悪いのではない。適切だとは思わないが、欠陥という言葉を使っていいのなら、欠陥は双方にある。いや、むしろ人間としての成り立ちの違いというべきか。彼女はその違いを意識してこなかった。口に出したこともなかった。

しかし、今ではいたるところにそれが潜んでいて、騒ぎ立て、清純な結婚の日々をなかったことにしようとしている。改めて悟ったその事実が、子供でも筋道を追うことができる単純な事実が、終《つい》の棲家として選んだ家に早くも染みわたっていた。それを解き放ったのがティモシー・ゲッジであったこと、醜い酔態をさらして、たぶん性格も醜い、あのティモシー・ゲッジであったことは、この成り行きにふさわしかった。酔ったティモシー・ゲッジは、まるで日曜版の安新聞から抜け出てきたように見えた。彼女の結婚もそんなふうに見える。夫もそうだ。不誠実で欠陥だらけの田舎暮らし。ティモシー・ゲッジが口にしたのは真実そのものだった。問答無用のその威力、力と栄光に満ちたその確かさ。ティモシー・ゲッジのことは考えたくなかった。いかなる意味でも、思い悩んだり、くよくよ考えたりするつもりもなかった。彼が口にした真実は、何があっても変わることはない。今はそれだけで充分だった。

「でも、ちょっとあんまりよね」と、ミス・ポウラウェイが話していた。「四十人分の給食を四つの手で配るなんて」

ミセス・アビゲイルはワゴン車のうしろから皿を二つ取り出しながら、同僚がしゃべっていることは意識していたが、その内容は頭に入っていなかった。一晩じゅう彼女は、馬鹿みたいと頭の中で繰り返していた。これまで自分のことを幸せな女だと思っていたのが馬鹿みたい。同じように繰り返し頭に浮かんできたのは、昨晩、食事の支度ができたことを告げにいったとき、目にした光景だった。ゴードンとあの少年が居間で椅子にすわっていた。電気式暖炉の心地よい明かりのなか、一緒にシェリーを呑みながら。

「何するのよ、ミス・ポウラウェイ!」彼女が叫んだのは、ミス・ポウラウェイがまたライス・プディングを取り落としたからだった。「ほんとに役立たずね、あなたは」

いつもの茶色のコートを着て、タオルや海水パンツは持たずに歩いていたアビゲイル中佐も、散歩中、やはり動揺していた。朝食のあいだ会話はなかったが、それは珍しいことではない。しかし、そのあと彼女は、相変わらず何もしゃべらないまま出かけてしまった。木曜日には、用意してある昼食をどうやって食べればいいか、必ず指示を残していくことになっていた。高齢者支援の慈善事業に参加する日だからだ。ところが、何も指示していかなかったばかりか、見たところ昼食の用意もできていないようだった。

妻と同じく、中佐もゆうべは眠っていなかった。妻の部屋の隣で横たわっていると、あの少年とのことが繰り返しよみがえってきた。少年の顔を流れる汗、千鳥格子柄のスーツから突き出た手、常軌を逸した発言をするあの声。どうにか少年を家から追い出したとき、彼は妻を手伝い、食堂から食器を運び出した。そんなことはこれまで一度もしたことがなかった。あの子がいったことはみんな酔っ払いのたわごとだ、念を押すようにまた何度かそう繰り返した。こんなことになってすまないと思っている、といったあと、オヴァルティン（寝る前に飲む麦芽飲料）でもつくろうかと申し出た。彼が憶えているかぎり、オヴァルティンという言葉を聞いて彼女が何も答えず、首を横に振るだけだったのは、これが初めてだった。

砂浜を歩きながら、中佐は、自分に対して事実をはっきりさせておこうと思った。カブ・スカウトが浜辺で四塁野球《ラウンダーズ》をしているのを自分はよく見物している。あのゲッジの坊主は、ディンマスの住人すべてを監視しているようだから、その現場を見たのは間違いない。だが、子供たちが集まって浜辺で遊んでいるのを見ていたことに関して、やましいところは何一つないし、人から怪しまれるいわれもない。高齢者に給食を配ってまわるのとどこが違うのか。不幸にしてあの子は素面《しらふ》ではなかったし、自分の思っていることを表現する能力にも限界があるらしい。そのことが混乱を招いたのは明らかだ。証拠が一つもないのに、あの子は妙なことをほのめかした。本当なら、こういうべきだったのだ。どんな英国人でも制服姿の英国の青少年を称揚するのは普通のことであり、試合をやっていれば立ち止まって見物するのはきわめて自然なことである、と。

自分にいいきかせたり、妻を説き伏せたりするために作り上げた理屈だったが、中佐自身は納得していなかった。引き抜いても、引き抜いても、真実が芽を出してくる。まるで庭の雑草のようだった。心の片隅に押し込めたつもりでも、いつのまにかこそこそ這い出してきて、腹立たしくもまた表に出てきている。要するに、あの恵まれない少年は、どういうわけか秘密の領域に無理やり入り込んできたのだ。本来ならそんなところにほかの人間が興味を示すはずはない。アビゲイル中佐にとって、そこはむしろ嫌いなところだった。意識するだけで羞恥と罪悪感が湧いてくるので、考えないようにしていた。ときおり流されることがあっても、それはただの災難でしかなく、あとでいつも嫌悪にさいなまれた。

ゆっくり歩きながら、同じこの海岸を歩いたきのうの自分より何年も歳をとったように腰を曲げ、背をかがめていた。一歩進むたびに中佐は歩みに合わせて首を振った。さっぱりわからないのは、どうしてあの少年が秘密の領域にまで踏み込んできたかということだった。必死に記憶を探り、過去に目を向けた。見たくもない、目のくらむような光景が、次々に脳裏をよぎっていった。声も聞こえる。人の姿が見えたが、それは彼自身だった。卑猥な覗きからくりの主人公。彼自身の顔が彼に向かって笑いかけ、光景が暗転する。ふたたび、今度はいっそう気を確かにもって、彼は過去を振り返った。

あの少年が初めて家にきたとき、今よりもずっと子供だったので、当然ながら子供として扱うことにした。一度か二度、夕食のため食堂に誘うとき、彼の肩に手を置いたことがある。一度か二度、少年がうずくまってリノリウムの床と壁との境目を磨いていたとき、冗談半分でその頭に触ったこともある。通りすがりに犬の頭をなでるのと同じことだった。イーディスが外出中に、二人で何度かゲームをして遊んだこともある。じゃれ合うような、まったく罪のない遊びだ。目隠し鬼の遊びをやった。お金を探せ、という遊びもした。自分が居間の真ん中に彫像のように立っていて、少年がその体を探り、ポケットに隠した硬貨を探すという遊びだった。まったく罪のない、ただの遊びで、二人で楽しめる娯楽のつもりだった。当然ながら、少年が思春期に達すると、もうそんな遊びはしなかった。

二人の関係は邪心のないものであり、今も昔も変わりはない。ところが、あの子は、したり顔であんなことをほのめかした。中佐は自分の記憶に障害があるのかと疑いはじめたくらいだった。じゃれ合って遊んだ記憶は間違っていたのか？　目隠し鬼は自分の記憶とは違う終わり方をしたのか？　それともあの子はエッソルド・シネマでも監視の目を光らせていたのか？　彼はそのことを心から追いやった。代わりに思い出したのは、前に仲のよかった自転車に乗った男の子の顔だった。もう一人、別の男の子の顔も浮かんできた。お金を探せの遊びを、ゴルフ場の物置小屋でやってもいいよ、といってくれた子だった。中佐がもらった勲章を話題にするのが好きな赤毛のカブ・スカウトもいた。

彼は踵《きびす》を返し、今度はさらに重い足取りで、ディンマスのほうへと戻っていった。

ディンマスの〈エッソルド〉と同じくらい、バドストンリーの〈パヴィリオン〉も古かった。狭いホールに切符売場があり、その両側にあるスイング・ドアは、館内のロビーに通じている。ロビーには絨毯が敷きつめてあり、照明は暗い。茶色の壁には大きな額に入った三〇年代の映画スターの写真が掛けてあった。ロレッタ・ヤング、キャロル・ロンバード、アナベラ、ドン・アメチー、ロバート・ヤング、ジョーン・クロフォード。絨毯には煙草による焼け焦げの跡があり、壁の茶色はあちらこちらで剝げ落ち、ピンク色の素地が見えていた。お菓子を売っている売店があった。

客席がある場所も似たようなもので、茶色の壁がまだらに剝げている。照明がいつも暗いのは、あらを隠すためだった。もとは鮮やかな臙脂《えんじ》色だった座席もすっかり色あせて、薄ぼんやりした赤い輝きを残すのみ。しかも張り地が裂け、ところどころでスプリングが覗いている。色が褪めた緞帳には蝶の模様がついているが、かつては鮮やかな色彩を誇ったものの、今ではその面影もない。館内にはエッソルドと同じにおいが漂っている。殺菌剤と煙草のにおいだった。館内のスクリーン正面の席で、ティモシー・ゲッジは海洋荘の子供たちから三つうしろの列にすわっていた。足もとには例の手提げ袋がある。ベーコン味のポテトチップを二箱食べたあと、筒に入ったラウントリーのフルーツ・ガムをまた一つ買い、それを噛みながら館内が暗くなるのを待った。スティーヴンがあたりを見まわし、ティモシーは彼に微笑みかけた。

もともと暗かった明かりがさらに暗くなり、町の商店や食堂の広告が映った。スコットランドで建設中の橋についてのニュース映画があり、予告編が二本流れ、これから公開が予定されている作品のお知らせがあって、『ドクター・ノオ』が始まった。ストーリーはティモシーには馴染みがあって、二回目だからといって感興が深まるものではなかった。ジェイムズ・ボンドを亡き者にせんとして、いくつかの試みがなされる。銃撃する、ベッドにタランチュラを放つ、ウオツカに毒を入れる、溺れさせる。どれもが失敗に終わるのは、実行者が気持ちの面でも体力の面でも劣っているからだ。映画はハッピーエンドを迎え、ジェイムズ・ボンドは美女とボートに乗る。

照明がつき、お菓子を売っている売店の写真がスクリーンに現れた。飴やチョコレートやナッツはロビーで買えます、という言葉が添えてあった。

ティモシーは立ち上がり、スティーヴンとケイトも立ち上がった。どのお菓子にするか決めて、うれしそうだった。「どうもです」彼はそういって、行列する二人のうしろに並んだ。

二人は彼のことを見知っていた。いつも一人で行動している少年で、電気屋のショーウィンドウに置いてあるテレビを見ていることもよくあった。いつも薄い色の同じ服を着ていたが、髪の毛も薄い色なので、よく合っていた。

「こんにちは」ケイトはいった。

「ディンマスのほうで見かけたことがあるよ」

「わたしたち、ディンマスに住んでるの」

「知ってるよ」彼は順番に二人を見てにっこりした。「きみのお母さんが彼のお父さんと結婚したんだよね」

「そうよ」

二人は袋入りのナッツを買い、ティモシーはまたフルーツ・ガムを買った。館内に戻ると、ケイトの隣の席にすわった。「ガム、食べる?」そういって、ガムの筒を二人に差し出した。二人は一つずつそれを取った。見ると、二人は肘で小突き合っている。フルーツ・ガムを勧められたのが面白かったのだろう。

『ダイヤモンドは永遠に』もさっきの映画と同じような筋だった。ジェイムズ・ボンドは同じように何度も命を狙われる。最後にはまた美女と一緒になる。さっきとは違う女の人だったし、二人でボートに乗ったわけでもない。

「バスは五時半だから、楽に間に合うね」ティモシーはいって、またガムを差し出した。その手が邪魔でケイトたちは前に進めなかったし、ロビーに出ようとしていた年配の女性二人も道をふさがれていた。

「こちらへどうぞ」同じく年配の案内係の女性がいった。「坊や、ちょっとどいてね」

女性二人と子供三人はスイング・ドアを通り、ひとかたまりになって茶色のロビーに出た。

「わたしたち、海岸沿いの道を歩いて帰るの」ケイトがいった。

「へえ、そりゃいいね」外に出るとまぶしい日の光を急に浴びたので、彼は目をしばたたいた。つきまとわれて二人が不審に思っているのは明らかだったが、気にしなかった。歩道に出て、並んで歩いた。三人が横並びになったので、前からやってくる通行人はいったん車道に降りなければならなかった。英国国旗のついた手提げ袋が揺れていた。ティモシーは言葉をかけようとしたが、話題が浮かばなかった。彼はいった。

「ラヴァントさんっているよね。あの人、医者のグリーンスレイド先生のことが好きなんだよ」

二人は遊歩道や町なかでミス・ラヴァントを見かけたことがあった。いつもゆっくり歩いていて、ときにはきれいな枝編みの籠を持っていることもあった。きれいな人だ、とケイトはよく思っていた。しかし、グリーンスレイド先生に恋をしていることは知らなかった。先生には奥さんがいて、子供も三人いる。

「二十年も想いつづけてるんだよ」ティモシーはいった。

それで人柄の説明がつく。ミス・ラヴァントは、いつもぴりぴりしている。そのことも説明できる。神経を尖らせているから、あんなふうにゆっくり歩くのだ。いつも伏し目がちで、お行儀がよさそうだが、実は気持ちを抑えているのだ。本当は走りまわって、グリーンスレイド医師が今どこにいるのか探しにいきたいのに。

「あの人、プリティ・ストリートにある一間のフラットに住んでるんだよ」ティモシーはいった。「玄関ホールの左側の部屋」彼は笑った。ミス・ラヴァントはミセス・アビゲイルの妹に違いないと、しつこく繰り返したのをまた思い出したからだった。「いつか、窓から覗いてみたんだよ。そしたら、茹で卵を食べててね。テーブルの向かい側には、もう一個、卵立てがあって、それにも卵が入ってるんだ。何かをぺらぺらしゃべっててね。グリーンスレイドさんなんて、そこにはいないのに、いるようなふりをしてたんだ。お昼の三時だよ。みんなデッキ・チェアにすわってひなたぼっこする時間なのに」

変な話し方をする子だ、とケイトは思った。それでも、ミス・ラヴァントのことなんて前には一度も考えたことがなかったのに、なんだか、かわいそうになってきた。そんなに苦労しなくても想像がつく。プリティ・ストリートの一間の部屋。玄関ホールの左側。卵立てふたつに、茹で卵二つ。

スティーヴンもミス・ラヴァントがかわいそうになった。これからはもっと気をつけて見てみようと思った。ミス・ラヴァントは決して浜辺を歩かない。よく考えもせずに、きっと靴を駄目にしたくないからだろう、と思っていた。誰かがそんなことをいっていた気がする。しかし、今、よくわかったが、どうやらそれが理由ではないらしい。浜辺を歩かないのは、そこに行ってもグリーンスレイド先生がいないからだ。先生は、黒い鞄を持ち、聴診器をときおり首からぶら下げて、町なかを歩いている。

「ビール呑みたいなあ」ティモシーはいった。そして、バドストンリーのスーパーマーケットに行っても、未成年には酒を売ってくれないと不満を漏らした。「ラス・レーンに酒屋があってね」と、彼はいった。「店のおやじさんは目が悪いんだ」

ラス・レーンに向かう途中で二人が名乗ると、彼もティモシー・ゲッジという名前を教えた。そして、酒屋の中までついてこないように釘を刺した。缶ビールを一本ずつ買ってやろう、といったが、二人はコカコーラのほうがいいと応じた。

「あんた、十八かい?」店主はそう尋ねながら、手を伸ばして、ワージントンEの一パイント缶を棚から取った。かけている眼鏡のレンズが分厚かったので、そのうしろにある目は異様に大きく見えた。ティモシーは来月の二十四日で十九になると答えた。

「双子座《ジエミナイ》か」と、男はいった。ティモシーはにっこりしたが、相手が何をいっているのかさっぱりわからなかった。

「あんな店をやってると、頭がおかしくなるんだな」外に出て、彼はいった。「いつも強いのを呑んでるから、脳みそが溶けちゃうんだ」彼は笑った。そして、自分もゆうべ大酒を呑んだことを話した。目が覚めたら、もうびっくり。口の中がサハラ砂漠みたいになってたんだ。

三人は海岸に向かって歩き、岩にすわった。横には潮だまりがあり、イソギンチャクがいた。

二人はコカコーラを飲み、ティモシーはワージントンEを喉に流し込みながら、迎え酒にはこれが一番だといった。呑み終えると、イソギンチャクのいる潮だまりに空き缶を投げ込んだ。

三人はディンマスのほうに歩きはじめた。潮が満ちてきていた。カモメの数は朝よりも多く、崖の上を飛んでいるのもいたし、沖を飛んでいるのもいた。同じトロール漁船が水平線の同じ位置に浮かんでいた。

「二人とも学校に行ってるんだよね」彼がそう尋ねると、二人はそれぞれの寄宿学校のことを話した。二人がそういう学校に通っていることは知っていたが、あえて尋ねれば会話のきっかけになる。自分はごみ溜めみたいなディンマス中等学校に通っている、と彼はいった。ウィルキンスンという先生は、学級をろくにたばねることができない。校長のストリンガーはくずだ。体育の先生は女の子につきまとっている。不純異性交遊と煙草がみんなの関心事。そして、青少年センターに行ってピンポン台の脚を折ること。グレイス・ランブルボウという女の子の話をしても、実際に自分の目で見るまで信じてもらえないだろう。

「プラントって人、知ってる?」彼はいった。「〈砲兵の友〉っていうパブの」

「プラント?」スティーヴンがいった。

「いつもトイレにいるんだよ」彼は笑った。「女の人が欲しくて」

どういうことか、説明をした。夜中にシャツだけを着たプラント氏と出くわしたことも話した。『鬼警部アイアンサイド』をやっているときに母親の寝室で目撃した場面も詳しく語った。

二人は黙りこくっていた。しばらくすると、沈黙が重くなり、気まずい雰囲気が漂いはじめた。ケイトは海のほうに目をやり、こんな子が一緒にこなければよかったのに、と思った。じっと見つめる視線の先には、石のように動かないトロール漁船があった。

「きみのお母さんは新婚旅行？」彼はいった。

彼女はうなずき、フランスにいるといった。にっこりしながら、彼はスティーヴンのほうを見た。

「きみのお父さんも、これから楽しむんだろうね、スティーヴン。もうびんびんでさ」

「びんびん？」

「やる気満々ってこと」

彼は笑った。スティーヴンは何もいわなかった。

この子の顔は斧の刃のようだ、とケイトは思った。横にもう一本、斧の刃が重なっている。げっそりこけた頬の上の頬骨が、そんなふうに見える。指は意外に長く、女の子の指のように細い。

「きみのお母さんには気品があるね、ケイト。八百屋で誰かがそういってたよ。ぼくにいわせれば、べっぴんさんだよね、ケイト。いい女だ」

「そうね」と、彼女はつぶやいた。恥ずかしくて、顔が赤くなっていた。

「さすがによくわかってるね、スティーヴン、きみのお父さんは」

今度もスティーヴンは何もいわなかった。

「ぼくのいうこと、気にしないでくれよ、スティーヴン。きみのお父さんはいいやつだ。二人はお似合いだよ。ほんとによかったわねえって、八百屋にいたおばさんがいってたよ。ポロネギを買いながらね。お子さんたちにもほんとによかったって。きみはよかったと思うかい、ケイト。スティーヴンがいて、うれしい？」

顔が夕日のように熱くなった。混乱して顔をそむけ、ケイトは灰褐色をした崖の土を調べているふりをした。

「ディンマスの人たちは他人のすることが気になって仕方がないんだよ」というティモシー・ゲッジの声が、ケイトの耳に届いた。「いつもそうなんだ。どこかの店に集まっては、ああでもない、こうでもないと、人の噂をしている。ディンマスの人が安心できる場所は、自分の棺《ひつぎ》の中だけだね」彼の口から、さざ波のように笑いが広がった。優しい、静かな笑いだった。「きみ、お葬式に行ったことある、ケイト？」

「お葬式？」

「誰かが死んだときに」

ケイトは首を振った。しばらくのあいだ、三人は黙ったまま進んだ。やがて、ティモシー・ゲッジがいった。

「読書は好きかい、スティーヴン。『人食い人種の娘』。作者はヘンリエッタ・マン（ヘンリー・エイト・ア・マン「ヘンリーは人を食べた」と聞こえる）」

彼は笑った。二人も笑い声をたてたが、顔は笑っていなかった。女性の声色を使いながら、彼はいった。

「猫がうしろにいて、あなたが絶望するのはどんなとき？」

二人はわからないと答えた。

「それはあなたが鼠だったとき。わかったかい、スティーヴン。象とカンガルーの雑種をつくりました。さて、どうなるでしょう、ケイト」

彼女は首を振った。

「オーストラリアじゅうにでっかくて汚い穴が空きます」彼はケイトに笑いかけた。そして、復活祭の野外行事で隠し芸大会に出るつもりだ、といった。「それでね」と、彼は続けた。「ぼく、ウェディング・ドレスを探してるんだ。ウェディング・ドレスを使った出し物をするつもりだから」

「それは花嫁の格好をするってこと？」ケイトは尋ねた。

彼は話した。スワインズの資材置き場にある浴槽のことを話した。アビゲイル夫妻やプラント氏に教えてやった逸話を繰り返した。ジョージ・ジョゼフ・スミスは死んだミス・マンディのために魚を買い、ミセス・バーナムとミス・ロフティには卵を買った。そのどれに対しても、二人からの反応はなかった。

「きみのお父さん、ときどき見かけるよ、スティーヴン」彼はいった。「双眼鏡を持って家のまわりを歩いてるよね」

「鳥類学者だから」

「チョールイガクシャって？」

「鳥の本を書くんだ」

「きみのお母さんのウェディング・ドレス、どこかのトランクに入ってない？」

スティーヴンは立ち止まり、うつむいて砂浜に視線を落とした。右足のサンダルの先が、ゆっくり円を描いた。ケイトはまず一方の顔を見て、次にもう一人の顔を見た。スティーヴンは鬱屈したように表情をこわばらせ、ティモシー・ゲッジは愉快そうに微笑んでいた。

「見たんだよ、スティーヴン」彼は静かに話していた。顔にはまだ笑みがへばりついていた。

「プリムローズ荘の窓から覗いたんだ」

二人は何もいわなかった。どちらも眉をひそめていた。二人はまた歩きだし、ティモシー・ゲッジもついていった。腕の先には手提げ袋が揺れていた。

「窓から覗いたりして、気を悪くしないでくれよ、スティーヴン。たまたま通りかかっただけなんだ。きみのお父さんは荷造りをしていたよ。トランクからウェディング・ドレスを出して、また同じところにしまったんだ。色が褪せたトランクだったよ、スティーヴン。もともとは緑色だったんじゃないかな」

ふたたび沈黙がその場を支配した。次の瞬間、二人は走り出していた。彼は取り残され、その場に突っ立っていた。あまりにも急なことだったので、とっさには動けなかったのだ。なぜ二人がいきなり砂浜を走り出したのか、彼には理解できなかった。たぶん何かの遊びだろう、と思った。急に走り出した二人は、また急に立ち止まる。そして、銅像のように動かなくなって、彼が追いつくのを待つ。だが、そんなことにはならなかった。二人はいつまでも走り続けた。

彼は筒に残ったフルーツ・ガムをひとつ取り、それを嚙みながら、立ったままカモメの群れを見つめていた。

第六章

「これがすんだら、今度は芝刈りをするか」と、クウェンティン・フェザーストンはいった。教会婦人会のお茶会が終わり、ラヴィニアと一緒に食器を洗っているところだった。今日のお茶会は、いつも以上に気苦労が絶えなかった。ミス・ポウラウェイがタッパーウェア販売会のようなホーム・パーティを提案すると、ミセス・ステッド＝カーターはこれまでにないほど激しい口調で反論をまくしたてた。資金集めのためにタッパーウェア販売会をやるのは愚策以外のなにものでもなく、タッパーウェア販売会で集めた資金は当然ながらタッパーウェアの製造元に納めなければならない。ミス・ポウラウェイは、タッパーウェアというのは例えとして挙げただけで、スウェードの上着やコートを売ってもいいし、場合によっては下着の販売会をやってもいい、と応じた。ミセス・ステッド＝カーターはさらに激高して、こんな馬鹿な話は聞いたことがないといいだした。タッパーウェアにしろ、スウェードの衣類にしろ、下着にしろ、ディンマスの教会婦人会が自由に処分できる私財はなく、ミス・ポウラウェイの提案はことごとく時間の無駄でしかない。そして、ミセス・ステッド＝カーターは、最後にこう宣言した。自分にはさっぱり理解できないが、そもそもミス・ポウラウェイは、子供もいないのに、なぜ教会婦人会の会員として大きな顔をしているのか。ミス・ポウラウェイがたちまち目に涙を浮かべたので、仕方なくラヴィニアは彼女をキッチンに連れていった。そこでミス・ポウラウェイはミセス・アビゲイルとの一件を話した。給食宅配サービスの活動をしているとき、錫メッキの皿を落としただけで、役立たず呼ばわりをされたのだという。ディンマスはめちゃくちゃな町になりつつあった。

「ミス・ポウラウェイもかわいそうに」茶器を洗いながら、クウェンティンはいった。ラヴィニアは、ミス・ポウラウェイにあまり好感を持っていなかったので、何もいわなかった。今、夫に同情することができたらどんなにいいだろう、と彼女は思った。同情するのは、いつも彼が寝た真夜中になってからのことだった。この人が悪いわけではない。彼も精一杯のことをやっている。たしかに辛いだろう。女同士の口喧嘩。ディンマスに数千人の人がいても、この教会にはほんの一握りしか足を運ばない。ピーニケット氏は教会生活の衰退にため息をついている。自分が情緒不安定で、わがままにふるまっていること、もう子供は作れないといわれ、夫に八つ当たりしていること、それをはっきり伝えたかった。しかし、話そうとしても、いうべきことを考え、無理やりそれを口に出そうとしても、言葉は出てこなかった。二人は無言で皿を洗って拭いた。そのとき、双子が現れた。体じゅうにレモン・ケーキをなすりつけていた。

「お片づけしてたんだもん」スザンナがいった。

「違うでしょ」ラヴィニアはいった。「ケーキを食べてたんでしょ」

「床をきれいにしてたんだもん」デボラがいった。

「ケーキのくずがこぼれてたんだもん」スザンナはいった。

「どうしていつも嘘ばっかりつくの」ラヴィニアはかっとした。自分は先天的な嘘つきを二人も産んでしまったのだ。それを思い知らされない日はなかった。雨のようにジャムが降ってくる。ケーキは床に転がっていたのを片づける。「鼠さんがパンを焼いてたの」前の日の午後、部屋の隅に小麦粉とレーズンが落ちていたとき、デボラはいった。「鼠さんだってパーティをするのよ」スザンナがいった。「ゲームもね」と、デボラはいった。「鼠さんだってやりたいときにはゲームをするの」

ラヴィニアは腹を立てたまま子供たちのカーディガンにこびりついたケーキのかけらを取った。

「わたしたち双子はケーキなんか一口も食べてないのよ」スザンナがいった。

「鼠さんよ」デボラが説明した。「鼠さんが二匹出てきたのよ。椅子の中から」

「おまえたち、外にきて、お父さんが芝を刈るのを見ないか」クウェンティンはいったが、双子は首を振った。前に草刈りをしたのは遠い昔のことだったので、いっていることがわからなかったのだ。ただし、薄々感じていたが、何が始まるにしても、父親のすることは見ていて面白いものではない。見るだけだと、つまらないことが多い。

クウェンティンは復活祭の野外行事に向けて、早くも庭の片づけをはじめていた。花壇に芽を出した春の雑草はもう引き抜いてある。タンポポの若芽、ギシギシ、パラグラス。鍬《くわ》を入れて、掘り起こしたばかりの土がきれいに見えるようにした。去年の枯葉もあらかた取り除いた。

ガレージに置いてあるサフォーク・パンチと呼ばれる芝刈り機を点検した。使いはじめてちょうど十年だ。最後に使ったのは去年の十月のある土曜日の午後で、それ以来ほったらかしにしていた。後部の集草箱にはベゴニアの塊茎が入っていて、エンジンの上には黄ばんだ新聞紙の束が載せてあった。新聞紙は紐で束ねてあって、ある日の朝、ラヴィニアがそこに置いたまま、ほかの用事に気を取られて忘れてしまったものだった。ラヴィニアは、女子補導団《ガール・ガイド》のために古新聞や牛乳瓶の紙蓋や銀紙を集めていた。

クウェンティンはそのサフォーク・パンチが嫌いだった。今もその嫌悪を新たにしながら、ガレージの隅から引っ張り出そうとしていた。自分が乗っているボクスホール・ビバのエステート・カーと、双子が使っている二台の三輪車のあいだに押し込んであったのを、ガレージの前の段差があるところまで転がしていった。そのあと、エンジンのスターターを引いた。それはプラスチック被覆の紐で、エンジンを動かそうとして引いてみても、手を離すたびに自力でもとの位置まで戻っていった。エンジンの起動音、小さく咳き込むような、あの頼りになる音は、いっこうに聞こえてこなかった。当然ながら、エンジンがフル起動したときのうなり声もない。プラスチック被覆の紐を日が暮れるまで引き続けることになるかもしれない。手の皮膚がむけ、体じゅう汗まみれになるかもしれない。点火プラグを抜いて点検してもいいが、どこをどう調べるかがわからない。ドライバーや針金を差し込んだり、ぼろきれで拭いたりすることになるかもしれない。キッチンにエンジンを持ち込み、電気オーブンで熱してもいいが、そもそもなぜ熱くしなければならないか、その理由がわからない。

彼はプラスチック被覆の紐を四十回引っ張った。十回から十二回引くごとに手を休めた。ガソリンのにおいが漂ってきた。いつものことだ。

「大丈夫ですか、フェザーさん」ティモシー・ゲッジの声がした。

少年がそこに立っていた。自分に微笑みかけているところを見るのは、その日、二度目だった。笑顔を返そうとしたが、できなかった。午前中と同じように、また不安が込み上げてきた。なぜ不安になるのか、今、彼は理解した。ディンマスのすべての住人の中で、この少年、思春期を迎えたこの少年だけが例外なのだ。彼はこの少年に対して、キリスト教的な愛をいっさい感じることができなかった。

「やあ、ティモシー」

「芝刈り機の具合が悪いんですね」

「うん、そうらしい」ガレージにはスパナのようなものがあった。棒状の六角形で、ハンドル代わりの棒が一本、本体を横に貫通している。エンジンから点火プラグを外す工具だった。彼はそれを探しにいった。十月以降、二度ばかり使ったのを思い出した。エステート・カーのエンジンから点火プラグを外そうとしたのだ。彼はサフォーク・パンチと同じくらいその車が嫌いで、ディンマスの町なかを移動するときに自転車を好むのはそのせいだった。キッチンに置いてあるイングリッシュ・エレクトリック社の洗濯機も好きではない。とくにボタンが嫌だ。押せば蓋が開くはずなのに、開かないことがよくある。三年前に金を貯めてラヴィニアの誕生日のプレゼントに買ったトランジスタ・ラジオも好きではない。六か月前から音がまったく出なくなった。交換部品はなかなか手に入らない、とディンマスの電気屋、ハイファイ・ブティックにいわれた。

意外なことに、六角棒は、あるべき場所、ガレージの棚で見つかった。それを手にして芝刈り機のところに戻った。ティモシー・ゲッジはまだそこに立っていた。こうやってしつこく付きまとうところを見ると、気が変わって、また牧師になりたくなったのかもしれない、とクウェンティンは思った。

「捜し物は見つかったんですね。それで、ダスさんに緞帳のことを話してみたんですよ、フェザーさん」

「緞帳?」

「その話、今朝したでしょう?」

クウェンティンは点火プラグの端にある真鍮のニップルをひねって外し、イグニッション・リードを抜くと、プラグに六角棒をあてがって回した。プラグはガソリンとオイルで濡れていた。チップを見ると、炭に覆われていた。そこに炭があるべきかどうか、彼には判断できなかった。

「ダスさんが寄付してくれるそうです」

「寄付？」

「緞帳を、ですよ」

「いやいや、そんなことをする必要はない」

彼はガレージに戻り、黄ばんだ新聞紙をちぎった。それを使ってプラグのチップを拭いた。

「やっぱり熱したほうがいいか」と、彼はいった。

ティモシーが見ていると、クウェンティンは急いで家に戻っていった。緞帳の話など聞いてもいなかったのだ。牧師の頭の中には、隠し芸大会も、それどころか復活祭の野外行事もないのかもしれない。牧師に続いて家に入ろうとしたが、やめることにした。無理に相手をするまでもない。問題が一つ片づいたことを話すために、わざわざこの牧師館までやってきたのだが、説明しても無駄らしい。だいいち、芝刈り機から取り出したものを火で炙るなんて、よほどの馬鹿でないとやらないものだ。

猿 爺《オールド・エイプ》がぶらりと通りかかり、自分の夕食である残飯をもらうため裏口に向かって歩いていった。赤いポリバケツを持っている。ティモシーは手を振りながら声をかけたが、老人はそれを無視した。

「こんにちは」と、声がした。続いて、別の声が同じことをいった。

見ると、牧師の二人の娘がいた。前に会ったことがあるので、顔見知りだった。

「どうもです」彼はいった。

「ケーキもらったよ」スザンナがいった。

「レモン・ケーキ食べたよ」デボラがいった。

彼はうなずいて理解を示した。手の届くところにケーキがあれば、とりあえず食べなさい、というのが彼のアドバイスだった。ケーキを庭に持ちだしたら、それがピクニックだ、ともいったが、わからなかったらしい。

「わたしたち、いい子だよ」スザンナがいった。

「それは間違いないね」

「わたしたち、いい子だよ」デボラがいった。

彼はまた二人にうなずきかけた。それから、エレベーターに乗ったスグリの話と、オーストラリアに空いた穴の話をした。「あなたは金髪の美人とデート中」と、彼はいった。「そこに奥さんがやってくる」

二人にはそれが面白い話だとわかっていた。面白そうな声を出しているからだ。自分たちを楽しませるために、わざわざこんなことをしてくれている。

「読書は好きかい？」と、彼はいった。「『二人でお茶を』。作者はローランド・バッタ（ロール・アンド・バター「バターつきのロールパン」と聞こえる）」

二人が楽しそうに笑い、手を叩くと、ティモシー・ゲッジは目を閉じた。あたり一面、真っ暗になった中に、ちかちかと明かりが瞬く。次の瞬間、石灰光のスポットライトが当たり、その黄色い炎に照らされて立っている自分の姿が浮かび上がる。「さあ、みなさん、盛大な拍手を！」と、ヒューイ・グリーンが叫ぶ。トレードマークの眉毛が吊りあがり、鼻にかかった声がマイクを通して心地よく響きわたる。「この笑いの天才に惜しみない拍手を！」ディンマスの町のいたるところで、ディンマスじゅうのテレビの画面に、燦然と輝くスポットライトが映り、人々は食い入るようにそれを見ている。見ずにはいられない。「ティモシー・G・ショーの始まりです、みなさん拍手を！」プリティ・ストリートやワンス・ヒルやハイ・パーク・アヴェニューで、ヒューイ・グリーンが叫ぶ。爆弾のようにショーは弾け、漫談が炸裂する。裏声が炸裂する。ティモシー自身も炸裂する。コーナーウェイズの高層アパートにも、海洋荘にも、ダス夫妻の家にも、クイーン・ヴィクトリア・ホテルのロビーにも、彼の声は届いているはずだ。輝くテレビ画面から、〈砲兵の友〉亭の経営者に、母やローズ＝アンに、仕立屋の伯母に、どこにいるかわからない父親に、彼は笑いかけた。青少年センターでも、ストリンガー校長の家でも、チャラーダを教えてくれたミス・ウィルキンスンの家でも、その笑顔は映しだされていた。これまたどこにいるかわからないブレホン・オヘネシーに向かって、3Aのクラスメイトたちに向かって、彼は微笑みかけた。その全員に感謝し、もっと近づくために輝く画面から身を乗り出して、みんな最高だよ、こんな素敵なお客さんは見たことない、と声をかけた。

牧師館の庭で、双子はまだ笑いながら拍手していた。ますます面白いことに、彼は同じところに突っ立って、目を閉じたまま、ずっと笑みを浮かべていた。そんな素晴らしい笑顔を二人は見たことがなかった。それはもう満面の笑みだった。

アビゲイル中佐は大量に酒を呑むほうではなかったが、鬱々とした朝の散歩のあと、我が身を慰める必要を感じ、クイーン・ヴィクトリア・ホテルのディズレーリ・ラウンジでその慰めを得た。ラウンジに入ったのは二時二十分過ぎで、サンドイッチとウィスキーのダブルを注文し、たちまち胃袋に納めた。ウィスキーのお代わりを頼もうとしたが、バーは昼の営業を終えて、五時半まで開かないという。ハイ・パーク・アヴェニューの家で妻と顔を合わせることができず、町をぶらぶらしても、どこかの店で妻にばったり会うかもしれない。それが怖くて、また海岸を散歩することにした。今度は朝とは逆の方向に歩いた。時間がたつにつれて、ひょっとしたら自分はこの事態を悲観的に考えすぎているのではないかと思うようになった。自分が信じる処世の教え――決して負けを認めるな、何があっても屈するな――が、ふと頭に浮かび、救われた気がした。おかげでいくらか気持ちも楽になった。ゆうべ不快な出来事があって以来、初めてのことだった。五時半にはディズレーリ・ラウンジにまた足を運んだ。ウィスキーのおかげでさらに気が大きくなって、八時十分前、自宅のバンガローに戻ったときには、口笛まで吹いていた。
「こんな遅くまでどこに行ってたのよ、ゴードン」彼が居間に現れたのを見て、彼女は詰問した。それまでは上の空で編み物をしていた。テレビはついていたが、音量は絞ってあった。

「散歩だよ」機嫌よく彼は答えた。「今日は二十マイルくらい歩いただろう」

「夕食はもう土みたいに干からびてますよ」彼女は立ち上がり、青い毛糸玉に編み棒を突き刺した。テレビから笑い声が小さく響いてきた。ある男が別の男の腹を小突いたのだ。部屋の入口と奥との距離があるにもかかわらず、ウィスキーのにおいを嗅ぐことができた。

「ちょっと話したいことがある」彼はいった。

「酔ってらっしゃるのなら、話は――」

「酔っておらん」

「酔っ払いはもうたくさんですよ」

「あのゲッジの若造のことをいっているのか？」

「ここで待ってるあいだに、どれだけ心配したことか」

「私のことが心配だったのか？」

「六時間もあなたを待ってたんですよ。あたりまえじゃありませんか。ゆうべだって一睡もしてないんだし」

「まあ、すわりなさい」

「わたし、ディンマスから出ていきたいんです、ゴードン。このバンガローも、ほかのことも、何もかも嫌になったんです。今朝なんか頭がおかしくなって、あの女に当たり散らしたくらい」

「あの女？　誰のことかね」

「どんな女だろうと、どうでもいいでしょう。あなたって人は、わたしのすることに、一度だって興味を示したことがなかったくせに。あれはうまくいったかね、とか、どこへ行ってたのかね、とか、誰と会ったんだね、とか、一度も訊いてくれたことなんかなかった」

「給食宅配サービスのことは訊いたはずだよ。はっきり憶えているが――」

「おやまあ、白々しいことを。あなたはわたしに興味が持てないんです。わたしと正常な関係を築くことができないんです。わたしと結婚しているのに、性生活はないでしょうが」

「それは違う」

「いいえ、違いません」

「おまえは六十四歳、私は六十五だ。そもそも高齢者は――」

「一九三八年にはどちらも高齢者じゃありませんでしたよ」

その開けっぴろげな話し方に、彼は驚愕した。結婚して以来今日まで、彼女がこんな話し方をしたことは一度もなかった。たしかに面白みのない女ではあるものの、がさつな面があるとは思ったこともなかったし、少なくともそんなそぶりは一度も見せなかった。ちょっと気取ってはいるが常識のある女、というのが彼女であり、彼もその点を評価してきたのだ。

彼女は椅子に戻り、腰を下ろした。昨晩目にした赤い小さな斑点が、また両頬の上のところに現れていた。食事をしたいなら、と彼女はぶっきらぼうにいった。オーブンに入ってます。

「ゆうべは二人とも嫌な経験をしたんだよ、イーディス。二人とも気が動転していた」

彼は部屋の奥に進み、窓際のテーブルに近づいた。そこにはティモシー・ゲッジが使っていたデカンタがあり、中には琥珀色の液体がまだ少し残っていた。彼は二つのグラスにそれを注ぎ、一つを彼女に渡した。

彼女はそれを受け取り、口をつけた。甘口のシェリーだった。その味で思い出したが、彼がその酒を買ったのは、彼女が甘口のシェリーを好まないと知った上でのことだった。酒のグラスを彼がわざわざ持ってきてくれたのは、少なくとも十五年ぶりだった。

「ゲッジのやつは自分が何をいっているかわかっていなかったんだよ、イーディス。一つだけはっきりさせておきたい。あいつはもう二度とハイ・パーク・アヴェニュー十一番に足を踏み入れることはない」

「あなたがあの子に呑ませたお酒が、真実を表に出したんですよ、ゴードン。あの子は真実しかしゃべっていません」

「いや、それはわれわれとは関係のないことで――」

「あなたの話なんだから、関係あるでしょう」

ディズレーリ・ラウンジで彼は弁明を考えていた。一言一句、心の中で準備していた。彼はいった。

「あの子が私のことを話していたとは、ちっとも気がつかなかったね」

「おわかりのくせに」

「復活祭の行事がどうのこうのという下らない話なら聞いた憶えがある。だいたいだね、ああいうことを話すような――」

「ゴードン、あなたは同性愛者なんですか、違うんですか」

彼は平静を保っていた。頭の中で警報が作動していた。あらかじめ考えてあった言葉が待ってましたとばかりに唇に浮かんだ。窓際のテーブルに戻り、自分のグラスにまたシェリーを注いだ。そして、その場に立ったまま、テーブルの端を片手でつかんだ。テーブルが震えていたからだ。

「まだ子供のゲッジが」と、彼は静かに切り出した。「四塁野球をやっている少年たちをじっと見ている男がいる、といったところで、その男が同性愛者だということにはならない。私はごく普通の既婚男性だよ、イーディス。おまえもわかるだろう」

「いいえ、わかりません」

「私は血の気が多いほうではない。何事も中庸が一番だと考えている」

「三十六年も禁欲を続けるのは中庸とはいいませんよ、ゴードン」

彼の声と同じように、感情を抑えた穏やかな声だった。彼女は首を振ると、暖炉を見つめ、続いてテレビの画面を見た。番組は代わっていた。一頭のコリー犬が跳びまわっていた。羊飼いの身に異変が起こって、助けを呼ぼうとしているらしい。

「私だって、体調がいつも完璧なわけではない」と、彼はいった。それもあらかじめ用意してあった台詞だった。そこでいったん間を置いて、何か別の言葉、自分自身から矛先をそらすことができる言葉を探した。彼はいった。

「正直な話、おまえがまだそんなことに興味があったとは、思いも寄らなかったよ、イーディス」

「夫が同性愛者だとわかった以上、このまま結婚生活を続けるわけにはいきません」

彼は震えた。お金を探せの遊びをやったときのことがまた頭に浮かび、勲章の話をするのが好きだったカブ・スカウトの顔も記憶によみがえった。エッソルド・シネマで隣にいた男の子が席を立ったことがある。暗がりの中でチョコレートを渡そうとしただけなのに。遊歩道である男の子に嘲笑されたこともある。

「あの子の話は事実無根だ。カブ・スカウトなんかに興味はない。神に誓ってもいい」

彼女は顔を背けた。彼の顔を見たくなかったからだ。もう話し合う必要はない、と彼女はいった。ディンマスを離れたい。彼のそばから離れたい。それだけのことだ。

「私は何も悪いことなんかしていないんだよ、イーディス」

彼女は何もいわなかった。窓のそばに突っ立ったまま、彼は声もなく泣きはじめた。


コーナーウェイズに戻ったとき、母親はまだ外出中で、姉のローズ＝アンもいなかった。油まみれの狭いキッチンには、汚れた食器が流し台に積まれていた。水切り板にはバターのかけらが載っていて、半分だけ包み紙が残っていたが、その端にはトーストのかけらがこびりついていた。

缶詰が二つあり、一つには桃が入っていて、もう一つには半分に減ったスパゲティがあった。母親は木曜の夜の〈ビンゴ〉に行き、ローズ＝アンはレンの車で出かけたのだろう。

彼はスパゲティの残りを片手鍋に放り込み、マザーズ・プライド印の食パンを二枚、電気オーブンに入れた。戸棚を漁って、桃の缶詰がもっとないか探した——パイナップルでも、洋梨でもいい。そんなものがないのは最初からわかっていた。コンデンス・ミルクの缶さえないのだ。母親は、缶詰を買ってくると、その日のうちにみんな開けてしまう。ミセス・アビゲイルの戸棚には、ありとあらゆる缶詰や瓶詰めがある。フルーツ・カクテル、チキン＆ハム・ペースト、ステーキ＆キドニー・パイ、ジェントルマンズ・レリッシュ。探していると、布巾と金属研磨剤《ブラッソ》、壊れた電気アイロン、洗濯ばさみ、ゼリーの型などが見つかった。食べられるものは一つもなかったので、戸を閉めた。

そのままミセス・アビゲイルのことを考えていた。スパゲティを食べたら、ちょっと寄ってみよう。ゆうべあんな騒動になったので、手伝い賃をもらいそこねた、といえばいい。騒ぎを起こしてごめんなさい、ともいおう。ミセス・アビゲイルも謝罪の言葉を聞きたがっているはずだ。何もかもビールとシェリーのせいにして、いうことを聞いておけばよかったです、と笑いながらいおう。そのあとで、千鳥格子柄のスーツの話を切り出すのだ。

片手鍋でスパゲティがぐつぐつ音を立てていた。トーストは電気オーブンで燃えていた。母親やローズ＝アンと違って、焦げたトーストは苦手ではなかったので、そのままバターを塗った。

ひっくり返して反対側を焼こうともしなかった。そして、スパゲティをナイフで突っつき、今やオレンジ色と白の塊にしか見えない、ぐちゃぐちゃの麺をほぐそうとした。

アビゲイル夫妻がまだ居間にいたとき、玄関の呼び鈴が鳴った。中佐は泣くのをやめてソファにすわっていた。ミセス・アビゲイルは肘かけ椅子。テレビは音量を絞られたまま番組を流していた。

呼び鈴を耳にした中佐の反応は、その日の出来事や二人が感情的に議論していた主題に大きく影響されていた。理不尽なことに、警察がやってきたと思ったのだ。ミセス・アビゲイルも同じ心理状態だったので、一日じゅう恐れていたことがついに起こった、と思った。どこかの子供の親が押しかけてきたのではないか。

「わたしが出る」彼女はいった。

「いやいや、それは――」

「ずっとここにすわってるわけにはいかないでしょ、ゴードン」

彼女はゆっくり立ち上がった。部屋から出る途中で彼のそばを通ったが、目はそらしたままだった。彼は子供のようにめそめそ泣いていた。ソファにうつ伏せになり、両手で顔を覆っていた。その体は小さくなったように見えた。彼女は何もいわなかった。それどころか、心は静かに澄みわたっていた。夫の食事は今ごろオーブンで炭になっているだろう――そんなことを、ふと思った。

玄関で親と対面するのは怖かったが、もうそれほど恐れてはいなかった。あまり怖くなくなったのは、自分の結婚生活に終止符が打たれたからだった。問い詰めると、彼は認めた。涙がその証拠だった。それによってすべてが一変した。まるで深傷《ふかで》を負ったあと、病院のベッドで意識を取り戻したかのようだった。傷を負い、喪失感に苛《さいな》まれながら、今度は自分自身で新しい生き方を設計しなければならないような気がしていた。

「どうもです」玄関を開けると、ティモシー・ゲッジがいった。

その姿を見て、彼女は狼狽した。真実と折り合いをつけたことによって得た力の何割かが、体から染み出して失われていった。てきぱきと応対するつもりだったが、できなかった。

「なんなの？」彼女はいった。声がひび割れているのに気がついて、咳払いをした。

「お詫びにきたんです、奥さん。ご迷惑をおかけしたのは、シェリーとビールのせいです」

「主人もわたしも、あなたにはもう来てもらいたくないと思ってるのよ、ティモシー」

「旦那さんの服を着たりしたのは、冗談のつもりだったんです。みんなでシャレードを楽しもうと思ったんです。騒ぎを起こすつもりはなかったんです」

「帰ってもらえないかしら」彼女はティモシーに向かって首を振った。そして、笑顔をつくろうとした。あなたが悪いんじゃない、自分のやっていることがわからなかっただけね、という意味の笑顔だった。「主人もわたしもがっかりしてるのよ、ティモシー」

そのとき、うしろで音がした。次の瞬間、ゴードンが玄関のドアに手をかけ、大きく開いた。彼は叫んだ。甲高い声で、これまで彼女が聞いたこともないような悪態を連発していた。顔は赤黒くなっている。目には狂気のようなものが宿り、まるで少年に飛びかかろうとするかのようだった。少年は口をぽかんと開けてそれを見ていた。

「おまえのような人間はな、ゲッジ」と、中佐は叫んだ。「どこかに閉じ込めておいたほうがいいんだ。若いのに、まるで悪魔だ。他人の生活を覗きたくてたまらないんだろう？　違うか、ゲッジ」声が裏返りそうだった。「人のことにかまうな。いいか？」

「そうするように努力します」

「おまえのいうことは嘘ばっかりだ、ゲッジ。やってることは脅しと同じだ。そのうち恐喝罪で訴えられるぞ」

「二人だけの秘密にしておきますよ、中佐。ぜんぜん心配はいりません。猫の皮を剝ぐぐらい簡単なことです」

「おまえにはお仕置きが必要だ。おまえは善良な人たちの生活をこそこそ嗅ぎまわっている。口から出るのは嘘だけだ」

「ぼくは一度も嘘をついたことはありません」

「ふざけるな、この若造が！」中佐は声を張り上げた。

沈黙があった。大通りをはさんで向かいにあるバンガローのドアが開いた。四角い明かりの中に、人影が一つ現れた。大声を不審に思ったのだろう。中佐は静かにすすり泣いていた。「もういいのよ、ゴードン」彼女は、感情のない平板な声でいった。「もういいんですよ」玄関を閉めようとしたが、中佐はまだ扉の端をつかんでいた。崩れそうな体を支えているのだ。彼はうめき、すすり泣きながら、ドアにしがみついていた。自殺まで考えたと、彼は口にした。

少年は立ち去らなかった。なぜ帰らないのか彼女には理解できなかった。

「嘘ばっかりだ」夫はすすり泣きながらそうつぶやいていた。今では声も小さくなり、ほとんど聞き取れないほどだった。よだれが顎から垂れ、衣服に落ちていた。指はまだドアの端をつかみ、小さな体を押しつけている。求婚された日曜の午後、彼は内気な金髪の青年だった。あのころは意志も弱かった。だから彼女は母親代わりになりたいと思った。強く抱きしめて、ひ弱そうな細いうなじを撫でてあげたかった。彼が結婚を申し込んだのは、自分自身を恥じていたためだ。隠れ家が欲しかったのだ。三十六年間、その目的のために彼女は都合よく利用されていた。「嘘ばっかりだ」彼はまたつぶやいた。「おれのことで、嘘ばっかりついている」

「ひょっとしたらお金をまだいただいてないんじゃないかと思ったんですよ」と、少年はいった。「通りすがりに寄ってみたのはそのためです。それから、あのスーツ、貸してもらえないかなあ」彼はにっこり笑い、また金とスーツの話をした。

彼女はドアの端から夫の指を引き剝がし、玄関ホールに引っ張り込んだ。すすり泣く声はさらに大きくなっていた。力一杯、玄関の扉を閉めた。足で蹴って閉めたのは、両手がふさがっていたからだった。しばらくして、また呼び鈴が鳴った。だが、今度は二人とも出なかった。ティモシーにとってはどうでもいいことだった。誰が来ているのかわかっていながら玄関を開けないのは礼儀に反する行為だが、それをとがめるつもりはなかった。明日でも、その次の日でも、また訪ねてみればいい。そうすれば夫人は労賃をくれるだろうし、スーツも渡してくれるだろう。同じように、ダスも緞帳を用意してくれるだろう。

〈砲兵の友〉亭の狭い駐車場で、彼は待っていた。そばには十か月前からそこに捨てられているボクスホールがあった。パブは閉店していた。ほかの車はみんな駐車場から出ていっていた。

裏庭のほうから、瓶と瓶がかちゃかちゃ触れあう音がする。プラント氏が酒瓶の入った木枠を積み上げているのだ。そうしながら口笛を吹いていた。

ティモシーは駐車場からそちらに向かいながら、パブの経営者が口笛を吹いているのを喜んだ。上機嫌のしるしだからだ。開いた木戸を通り抜け、裏庭に入ると、そこは暗く、家の中の明かりに照らされているだけだった。プラント氏はシャツだけを着ていた。三本脚の犬がコルクを囓っていた。

「どうもです、プラントさん」ティモシーはいった。

酒瓶の木枠に屈みこみ、ティモシーに背を向けていたので、プラント氏はぎょっとしたような声を出した。振り返り、暗がりに目をこらして、ティモシーが立っているあたりを凝視した。

「そこにいるのは誰だ？」

「ぼくですよ。ティモシーです」

プラント氏は木枠から瓶を一本取り、それを手にして訪問者のほうに近づいていった。そして、低い声で凄みながら、こんなふうに近寄られたら、心臓発作を起こす者も出てくる、といった。

「ここはおれの所有地だ。出て行ってくれ。今朝、警告したはずだぞ」

「時間がたちましたから、考え直してもらえたかなって、思ったんです、プラントさん」

「でかい声を出すな。おまえ、馬鹿か？　誰にものをいってるつもりだ。さっさと出ていけ」

そのとき、明かりのついた二階の窓から、ミセス・プラントの声がした。誰と話しているのか知りたがっていた。

「何も騒ぎを起こそういうんじゃないんですよ、プラントさん。あのことは二人だけの秘密にしましょう――」

プラント氏はティモシーの腹に向けて逆さにした空き瓶を突きだした。だが、ティモシーは横に跳んでそれを避けた。

「プラントの奥さん」ティモシーは静かにいった。プラント氏はこれ以上しゃべったら撲《は》り飛ばして頭をかち割ってやるといった。そのあと、ふたたびティモシーの腹に向かって酒瓶を突きだしながら、もう一方の手を伸ばして、ティモシーの後頭部をつかもうとした。

「プラントの奥さん」ティモシーは繰り返した。今度はさっきよりも声が大きくなっていた。

「やめてくれ！　黙るんだ！」プラント氏はささやいた。そして、それ以上つべこべいうことなく白旗を揚げ、復活祭の土曜日の午前中にスワインズの資材置き場から牧師館の庭に、あのブリキ製の浴槽を運ぶ約束をした。「帰れ」彼は、怒気を込めてささやいた。「ここからすぐに出ていけ」

帰り際にティモシーはまたミセス・プラントの声を聞いた。いったいどこの誰としゃべっていたのか、さっきよりもきつい口調で訊いていた。パブの経営者は、犬と話していたのだ、と答えた。

食事の時間になり、ポーク・チョップとカリフラワーとマッシュ・ポテトを食べながら、スティーヴンは独りになりたいと思っていた。フォークにのせて食べ物を口に運び、機械的に咀嚼し、呑み込みやすくするために水を飲む。もし食事を残したら、ミセス・ブレイキーは大騒ぎして、熱を測ったり、彼には答えようのないことを訊いたりするだろう。

ベッドに寝ると、考えるのは楽になった。あの男の子がいったウェディング・ドレスというのを、彼は一度も見たことがない。母親はいろいろなものを、写真とか、自分が子供のころに大事にしていたがらくたとか、そんなものを見せてくれたが、ウェディング・ドレスは見せてもらった憶えがない。不思議なことだが、それはまだそこに、どこかのトランクに入っているという。突拍子もない話で、とても信じられなかった。プリムローズ荘の窓を覗いて、そのドレスを見たというのは嘘ではないだろうか。そうだったらいいなという願望、サマセットに所属して三番を打つとか、そんな願望みたいなものではないか。ティモシー・ゲッジは嫌な子だ。新婚旅行をあんなふうにいうなんて。ケイトのお母さんのことをいい女だなんて。もちろん、みんな嘘だ。

彼はいつのまにか眠っていたが、何時間かして目を覚ますと――ここにやってきたときにふと思ったように――自分はこの家にいてはいけないのではないかと感じた。何か変だ。何かがおかしい。はっきりとはわからないものの、夢の中で胸をよぎる不確かな思いのように、そんな気がした。思い返してみると、あの少年がいっていた色の褪せた緑のトランクはたしかにあった。記憶を探ると、はっきりよみがえってきた。父親がそのトランクを開け、ウェディング・ドレスを取り出しながら、再婚したらこれをどうしようと、途方に暮れているところも目に浮かんできた。温かいベッドの中で、スティーヴンは震えた。考えようとしたが、何も考えられなかった。考えたくないのか。考えるのが怖いのか。「母さんは死んだんだ」ふたたび父親がいった。その言い方には、何か裏の意味があるような気がした。

その夜、ディンマス団が町に乗り込んできて、バプティスト・ストリートの公衆電話から電話機を盗んでいった。そのあと、遊歩道にあるバスの待合所のガラスを割った。前回やってきたときに割り残していたガラスだった。駐車場に駐まっていた四台の車のボンネットに、ペンキのスプレーで落書きをした。夜勤を終えて帰る洗濯屋のパキスタン人を待ち伏せしたが、パキスタン人はうまく難を逃れた。そのあとオートバイの集団はハケット助産婦が運転するミニを追い越し、煽り運転をした。

リングズ・アミューズメントの作業員はサー・ウォルター・ローリー公園でまだ仕事をしていたが、ディンマス団はその連中にちょっかいを出すほど馬鹿ではなかった。〈フィルのフライ〉で残り物のフィッシュ・アンド・チップスを買うと、そこで解散した。誰もがその夜の暴走には満足していなかった。同乗していた娘たちはそれぞれの家がある通りに入るところで下ろされ、オートバイは前庭に押し込まれて防水シートをかけられた。こうした安息の地に向かうとき、オートバイは轟音を響かせるのをやめ、ごく普通の、しょぼくれたエンジン音になる。どこかの閉まったガレージの前では、一組の男女がやりにくそうに性行為を始めていたが、フェイクレザーの服はどちらもまだそれほど乱れていなかった。若い女のほうは、たまたまこの行為を初めて楽しんでいたのだが、歯を食いしばって何かに耐えていた。「いい、いい」歯を食いしばったままそういったのは、若い男が射精したときだった。

親と同居している自分の家に戻ると、ディンマス団の面々はそっと二階に上がり、ほかの家族も寝ている寝室に入っていった。心配りがちゃんとできるのは、家ではそう躾けられているからだった。その中の一人は自分がオーストラリアの某所で町長になった夢を見ていた。美容師をやっている娘はユーゴスラビアのイェリサヴェータ王女に薄青色の毛染め液を贈った。

今日はいい一日、とミス・ラヴァントは日記に書いた。天気は晴れ。午前中、買い物に行く。〈モックス〉のベーコン・カウンターに新しい店員。先週末でテアスさんは辞めたようだ。どこの店のショーウィンドウにもイースター・エッグが並んでいるが、とても高い。女子修道院では新しいワゴン車を買ったようだ。ほれぼれと見ていたら、修道女の一人がフィアットだといった——イタリアの車だ。修道院に似合っている。そこに立っていたとき、グリーンスレイド先生が車で通りかかった。

その夜、ミス・ヴァインのセキセイインコ、ビーノが死んだ。ミス・トリムも死んだ。かつてディンマス初等学校の人気教師だったが、晩年は精神を病み、自分はもう一人の神の子を産んだと信じていた。寝ているあいだに息を引き取ったが、死の間際、自分が地理を教えている夢を見ていた。頭は昔のように冴えわたっていた。ビーノはなんの夢も見ずに死んだ。

第七章

崖下の玉砂利を踏んで渡り、崖をよじ登ると、十一番グリーンに出た。手には英国国旗のついた手提げ袋があった。

海洋荘の菜園を囲む壁のアーチ道に入り、白塗りの錬鉄の門を開けた。門はそのまま開けっぱなしにしておいた。灌木の茂みや、まだ何も植わっていない花壇のあいだを歩き、チリマツの木のそばを通りかかった。おとといの晩、彼はその木の下に立ち、思い乱れた頭でウェディング・ドレスのことを考えていたのだ。錯乱でもしたように、一晩じゅうここに立っていようか、とまで思い詰めた。そうすれば朝一番にあの子たちに近づいて、自分が何を求めているか、説明をすることができる。今も彼はチリマツの木の下で足を止めたが、そのとき、二頭の犬が駆け寄ってきて、吠えたり跳びあがったりしながら、彼の足のにおいを嗅ぎはじめた。

ブレイキー氏が遠くの温室、芝生と花壇の向こうにある温室から出てきた。声をかけたが、犬たちは聞く気などないようだった。ティモシーは突っ立ってじっとしていた。噛まれるのはごめんだった。

「スティーヴンたちに会いにきたんです」ブレイキー氏が近づいてくると、彼はいった。顔と名前は知っていたし、別に悪い感情も持っていなかった。「いい天気ですね、ブレイキーさん」と、彼はいった。

ブレイキー氏は犬たちの首輪をつかみ、家を指差して、そちらに行くように命じた。犬たちはいわれたとおりにした。

「きのうの話の続きなんですよね」ティモシーはいって、ブレイキー氏に微笑みかけた。ブレイキー氏はじっとこちらを見ている。そのことに彼は気がついていた。

「この庭に、夜、入っただろう」しばらくして、ブレイキー氏はいった。

ティモシーは笑顔のまま首を横に振り、夜はいつも寝ている、といった。そして、気さくな笑い声を上げた。「夢でも見たんじゃないですか」

ちょうどそのとき、全面ガラスの両開きの扉を開けて、子供たちが客間から出てきた。一瞬ためらってから、二人はティモシーに近づいてきた。ブレイキー氏は温室に戻った。

「何しにきたんだよ」スティーヴンがいった。

「例のウェディング・ドレスの件だよ」彼は、英国国旗のついた手提げ袋を差し出した。「これに入れようと思ってね」

「ウェディング・ドレスなんてない」スティーヴンはすぐにいった。「知らないんだから、そんな話をされても困るよ」

「そのウェディング・ドレスには値段がついてるんだね、スティーヴン」

スティーヴンは答えなかった。そして、家に向かって歩きはじめた。ケイトはそれに続いた。ティモシーもついてきた。

「きみのお父さんはそんなもの持ってたって仕方ないだろう、スティーヴン。トランクにしまってあるよね。もういらないんだよね」きみたちと友だちになれたらいいと思っている、と彼はいった。そして、きのうコカコーラの缶を二つ買っておごったことを強調した。

「ぼくたちはきみなんかと友だちになりたくない」スティーヴンは怒ったようにいった。「もう近づかないでくれ」

「あなた、わたしたちより年上でしょ？」ケイトがいった。

「十五だよ」

「わたしたち、まだ十二よ」

三人は歩くのをやめていた。家の中で、踊り場の窓のそばを通りかかったミセス・ブレイキーが足を止め、その年上の少年の姿が目に入って、庭にいるのを不思議に思った。どうしてあの子があんなところにいるんだろう。ケイトとスティーヴンは何か悪ふざけをたくらんでいるのだろうか。とりとめもなく、そんなことを思った。

「きみのお母さんだって、あんなものいらないだろう、スティーヴン」

「スティーヴンのお母さんは——」

「死んでるよね、ケイト」

スティーヴンはまた歩きはじめた。ケイトはいった。

ケイトが歩きはじめると、ティモシー・ゲッジも並んで歩きはじめた。彼は黙りこんでいたが、

「スティーヴンが嫌がるじゃない、お母さんの話なんかしたら」

やがて二人は、段差のある芝生をつなぐ三つの石の段にさしかかった。そこではスティーヴンが待っていた。やがて、ティモシーはいった。

「きみのお母さんが死んだのは大変なことだよね。子供だったら、ほんとに辛いはずだ。とても他人事とは思えない」彼はスティーヴンにうなずきかけたが、スティーヴンは立ったまま動かなかった。ティモシーが帰るのを待っていたのだ。眉根を寄せたまま、じっと相手を見つめていた。

「プラントさんがね、車で浴槽を運んでくれることになったよ、スティーヴン。これは絶対受けるぞって、プラントさんもいってたし」

「きみのいうことはみんな嘘だ」スティーヴンの顔には赤みがさしていた。ティモシーをにらみつけたが、ティモシーのほうは彼に向かって大きくうなずいていた。まるでスティーヴンの言葉を聞き違えたかのようだった。ティモシーはにっこりした。そして、こういった。

「ただ、どうしてもあれ欲しいんだよね」

「きみにはあげない。むかつくんだよ、頭がどうかしてるんじゃないか。きみとは付き合いたくない」

ミセス・ブレイキーは何か変だと気がついて、踊り場の窓を強く叩き、手招きした。ティモシーは彼女に向かって手をひらひらさせ、心配は無用であることを身ぶりで伝えた。

「お葬式のときに、きみを見たよ、スティーヴン。きみのお父さんも見た。きみのお母さんもね、ケイト」嚙んで含めるように彼はいった。さっきよりもいっそう親しげな口ぶりだった。「きみのお母さんは、もうあのドレスはいらないだろう、スティーヴン？」

二人は、いつものあの笑みを浮かべる彼を見ていた。片手はだらんとわきに垂らし、もう一方の手には手提げ袋をさげていた。スティーヴンは開いたままになっている全面ガラスの扉に向かって歩き、ケイトも横に並んだ。お葬式でスティーヴンを見たと彼がいったとき、一瞬、彼女はぞっとした。彼がそういったときの声の調子が、なぜか怖かったが、何に怯えたのかはわからなかった。

彼もまた横を歩きはじめた。その顔にまだ笑みがへばりついていることが、彼女にはわかった。フルーツ・ガムをくちゃくちゃ嚙む音が聞こえてきた。

「きみ、アビゲイル夫妻を知ってる、ケイト？」

彼女は返事をしなかった。

「ダス夫妻は？」彼は笑い声を上げた。「あの人たち、自分の家のことを〈美しき田園《スウィートトレイ》〉なんて呼んでるんだよ」

「お願い、もう帰って」彼女は首を傾け、目で訴えた。お母さんが死んだ話をすると、スティーヴンは動揺する。そのことをわかってもらおうとした。彼は、ケイトに向かってうなずき、スティーヴンに声をかけた。

「人間って弱いところがあるんだよね、スティーヴン」

踊り場の窓のところで、ミセス・ブレイキーは眉をひそめた。なんだか異様な感じがする男の子だ。長い手脚を持て余しているようで、肩幅は広く、髪は鮮やかな金髪。その横に立つと、子供たちはとても小さく見える。とくにスティーヴンはいつもよりずっとひ弱そうに見える。あの男の子がにたにた笑っているのは、まるで仲のいい友だちだからそうしているようだが、明らかにそれは違う。今と同じジッパー付きの黄色い上着にジーンズという格好で、町なかに立たせれば、いかにも馴染んで見えるだろうが、この庭ではまるで別世界からやってきた何者かであるようだった。彼はこんな庭があるような世界には属していない。同じように、この二人の子がいる世界にも属していない。その存在そのものがミセス・ブレイキーの理解を超えて疎ましかった。

「たとえば、誘惑に弱い。それはきみにもわかるだろう、スティーヴン」

二人には、頭に浮かんだ出任せを口にしているように思えた。この少年の頭はごみ溜めで、ありとあらゆるがらくたが中で混じり合っている。その一切合切が口から吐き出されるのだ。

「中佐もね、このあいだの晩、ぼくがあることを話したせいで、神経がおかしくなっちゃったんだ。ぼくのいってること、わかるかい、ケイト？」

「わかるわけないよ」スティーヴンは叫んだ。「だって、そんなこと――」

「中佐はね、本物の同性愛者なんだ。ホモの相手をあっちこっちで探してる。カブ・スカウトとか、エッソルドで映画を見てる子とか、手当たり次第にね。ゴルフ場でも、海岸でも、やりたい放題。奥さんはちっとも気がついていなかったんだ」

彼はケイトに笑いかけた。眉をひそめているのがわかったからだ。戸惑っているようにも見えたし、怒っているようにも見えた。「このあいだの晩、ぼくが酔っ払って口を滑らすまで、奥さんはなんにも知らなかったんだ。あの人、ホモと結婚したんだよ、ケイト」

スティーヴンは首を振った。そんな話は信じていなかった。レイヴンズウッドでおかまのスタイルズというあだ名がついていた先生が、何人もの生徒に笛や万年筆のプレゼントをして首になったことがある。だが、アビゲイル中佐はおかまのスタイルズとは似ていない。だいいち、結婚している人がホモの相手をあっちこっちで探すなんて、理屈に合わないではないか。

三人は全面ガラスの扉のところまできていた。屋根裏には二分もかからないで行ける、とティモシー・ゲッジがいった。

「きみのお父さん、ときどき見かけるよ」彼はいった。「双眼鏡を持って歩いてるよね。お葬式で見たときには、立派な人だなって思った。ずぶ濡れになって立ってるのを見て、立派だなって思った。牧師さんにもあとでそういったよ。背筋がぴんと伸びてたし。フェザー牧師さんにそういったんだ。きみのお母さんを亡くしてうなだれてるところも絵になってたよ。みっともない姿勢で立ってる人もいるよね。ほんとに恥ずかしいよ。そばに近づいて、背筋を伸ばせっていいたくなるね」

「きみは頭が変だ」スティーヴンは静かにいった。その声のすぐ下には、怒りが潜んでいた。

ティモシーは首を振った。「お父さんとウェディング・ドレスを見たあの夜も同じだったよ。プラントやアビゲイルとは違うって思った。ダスとも牧師とも違う。さすがだね。きみのお父さんは出来が違う。でも、ずっとそう思われていたいよね？　きみのお父さんに何か隠したいことがあるとしたら、ぼくたちが隠してあげよう。ね、わかるかい、スティーヴン？」

スティーヴンは全面ガラスの扉に足を踏み入れた。ケイトが客間に入ったのを確かめてから、彼は開いた扉の前に立ち、扉の枠を手でつかんで、年上の少年が入ってこられないようにした。「もう庭に入ってきちゃ駄目だ」と、彼はきつくいった。それに似合って、声も激していた。「さあ、帰れ。二度とくるなよ」

彼は扉を閉め、掛け金をかけた。

「いったいどうしたの？」ミセス・ブレイキーがいった。「ティモシー・ゲッジは何の用だったの？」

海岸でペンナイフをなくしたらしい、とケイトはいった。ひょっとしたら拾ってないかと思って、訪ねてきたのだと。

自分たちが秘密の場所と呼んでいる雑木林が、川のそばにあった。二人はその日の昼前にそこに出かけた。菜園を囲む壁の門を通り抜け、崖沿いの道を数百ヤード進んで、ゴルフ場に出た。フェアウエーを横切り、グリーンやバンカーやティー・グラウンドのそばを通り抜ける。クラブ・ハウスのうしろに回り、二人はゴルフ場を離れた。羊がいる牧草地を渡って、シダの茂みを抜けた。その茂みは急勾配でディン川に続いている。二人はウェリントン・ブーツとコーデュロイのジーンズをはき、ケイトは赤の、スティーヴンはネイビーブルーの、きのうと同じセーターを着ていた。

スティーヴンは先に立って川の土手を歩いた。ケイトを先導して沼沢地の端を回り、あまり湿っていない道に入った。そこには石灰岩の大きな石がいくつも転がっている。石のあいだからシダが生え、さらに進むと、春の雑草がすでに茂っていた。川が曲がるところに、その雑木林はあった。イバラの藪からカバノキの若木が何本も生えていた。広い林ではなく、あまり人もやってこない。小川が一本、ディン川に流れ込んでいた。

下生えが広がる空き地の真ん中、川からも両岸の土手からも見えないところに、二人は、どこかで見つけてきたトタンや倒木で、小さな小屋を建てていた。そこは秘密の隠れ家で、火を焚くことができれば完璧だったが、それはやっていない——乾いた木に火がつくことを恐れたのではなく、煙が立てば遅かれ早かれ誰かが調べにくるのがわかっていたからだった。

二人は小屋に潜りこんだ。外では、小枝やイバラが編み上げた格子模様のあいだから太陽が覗きこみ、まだらな光を投げている。小屋の中はほとんど暗かった。二人はしゃべらなかった。ケイトは両腕で膝を抱えていた。よくそんな格好をした。スティーヴンは寝そべり、外の光が織りなす文様を眺めていた。重ねた手の甲に顎を載せている。これまで二人はティモシー・ゲッジのことを口にしなかった。ゆうべもそうだったし、何時間か前、スティーヴンがティモシーの鼻先でガラスの扉を閉めたあともそうだった。アビゲイル夫妻やダス夫妻や〈砲兵の友〉亭のプラント氏のことをあの少年は語ったが、二人ともまったく理解できず、わけがわからなかったよね、と話題にしてもよかったが、それもしなかった。二人は彼の世界を思い浮かべようとした。おたがいの寄宿学校のことも、しばしばそんなふうに想像してきたのだ。しかし、二人とも彼のことはよく知らなかったし、知っているのは目を逸らしたくなるようなことばかりだった。二人は、浴槽で三人の花嫁を殺した男の役を、彼が喜劇的に演じているところを想像しようとした。その薄気味の悪い喜劇を見物する観客の気持ちを想像しようとした。

「きっと出鱈目をいってるのよ。ウェディング・ドレスだって、あるわけないし」静かにそういうと、ケイトはすべてを否定するように首を振った。

「どうだろう。あるかもしれないし、よくわからない」彼は夜中に目を覚ましたときのことを思い出した。ミス・トムが、寄宿舎に入ってきて、校長室まで同行するようにいった。「フレミングのやつ、何しでかしたんだ?」と、カートライトがいっていた。ツイードの外套を着て、カラスの糞の書斎で待っていた父親の姿を思い出した。何があったのか、あとで父親から聞かされた。そして、雨の中の葬儀。ティモシー・ゲッジはその葬儀で彼の父親を見たといっていた。ディンマスの人が安心できる場所は自分の棺の中だけだ、ともいっていた。

スティーヴンは不意に彼を殴りたくなった。握りしめた両手で、あの顔をぼこぼこにして、下品な笑いを消し去り、しゃべるのをやめさせたかった。

「ブレイキーの奥さんに話したらどう？」ケイトがいった。

「駄目だよ」彼は首を振った。その目は、小屋の外の草地にこぼれるまだらな日の光を今も見ていた。「それは駄目だ」そう繰り返して、その話題に終止符を打った。

二人は小川にダムを造った。雑木林にくると、よくその遊びをした。ウェリントン・ブーツのゴムを通して、水の冷たさを感じることができた。石を積み上げる手は凍えたように赤くなっていた。

ケイトはスティーヴンを見た。顔は前を向いたままにして、目だけを横に動かした。その日の朝、母親が死んだときのことを思い出して、菜園で彼が泣き出すのではないかと思った。涙を見られたくないので、ティモシー・ゲッジや彼女に背を向け、家に駆け込むのではないかと思った。あのときは彼の悲しみが手に取るようによくわかった。今もそうだった。時間がたてばすぐに忘れるから、大丈夫だよ、と声をかけたかった。新しい学期が始まって、ホームシックにかかったときと同じだ。だが、彼女は何もいわなかった。本当に大丈夫かどうか、わからなかったからだ。

この先どうなるかもわからなかったし、今何が起こっているのかさえ定かではなかった。

家を出る前に用意したサンドイッチを、二人で食べた。そのあと、隠れ家に寝そべって、持ってきた二冊のペーパーバックを読んだ。昼を過ぎてしばらくたつと、ディンマスに戻ることにした。陸軍の広報イベントがある、とブレイキー氏が朝食のときにいっていた。鮮魚をパック詰めする作業所のそばにある駐車場を、一日だけ借り切って開催されるのだという。


「やあ、いらっしゃい」と、一人の軍曹がいった。「見学にきたんだね？」

男の子たちは機関銃を手に持ち、銃身を振りまわしたり、照準を覗いたりして遊んでいた。兵士たちは退屈そうにそれぞれのパーツの働きを示したり、銃弾の連射率を説明したりしている。戦車に群がって這いのぼったり這いおりたりしている子供もいれば、ジャングル戦を撮影した映画が上映されるというテントの前に行列を作っている子供もいた。二つ目のテントには新兵募集のパンフレットが、三つ目のテントには南極探検時の携帯口糧が展示されていた。スピーカーからは軽音楽が流れている。

「これがよさそうね」ケイトはそういうと、自分から先に携帯口糧のテントへすたすたと歩いていった。「見て、ライス・プディングの缶詰ですって。それから、スパングルズの飴も。南極にスパングルズを持っていくなんて！」

南極でお粥を作る粉があり、砂糖入りの粉ミルクがあり、ビスケットがあり、粉末スープがあり、シチューの缶詰があった。

「次はどこに行く？」ケイトは、シチューの缶詰に書いてある作り方を声に出して読み、くすくす笑おうとしたが、ちっとも面白くなかった。「兵隊さんってずいぶん甘やかされてるのね」どうでもいいことを口にするように、彼女はぽつりといった。

二人はパンフレットが展示されているテントに行き、そのあとジャングル戦の映画を見たが、終わる前に外に出た。

「どうもです！」と、ティモシー・ゲッジがいった。

ティモシーがここに現れても意外ではなかった。二人はその挨拶を聞き流した。彼は同じ手提げ袋を持っていたが、どういうわけか二人はそれから目を離すことができなかった。手提げ袋は軽々と宙に揺れ、見栄えがしない彼の服と比べて、英国国旗は派手に目立っていた。まるで彼の期待を担っているようだった。

二人と一緒に、彼は陸軍のイベント会場を離れた。そうしながら、フルーツ・ガムを勧め、他愛のないことを話した。女性をまねた裏声で、スープを注文した男とウェイターとの会話を、二通り披露した。店のウィンドウに飾ってある商品を指差して、二人の注意を惹いた。家電のショールームのウィンドウでは、料理用電気レンジと洗濯機を見つけた。こうした電化製品はどれもお買い得だ、と彼はいって、何度もうなずいた。サウス・ウェスタン電力公社はちゃんと電気を送ってくれる立派な組織だ。「きみのお母さんが洗濯機を買いたければね」と、彼はケイトに助言した。「セールの期間中に買うといい。それが一番だよ」彼がどんな話をしても、そこには軽く揶揄するような調子があった。

「なぜきみはぼくたちのあとをつける?」答えは承知の上で、スティーヴンは尋ねた。

「ぼくの出し物に使う、あのドレスが欲しいからだよ、スティーヴン」

そして、あの嫌な笑みを浮かべながら二人を見た。二人は立ち止まり、彼が歩き続けるのを待ったが、そのままついてきた。

「前にもいったでしょ、ウェディング・ドレスはあげられないのよ」ケイトがいった。

彼はそっと口笛を吹きはじめた。音は小さく、曲にもなっていなかった。まるで森を吹き渡る風の音を表現しているようだった。そして、口笛を吹くのをやめ、また話しはじめた。

「きみたちと友だちになれてほんとに嬉しいよ」そのあと、ある店のウィンドウにある精肉を指さして、あれはいいものだ、といった。「きみ、気がついた?」今度はケイトのほうを向いていった。「ラヴァントさんは虫歯なんだよ」

二人は歩き続けた。一言もしゃべらず、彼が何をいっても押し黙っていた。象はなぜ自転車に乗らないのか、と彼は訊いた。そして、ベルを鳴らす親指がないからだ、と説明した。ジョージ・ジョゼフ・スミスは、と彼はいった。ディンマスで一夜を過ごしたことがある。ディンマスのカースルレー下宿館に泊まった。そこは今でも営業を続けている。

「ねえ、ケイト、マダム・タッソーの蠟人形館にいったことある? あそこには浴槽が置いてあってね、手を伸ばしたらさわれるんだ。クリスティー（一九五三年に処刑された連続殺人犯、死体嗜好者）の蠟人形もあるよ。ヘーグという男（一九四九年に処刑された連続殺人犯）もいてね、蠟人形を作る人に、自分の服を贈ったんだって。本物を使うほうが手間がかからないだろうってね。自分のおしっこを飲んでたやつの蠟人形もあるよ」彼は笑った。ジョージ・ジョゼフ・スミスのことは本でいろいろ調べたのだ、と彼はいった。自分が演じる寸劇を思いついたあとで勉強した。「いろんなのを本で読んだよ、ケイト。メイブリックという女の人はね、蠅取り紙を使って旦那を始末したんだ。トンプスンという女の人はね、八か月も旦那にガラスを食わせてたんだけど、うまくいかなかったから、イルフォード駅のそばでフレディ・バイウォーターズがナイフで旦那をぶすっと殺《や》ったんだ。フラムという女は砒素を飲ませてたんだけど、旦那のほうは脚がむずむずするだけだったんだって」彼はまた笑った。みんな喜劇だ、と彼はいった。にっこり笑うしかない。笑うことを忘れたら、人は気が狂ってしまう。ユーモアのセンスがなかったら、人は発狂する。

「精神病院で診てもらえよ」スティーヴンはいった。

「そうだね、フレディ・バイウォーターズはナイフで人を殺したんだもんな」

「その人のことをいってるんじゃない。きみは頭がおかしい。ぼくたちはそう思ってる」

「ダスさんたちの話、したっけ？」

「そんな話は聞きたくない」スティーヴンの声は少し裏返っていた。朝、庭にいたときと同じだった。泣くのをこらえているのだろうか、とまたケイトは思った。いや、ティモシー・ゲッジを怖がっているのだ。

「ちょっとこっちにきてよ。浴槽を見せてあげるから」

三人は資材置き場の前を通っていた。Ａ・Ｊ・スワインズ。丈の高い茶色の扉に、そう書いてある。扉が開いたままになっているのは、貨物自動車が出入りするためだ。建築・配管と書いてあった。

「あそこにあるんだよ。材木小屋のうしろに」

あるはずがない、とケイトは思った。トランクを開けてもウェディング・ドレスがないのと同じだ。彼は二人を連れて資材置き場に入り、小屋の裏に向かうだろう。そして、これがそうだと指さすが、そこにはなにもない。とにかく、それで説明がつく。気が狂っていることの証拠になる。スティーヴンはためらっていたが、最後には二人のあとに続いた。

三人はコンクリート・ミキサーのそばを通りすぎた。二人の男がミキサーを回していたが、帽子にも作業着にもセメントの粉がついていた。ティモシー・ゲッジは作業員たちに声をかけ、いい天気ですね、といった。そして、先頭に立って、木材の板が保管されている小屋が並んでいるところに行き、うしろに回った。「あそこ」と、彼は指さした。「ほら、どう思う？」

それはいたるところにへこみがあり、びっしり錆に覆われていた。ティモシー・ゲッジはブリキ製だといった。ほら、軽い。そういって、片端を持ち上げた。鋳鉄のとは違うよ。「きみたちも見たいだろうと思ったんだ」資材置き場から離れながら、彼はいった。「これから家に戻ろうか?」

二人は返事をしなかった。きみたちと友だちになれてよかった、と彼はまたいった。

「きみとは友だちなんかじゃない」スティーヴンは昂ぶったようにいった。「まだわからないのか。ぼくたちはきみが嫌いだ」

「ぼく、ときどき例のところまで登るんだよね、スティーヴン。あれが起こった場所だよ。何があったのか、しっかり憶えておくためにね」

二人は、何の話か聞き返すことはしなかった。三人はフォア・ストリートを歩いていた。午後の買い物客が大勢いた。きのうバドストンリーにいたときと同じように、彼はその人混みを掻きわけて進んだ。

「ぼくは見たんだ」彼はいった。「エニシダの茂みにいたからね」

彼が何をほのめかしているのか、二人にはわかっていた。そしてケイトは、たとえスティーヴンに反対されようと、何もかもミセス・ブレイキーに話そう、と決心した。洗いざらい話すつもりだった。アビゲイル中佐のこと、浴槽とウェディング・ドレスのこと、そして、今、しゃべりだした、あの事故を見たという話。ミセス・ブレイキーはすぐ夫に相談するだろうし、ブレイキー氏はどこだか知らないがこの少年の家にすぐ出かけていって、やめないと警察に通報するぞ、と警告する。それでこの件は解決だ。

三人は角を曲がってレース・ストリートに入り、クイーン・ヴィクトリア・ホテルの横を歩いた。遊歩道に差しかかると、縞模様の線が引かれた横断歩道を渡り、右に曲がって港を離れ、鮮魚のパック詰めをする作業所をあとにした。前方にはサー・ウォルター・ローリー公園があり、遠くの崖の一番高いところに海洋荘がある。ミス・ラヴァントが、枝編みの買物籠を持ち、遊歩道で午後の散歩をしていた。深紅の服を着ていたので、ほかの散策者よりも目立っていた。崖下に広がっていた海岸は、崖のすぐ下の玉砂利だけを細く残して水をかぶっていた。ちょうど今は満潮時だった。

「転落」ティモシー・ゲッジはいった。まるで頭に浮かんだ言葉を適当に口にしたようだった。

「おい、もう黙れよ」スティーヴンは語気を強めた。「変なことというのはやめて帰るんだ。ついてこないでくれ」

「ぼくは目撃者なんだよ、スティーヴン。あの人が崖から落とされるのを見たんだ」

スティーヴンは彼をじっと見つめた。もう歩くのはやめ、眉のあいだにしわを寄せていた。何も考えられなかったし、相手が何をいおうとしているのか、すぐにはわからなかった。

「落とされた?」ケイトがおうむ返しにつぶやいた。

「なんだよ、落とされたって」スティーヴンは声を荒らげたが、質問のつもりではなかった。

「それ、なんの話だよ」

崖の道のあの場所に、町の役所は針金の囲いを作っていた、とティモシーはいった。悲劇のあと、有志がそこにコンクリートの柱を立てた。立てるのを彼は見ていた。もともと危険な場所だと思われていたのは、道が狭く、両側にはエニシダの茂みがあって、すぐそばに崖っぷちが迫っているからだ。風にあおられて足を滑らせてもおかしくない。彼はフルーツ・ガムを口に放り込んだ。ただし、それはみんな嘘っぱちだ。「きみのお父さんが突き落としたんだよね。それが真相だ」

スティーヴンは首を振ろうとしたが、どうしてもできなかった。これはジョークに違いない。笑い話のつもりなのだ。

「そんなことというもんじゃないわ」ケイトがいった。声は震え、驚きのあまり目を丸くしていた。その目の表情はどんより曇っていた。彼女には、これがティモシー・ゲッジなりのジョークだとは思えなかった。あきれたことに、これは自分を友だち扱いしなかったこと、ウェディング・ドレスが欲しいのに拒否されたこと、そのほか、いろいろなことへの仕返しなのだ。

「あの人はきみのお母さんのことを売春婦って叫んでたよ、ケイト。そしたら、突き落されて、すごい悲鳴を上げた。ねえ、スティーヴン、ぼくはエニシダの茂みから見てたんだ。あとをつけて、そこまで登っていったんだよ」

「そんなの嘘よ」ケイトは声を張り上げた。「嘘ばっかりよ」

「母さんは事故で死んだんだ。一人だった。一人で散歩してたんだ」

「あなたの話、ひどいわ」ケイトは叫んだ。

「これはぼくたちだけの秘密にしておこうよ、ケイト。彼が彼女を突き落とした。きみのお母さんと浮気をしていたからだ。彼女がきみのお母さんのことを売春婦っていったからだ。人が人を殺すときには、必ずわけがあるんだよ。きみのお母さんとスティーヴンのお父さんはできてた。きみのお母さんを売春婦呼ばわりされて、彼はかっとした。きみだって、かっとするだろう、スティーヴン。もし誰かがケイトのことを同じようにいったら」

スティーヴンはまた歩きはじめた。ケイトは、これからブレイキー夫妻にすべてを話す、ブレイキー夫妻が警察に行ってくれる、といった。

「読書は好きかい、スティーヴン。『崖の上の悲劇』。作者はアイリーン・ドーヴァー（アイ・リーンド・オーヴァー「私は身を乗り出した」と聞こえる）」

突然、激しい怒りに駆られたスティーヴンは、横を向き、相手のすねを蹴った。だが、スティーヴンがウェリントン・ブーツをはいていたせいで、ティモシーはちっとも痛くなかった。痛かったのはケイトに殴られたときだった。何度も何度も、握り拳が腹に食い込んだ。殴るケイトのあまりの様子に、乳母車を押していた女性が、落ち着くように声をかけてきた。

ケイトは無視し、「もうわたしたちにかまわないで」と、ティモシー・ゲッジに叫んだ。「もう嘘をつくのはやめて、ここから消えてちょうだい」

声が震えていた。涙がこぼれそうだった。まばたきして、涙をこらえようとした。

「二度とわたしたちに声をかけないで」彼女は叫んだ。「話しかけたりしないで」

突っ立っている彼を残して、二人は歩きだした。今度は彼もついていかなかった。乳母車の女性は、いったい何があったのか、彼に尋ねた。まだ腹のあたりが痛んでいたが、彼はにっこり笑いかけた。二人はまだ子供なのだ。遊びのつもりだったのだ、と彼はいった。

二人は歩き続けた。前にいたミス・ラヴァントとすれ違い、遊歩道を散策しているほかの人たちともすれ違った。ミス・ラヴァントが着ている深紅のコートの生地は上等なツイードで、その肌は磁器のようにすべすべしていた。二人が近づくと、笑みを浮かべたが、そのとき、ティモシー・ゲッジのいっていたことが本当だったとわかった。その美しさは変色した虫歯によって損なわれていたのだ。

ミセス・ブレイキーにこのことを話すのはスティーヴンも賛成していた。そうしなければ、あいつは手提げ袋を持っていつまでも二人に付きまとい、話しかけてくるだろう。蹴飛ばして痛い目にあわせても、顔を殴って目を潰してやっても、人を苦しめるのはやめないだろう。おしゃべりに歯止めはかからない。にっこり笑って、きみと友だちになれてほんとに嬉しい、というだろう。そして、嘘をつきつづけるだろう。

「あんな怖いやつ、初めてよ」ケイトは改めて語気も荒くいった。そのあと、また殴りかかろうと考えているかのように振り返った。あの少年はさっきと同じ場所に立ち、もうずいぶん距離はあったが、視線でじっと二人を追っていた。遠すぎてよくわからなかったが、きっといつもの笑いを浮かべているはずだと彼女は思った。

「おい、ケイト」

そういわれて、また歩き出しながら、彼女は身震いした。嫌悪感が姿を変えて外に出てきたような寒さが、体を震わせていた。

「ブレイキーの奥さんに話すのは」と、スティーヴンはいった。「あいつに付きまとわれて困ってることだけにしよう。仮装で使う服を欲しがってることもいおう。ほかのことは話さないほうがいいな」

ケイトも賛成した。何もミセス・ブレイキーにすべてを話す必要はない。意味の通らない話がほとんどなのだから。

リングズ・アミューズメントの作業員たちが口笛で合図をし、叫んでいた。サー・ウォルター・ローリー公園ではまだ遊具の組み立てが終わっていなかった。五十ヤードほど先で、銀色に塗られたバスがゆっくり停まろうとしていた。たまたまカメラを持って通りかかった男が、そのバスを写真に撮っていた。

遊歩道の壁の下では、緑色の岩を波が洗っていた。また潮が引きはじめたのだ。波は冷静に、まるで訓練されたように、沖に戻ろうとしていた。「ほら、見てごらんなさい」スティーヴンの母親は、彼にも引き潮を見せようとして、よくそういっていた。母さんは海を見るのが好きだった。海辺を歩くのが好きだった。海に磨かれた石が好きだった。遊歩道の壁を越えて打ち寄せてくる海の荒々しさが好きだった。散らばる小石と流木が好きだった。まるで怒ってるみたい、と母さんはいっていた。

老人たちが銀色のバスからゆっくりおりてきた。お婆さんは茶色かクリーム色か灰色をまとい、お爺さんは外套を着て帽子をかぶっていた。老人たちは心もとなく遊歩道に立ち、何かの危険を察知したようにじっとしている。小声でささやきあっていた老人たちは、やがてどっと笑った。バスの運転手が運転席から身を乗り出し、ジョークを飛ばしたのだ。バスの写真を撮った男は、今度は老人たちも入れて撮っていいかと許可を求めた。運転手はちょっと待ってといって、読もうとしていた新聞を横に置き、席から飛びおりた。「さあ、みなさん、この好青年が写真を撮ってくれるそうですよ」運転手はそう呼びかけると、バスの側面に老人たちを並ばせた。「はい、チーズ、ルイーズ」老人たちは揃って笑い声を上げた。

「これって嫌がらせなのよ」ケイトはいった。「ずっと人に付きまとって困らせることを、嫌がらせっていうの。法律違反だと思うわ」

スティーヴンはうなずいたが、法律違反かどうかはわからなかったし、そんなことには興味もなかった。死んだ人が着ていた服は、当然、あとに遺される。そのことを彼はこれまで考えたことがなかった。秋の学期が終わってプリムローズ荘に戻ったときも、母親の服のゆくえなど気にしたこともなかった。ほかのものはまだそこにある。遺品の数は多かった。だが、服に関してなら、見なくてもわかる。ドレスも、コートも、カーディガンも、靴も、もうワードローブには入っていないし、寝室で父親と一緒に使っていた整理簞笥にも入っていない。

「人が死んだら服はどうなるんだろう？」

わからない、と彼女は答えた。スティーヴンのお父さんによって焼却処分されたわけではないだろう。燃やしてしまうのはよくないことだ。インドやアフリカの難民が服を必要としている。スティーヴンのお父さんは善人で、慈善事業にも関心がある。彼女はそう考えたが、何もわからなかった。スティーヴンのお父さんなら、飢餓救済機関《オックスファム》に寄付したり、慈善バザーに出したりするだろう。

「でもウェディング・ドレスは残すよね」

「ウェディング・ドレスは人にあげたりしないわ」

「燃やしたりもしない」

「そんなことしちゃいけないもの」

ウェディング・ドレスは、あの色が褪せた緑のトランクに入っている。夜中に想像したとおりなのだ。材木小屋の裏に本当に浴槽があったのと同じだ。母親はそこにウェディング・ドレスを仕舞った。父親がそれを見つけた。あの少年は人のすることをいつもこそこそ覗いているので、そのことを知っている。

二人は遊歩道の終わり近くまできていた。うしろでは、二人連れや三人連れの老人たちが、遊歩道のコンクリート舗装を警戒しながら、そろりそろりと歩いていた。もっとうしろでは、深紅の格好をしたミス・ラヴァントがクイーン・ヴィクトリア・ホテルの正面入口を通りすぎ、港の方角、鮮魚のパック詰め作業所があるあたりに向かっていた。ティモシー・ゲッジの姿はどこにも見えなかった。

遊歩道が尽きたところからは、二通りの道を選ぶことができる。短い階段を使い、海藻でぬるぬるする岩場に降りて、そこを這い上がると、玉砂利があるところに出る。そこから崖を登れば、ゴルフ場の十一番グリーンがあり、菜園を囲む壁の門に通じている。あるいは、分かれ道を右に向かい、ワンス・ヒルを登って、牧師館を通りすぎると、急勾配の狭い道になる。丘陵地帯をうねうね通るその道はバドストンリーに通じているが、その途中にあるのが海洋荘の正門だった。どちらに行こうか迷っていたとき、不意にアビゲイル中佐の姿が目に飛び込んできた。

急勾配の狭い道を降りてくるアビゲイル中佐は、いつもの茶色のコートにくるまって、蟹のように身を縮めていた。だが、お馴染みの弾むような足取りではなく、タオルで巻いた海水パンツも持っていなかった。バスから降りてきた老人たちのような歩き方だったが、足もとに気を配る様子はなく、郵便配達の赤いワゴン車がとっさに中佐を避けて通っていった。背をすぼめたまま、遊歩道に立っていた中佐は、緑のペンキが塗られたベンチにゆっくり近づき、のろのろと腰をおろした。

二人は通りすぎながら、中佐の様子をうかがっていた。そうしないではいられなかったのだ。しかし、無礼をとがめられることはなかった。そもそも二人の凝視に気がついていないらしい。顔は萎びていた。さっきの郵便配達の車に轢き殺されでもしたように、目が死んでいた。両手は重ねられている。まるで一方の手がもう一方の手を慰めているかのようだった。唇は蒼白で、まぶたも青ざめている。赤っぽい口ひげが生々しかった。

あの話は本当だったのだ。中佐のほうに視線を向けたまま、二人は思った。中佐は結婚しているのにホモの相手を探していた。ティモシー・ゲッジが酔っ払ったときに、それを奥さんにばらされた。今ではそれを簡単に信じることができた。酔っ払っているときの様子も簡単に想像することができた。ティモシー・ゲッジが秘密を明かしたのは、そんなことはどうでもいいと思ったからだ。面白いと思ったからだ。葬式を見物するよりずっと面白い、と。

二人は遊歩道を離れた。タール舗装された道に入ると、スティーヴンが先に歩き、ケイトがあとに続いた。気が変わった彼は、ミセス・ブレイキーに話すのはやめよう、といった。それどころか、話すべきではない。だが、緑のベンチに腰かけたアビゲイル中佐の姿を見て気が変わったことは黙っていた。ゆうべウェディング・ドレスのことには触れなかったように、雑木林に着くまでその話はしなかったように、今もまたティモシー・ゲッジの妄想を話題にするつもりはなかった。その妄想は、実は妄想ではなかったことが明らかになりつつあった。

ティー・タイムの食卓は気まずい雰囲気に包まれ、ミセス・ブレイキーのにこやかな顔は、二人の沈黙によって曇っていた。もしあの人が悪魔に取り憑かれているのなら、とケイトは思った。すべては簡単に説明がつく。聖セシリア校に入ったばかりのころ、空中浮揚のできる女の子がいた。ジュリーという名の情緒不安定な子で、地面から八フィート上に体を浮かせることができたが、校長のミス・スキューズの一存で退校処分になった。そんな能力を持った少女はときおり出現する。そんなことを、そのときロザリンド・スウェインがいっていた。とくに思春期の女の子だ。イーニッドという少女は銀色の万年筆のキャップを使ってほかの女の子に催眠術をかけることができた。別の少女は、新聞を一ページ読んで、すぐに暗唱することができた。ロザリンド・スウェインによれば、その子は成長すると不思議な力を失ったという。思春期って謎だわ、とロザリンド・スウェインはいった。思春期の少女が騒霊《ポルターガイスト》を宿すこともある。

ミセス・ブレイキーは、その日、何をしたか、繰り返し二人に尋ねた。まるで聞こえなかったかのように、スティーヴンは返事をしなかった。陸軍のイベントを見にいった、とケイトはいって、南極探検に持っていったという携帯口糧の話をした。もしもあの人が悪魔に取り憑かれているのなら、戦っても勝ち目はない。悪魔は人に取り憑いて操ることができる。ポルターガイストを宿す人がいたり、幽霊に呪われたりする人がいたりするのと同じだ。悪魔は蒸気のようなもので、あの人の体の中に入って、こっそり動きまわっているのだろうか。気がつかないうちにあの人を乗っ取っているのだろうか。あんな笑い方をするように仕向けているのだろうか。あの人は自分のしていることがわかっているのだろうか。

「スティーヴンは大丈夫なの?」と、ミセス・ブレイキーが尋ねた。スティーヴンがいなくなったあと、ケイトと二人で食器を片づけているところだった。スティーヴンは前から少し無口なほうだ、とケイトはいった。

「あなたも今日は無口ね、ケイト」ミセス・ブレイキーは出し抜けに笑いを交えていった。とにかく返事があったことにほっとしているようだった。本当のことを知ったら、ミセス・ブレイキーは気絶して床に倒れていたかもしれない。スティーヴンが口を利かなかったのは、自分のお父さんがお母さんを殺したかもしれない、と考えていたからだ。でも、それは本当だろうか？　スティーヴンのお母さんは、崖っぷちで悲鳴を上げ、うちのお母さんを売春婦呼ばわりしたのだろうか？　人は誰だって口論をするときには醜態をさらす。人は残酷だ。離婚する前のうちのお父さんもそうだった。ミス・ショウとミス・リストもミス・マラブディーリーに残酷な仕打ちをしていた。それでも、あんなことがあったはずはない。スティーヴンのお母さんがそんなふうに悲鳴を上げたはずはない。

死と結婚によってスティーヴンの家になった海洋荘の客間で、ケイトは彼を見ていた。彼のほうは、色のついた長方形のテレビ画面をじっと見ていた。熱心に見ているようでも、それは見せかけだけだ。自分のまわりに壁を作って、その中に閉じこもっている。実際にあるもののように、彼女は二人のあいだの壁を感じることができた。

銃弾が岩に当たって跳ねかえり、かけらが飛び散ったが、『西部二人組』のキッド・カーリーとハンニバル・ヘイズ、又の名をスミスとジョーンズには当たらなかった。暗い気持ちで彼女は思った。これからはすべてが変わってしまうだろう。この醜悪な現実が泥のようにまとわりついてくる今、スティーヴンは彼女を疎むようになるだろう。彼女が現実を知っているからだ。現実を共有することで、彼女もその醜悪さの一部になったからだ。彼女は目を閉じ、大声で泣きたくなったが、じっと我慢した。

「おまえはハンニバル・ヘイズだな」テレビの西部劇の中で、保安官が叫んだ。お尋ね者は平然といいかえした。おれはそんな名前じゃないぜ。彼女が目を開けたとき、お尋ね者の二人組は、もう岩陰にうずくまってはいなかった。背中合わせに縛られ、一頭の馬に乗せられて、地平線を背景に、保安官率いる治安隊によって引っ立てられていた。熱心さを装い、自分の中に閉じこもったまま、まるで自分の生死がかかっているかのように、スティーヴンはそれを見ていた。

幽霊なら除霊することができる。教会にはそれ専門の儀礼がある。悪魔を追放するのも同じようにできる気がする。もしもティモシー・ゲッジの中から悪魔を追い出したら、奇跡が起こってすべては変わるだろうか？　今のようにスティーヴンと並んで腰かけているうちに、これまでにあったことは現実の出来事ではなくなって、気がついたら記憶が消えている——そんなことが起こるだろうか？　彼女が夢見ていた牧歌、今では粉々に砕かれてしまったように見える牧歌は、またよみがえるだろうか？

牧歌が砕け散ったのは、ティモシー・ゲッジが二人のあとをつけるようになったからだ。頬がこけて不細工なティモシー・ゲッジは、知り合いでもない二人に付きまとい、嫌がらせをしている。二人のほうは、あの人が嫌がるようなことは何もしていない。もしかしたら二人が海洋荘に住んでいるのが憎らしいのだろうか？　大きな菜園があって、セッターを二頭飼っているから？

二人は仲よしなのに、あの人には仲よしが一人もいないから？　それとも、本当にウェディング・ドレスが欲しいだけなのか？　スティーヴンのお母さんは本当にすごい悲鳴を上げたのか？

第八章

ケイトの寝室にかかったブラインドの隙間から日の光がこぼれ、壁紙のケシの花や、オレンジ色の化粧台に細い縞模様の影を投げていた。目が覚めたとき部屋は暖かく、楽しい期待にしばらく胸をふくらませていたが、やがて前の日の暴露的な出来事がまとめて押し寄せてきた。脈絡も何もなく、ごたまぜになって、記憶がよみがえった。不本意ながら、順序よくそれを並べ直そうとして、まずスティーヴンと一緒に両開きのガラス扉から外に出たときのことを思い出した。あのときはティモシー・ゲッジが庭にいたから、二人とも警戒していた。あのときはスティーヴンとの関係もこれまでどおりだった。雑木林でおしゃべりをしていたときも、小川にダムをこしらえたときも、サンドイッチを食べて本を読んでいたときも、スティーヴンはまだ友だちだった。

彼女は起き上がり、寝具をどけて、二つの窓のブラインドを開けた。海は凪《な》いでいた。芽吹きはじめた木蓮《モクレン》や樹錦葵《モクアオイ》、そして人に知られたアゼリアの植え込みを揺らす風さえ吹いていない。

自分が刈り込んだ薔薇の花壇に立って、ブレイキーさんが何か考え事をしている。のんびりと朝を過ごせるお気に入りの場所、東屋《あずまや》のそばで、二頭のイングリッシュ・セッターが日向ぼっこをしていた。のんびりと体を伸ばしているその姿には威厳があり、まるで眠たげなライオンのようだった。ディンマスの町のほうから聖シモン＝聖ユダ教会の鐘が八時を告げるのが聞こえてきた。彼女は寝巻きを脱ぎ、急いで着替えをした。

その日は土曜日だったが、ひどい一日になった。二人は外出しなかった。ケイトの部屋で、ほとんど言葉を交わすこともなく、チェッカーや、モノポリーや、リケティ・アンや、スイッチや、レーシング・デモンといった様々なゲームをした。彼女は沈黙がいやで、なんだか不安になり、最後にはいつもゲームに負けた。陽気にふるまおうとしても、思うようにはできず、顔を赤らめて、じっとり冷や汗をかいた。キッチンで昼食をとったときには、沈黙を取り繕おうとして、思いついたことをなんでも口にしたが、しゃべればしゃべるほど沈黙が際立つだけだった。スティーヴンは一言も口を利かなかった。ミセス・ブレイキーも心配になったらしく、それが顔に出ていた。

二人はテレビで午後にやっている土曜映画劇場を見た。『凡てこの世も天国も』だ。そのあと、本を読んだ。またモノポリーをした。ケイトの部屋の窓から、二人は遠く離れた海岸でミセス・ブレイキーが犬たちに流木を投げるのを見ていた。菜園を囲む壁のアーチ道を通ってミセス・ブレイキーが戻ってくるのも見た。犬たちは興奮と疲れから口をだらんと開けていた。

二人がまだ窓辺に立っていたとき、ティモシー・ゲッジが現れた。ほんの数分後のことだった。装飾的な文様がついた白い鉄の門から、中を覗いている。やがて彼は家の窓を見上げた。

そんなふうにして、日々が過ぎていった。日曜日、月曜日、火曜日。土曜日には二人の親が帰ってくるはずだった。

どの日も、菜園を囲む壁の門のところに、ティモシー・ゲッジが現れた。月曜日と火曜日には、家の正面までやってきて、玄関の呼び鈴を鳴らした。「あのゲッジという子がきて、あんたたちに会いたがってるわよ」どちらの日もミセス・ブレイキーが戸惑ったように取り次ぎ、どちらの日も二人は会いたくないと返事をした。またやってきたので、ミセス・ブレイキーはたしなめた。子供たちが探してもあなたのペンナイフは見つかりませんでしたよ、と告げた。

ケイトにとって、時の経過は沈黙をさらに冷え込ませるだけだった。最後には、氷の死装束《しにしょうぞく》をまとっているような気がしてきた。スティーヴンにとって、時間は自分を苦しめるものだった。さまざまな思いが頭をよぎり、さまざまなイメージが心に浮かんだ。新聞に、陸軍将校の妻が失踪した話が出ていた。夫の将校は軍で調理配膳業務をしている女性と密通していた。その女性が将校の二番目の妻になった。前妻はオーストラリアにいる、と将校は裁判で証言したが、疑惑は晴れなかった。関係者それぞれの写真も新聞に載っていたが、スティーヴンはどんな顔だったかもう憶えていない。それぞれが別の顔として彼の心に浮かんでいた。善人であれ悪人であれ、グロテスクに誇張された顔ばかりだった。

もう一つの顔もあった。想像力で作り上げた顔ではない。口ひげのある顔、最近、繰り返しテレビのニュースに現れる顔だ。その顔の主には、自分の子供たちの面倒を見ている住み込みのメイドを殴り殺し、妻にも同じことをしようとした容疑がかけられている。「心の優しい人ですよ」と、テレビである女性が証言していた。「どんな相手でも分け隔てなく付き合ってくれるんです」殺人容疑で手配されていたが、足取りはつかめていなかった。彼の乗っていた車は見つかっている。ハンドルにはべっとり血がついていた。「あいつがあんなことをするわけがない」彼の親友はそう語った。フランス、南アフリカと、世界中に範囲を広げて、警察の捜査は続いていた。この男も、小鳥たちの折れた翼の直し方を知っているのだろうか。

父親の、ひたむきな眼差しと繊細な顔立ちは、スティーヴンにも受け継がれていた。だが、髪の色は茶色だったし、笑みを浮かべるときの順序も違っていた。父親はじわじわと、まず口の端に微笑をたたえ、それが顔じゅうに広がって、頬にしわが寄り、目の表情が明るくなる。スティーヴンは不安げに、引き攣《つ》るように、しかも一瞬のうちに微笑んで、ぱっと輝いたあと、たちまち笑みは消えてしまう。父親は、何か個人的な関心事があると、我を忘れて没頭し、人が話しかける声も耳に入らず、あとで申し訳なさそうに謝罪する。父親が双眼鏡で鳥の生態を何時間も観察するときには、自分以外の者がこの研究に関心を持っているとは思いもせず、ましてこのことを社交の場で話題にしようとは考えてもいない。研究を始めるとほかのことは目に入らなくなるその性格が、はからずもスティーヴンと母親とを近づけた。スティーヴンには当然のこと、ごく自然なことだったが、父親は仕事に没頭していたかと思うと、急にこちら側に戻ってくる。三人で海岸を歩いていたときも、歩いてバドストンリーのパヴィリオンまで行ったときも、スティーヴンの誕生日をティー・ルームの〈スピニング・ホイール〉で祝ったときも、サマセットの試合を見に行ったときも、いつもそうだった。

思い出さないでいるのは無理だった。きっかけは、もちろんティモシー・ゲッジのあの話だ。父親と母親と三人で、よくゴルフ場に近い崖沿いの道を歩いた。何十回もやったことだ。一列になって、あの狭いところを通った。エニシダの茂みで道幅が狭くなっているのだ。「気をつけて、スティーヴン」二人はひっきりなしにその言葉を繰り返しているようだった。海岸を散歩するときには、平らな石を探して、それを水平に海に投げ、水切り遊びをしようと、彼が先に駆け出すことも多かったが、ふと振り返ると、二人はいつも腕を組んでいた。「お父さんほどいい人はいないわ」母親が一度そういったことがある。

スティーヴンが小さかったときには、そうした散歩の途中で、父親がよくお話を聞かせてくれた。自分が創作したモグラの一家の話で、細部までよく練られたその冒険談は、何マイル歩いても終わらなかった。母親の誕生日には、〈スピニング・ホイール〉ではなく、クイーン・ヴィクトリア・ホテルに行って、三人だけの昼食会を開いた。父親がどうしてもそうしたいといったからだ。主賓の席にすわった母親は、黒い髪で、少し痩せていたが、誕生日にはいつもきれいだと父親はよくいっていた。母親はよく笑った。二人に向かって手を差し伸べ、指を絡ませると、真っ白な歯を見せて、にっこり微笑んだ。彼は母親がつける口紅の色が好きだった。サクランボ色ではなく、珊瑚色。彼は母親が着る緑のドレスが好きだった。ベルトには真鍮のバックルがついている。

父親は朝から晩まで丸一日を母親の誕生日として祝った。そのための労を惜しまなかったし、母親を笑わせることも忘れなかった。「笑っちゃうよ、野鳥の観察だってさ」コズグレーヴという男の子がそんな悪たれ口を叩いたことがある。スティーヴンはコズグレーヴの腕をうしろにねじ上げて、その言葉を撤回させた。ある日、母親と二人きりのとき、弟がいたら楽しいだろうな、といったことがある。母親はそれが不可能なわけを説明し、彼を抱きしめて、ごめんなさいといった。「ああ！」感極まったのか、クイーン・ヴィクトリアで父親は出し抜けにそう叫んだ。そばにはウェイターが立ち、グリーンピースをスプーンで取り分けていた。

そんな思い出が胸一杯に込み上げてきた。それぞれが束の間よみがえったかと思うと、時の流れに急かされるように、前の思い出を押しのけて次の思い出が立ち現れた。だが、それは棘《とげ》のように鋭く、すぐ前の記憶の傷に刺さった。緊張して、彼はその痛みに備え、全身をこわばらせ、不意打ちされるのを避けようとした。彼は沈黙を選んだ。

「馬鹿なまねはおよしなさい、ケイト」ミセス・ブレイキーはきっぱりといった。ケイトは、レモン・メレンゲ・パイ作りを手伝っていた。「スティーヴンだって理由もなくゾンビみたいになっちゃったわけじゃないでしょ。このごろ、あなたたち二人とも変よ。いくらわたしが鈍感でも、それに気がつかないと思う？」

「わたしたち、好きでこうなったわけじゃないもの」

「もし何かしでかしたのなら、話して。誰かが大事にしているものを壊したとか――」

「何も壊してません」

「話してくれないと、どうしようもないわよ、ケイト」

「話すことなんて何もない」

ミセス・ブレイキーは口をきつく結んだ。そして、お手伝いはもういいから、と冷たくいった。

「だって、役に立ちたいし」

「いいからお行きなさい」ミセス・ブレイキーはフランスの電話番号を預かっていた。カシス〇八七九三〇番。レ・ロシュ・ブランシェというホテルだ。緊急事態のために渡された電話番号だったが、近ごろ家の中が変な雰囲気になっているといっても、はたして緊急事態と呼べるかどうか、ミセス・ブレイキーにはよくわからなかった。いずれにしても、原因がわからなかったし、原因究明が難しければ、説明のしようもなかった。こんなことでフランスに電話すると、無用の心配をかけるかもしれない。そもそも国際電話はびっくりするほど料金が高いのだ。

「スティーヴン」彼の部屋の閉まったドアの前で、ケイトは声をかけた。だが、返事はなかった。

眠らずに起きていた彼は、真夜中を過ぎてから、ある部屋に行った。ケイトの母親が彼の父親のために用意したもので、鳥の原稿を書くときに使う部屋だった。そこは一階の、家の奥にある。下が床に届くほど大きな窓がひとつだけあり、庭を見渡すことができた。色あせた壁紙は赤とピンクの縞模様で、その壁際に蝶々や蛾の標本箱がいくつも並んでいた。ドア側の片隅には、小さな振り子時計が置いてある。マントルピースからは、ガラスのドームをかぶったフクロウの剝製が目を光らせている。父親がプリムローズ荘で使っていたマホガニーの書類整理棚も運び込まれていた。四つの棚は、二つ一組になり、もともとその部屋にあったガラス張りの書棚をはさんで、左右の壁に分かれていた。愛用のマホガニーの机には、緑のシェードがついたランプと、オリンピアの白い小型タイプライターがあった。数枚綴りになった青い吸取り紙もあったし、ボウル型のペン・トレイもあり、中には数本の鉛筆と、複数の書類クリップ、一本の万年筆が入っていた。

スティーヴンはブラインドをおろし、父親の机について、引き出しをひとつ、またひとつ開けていった。ショウドウツバメや、ワキアカトウヒチョウや、イナバヒタキや、クロハラアジサシについての覚え書きが見つかった。ペンシルヴェニア大学の教授がブリテン島におけるブッポウソウ目ヤツガシラ科の分布について問い合わせた手紙があった。引っ越し業者、ハチャーズ・ワールドワイド社の請求書、プリムローズ荘での最後の電話代、最後の電気代の請求書、それぞれの解約手数料も込みの金額だった。事務弁護士や保険業者からの郵便物もあり、引き出しの一番下には、束ねられたお悔やみの手紙が入っていた。

手紙はほかにもあった。やはり束ねられていたが、その古い書簡の数々は、一九五四年に彼の母親が書いたものだった。染みがついた茶封筒には父親が書いた母親宛の手紙も何通か保管されていた。愛と誓い、未来への言及が満載された文面だった。スティーヴンはそれを拾い読みして、もとに戻した。

ほかの引き出しに選り分けて保管してあった手紙には、愛の言葉が繰り返し書かれていた。そこでも未来が語られ、とうとう一緒になれたことへの言及、幸福への言及もあった。書簡の数は少なく、母親が書いたものよりも短かくて、日付はなく、曜日だけが記されていた。もう待てません。一通にはそうあった。あなたなしでは何も意味をなさない。別の一通にはそう書いてあった。その手紙も、彼はもとの場所に戻した。

デスク・ランプの明かりが両手を照らし、青い吸い取り紙に影を投げていた。細い手と細い指。実際の半分ほどの大きさにしかならない。その明かりが届かないところにある顔は、艶のある黒い髪の下で青ざめていた。ひたむきな眼差しはいつものとおりだが、表情はまったくなかった。彼は立ち上がり、部屋にあるもう一つの明かりをつけた。プリムローズ荘にいつも置いてあった本があった。分厚い本で、緑のカバーは破れていた。『世を騒がせた五十の悲劇』。それがカバーに書いてある題名だ。父親や母親がそれを読んでいるところを見たことはなかったが、一度、彼は本を開いてみたことがある。それがどういう種類の悲劇なのか、彼は知っていた。

ティモシー・ゲッジの話していた人物が、その本にはすべて載っていた。フレディ・バイウォーターズとイーディス・トンプスン。ミセス・フラム、美しいミセス・メイブリック、クリスティーとヘーグとヒース、ジョージ・ジョゼフ・スミス。アイリーン・マンローという女性は、アイシルマ社の美白クリームの愛用者だったが、ある海岸で殴り殺され、ハンドバッグを盗まれた。コンスタンス・ケントという若い女は、五十年以上も前の出来事だが、ディンマスからさほど離れていないある家で、自分の弟を殺したことを告白した。一九五一年八月二日、四十八歳のミセス・メイベル・タターショウは、ノッティンガムのロクシー・シネマで、隣の席にすわっていた男に話しかけられた。「おれはな」と、彼女を殺した男はのちに語っている。「自分のやったことを誇りに思ってるんだよ」九歳の男の子、オーウェン・ロイドは、四歳の友だちを溺死させた。「もう二度としません」と、裁判で彼は誓った。ウィルスンという男がミセス・ヘンリクスンという女性を殺したのは、部屋を貸すことを拒まれたからだった。チャーリー・ピースは処刑当日の朝食で出たベーコンの品質に文句をいった。エドマンド・ジェイムズ・ソーンという養鶏家は、妻の死体を鶏の餌にした。一九三四年、ブライトンで、合板のトランクに入った上半身だけの女性の切断死体が発見された。茶色の紙にくるまれ、ブラインドの紐で縛られていた。犯人は特定されなかった。一九六一年一月二十日、アールズコーンでリンダ・スミスが新聞を買いに出て、のちに絞殺死体で発見された。現場は十八マイル離れた野原にあるサンザシの茂みのそばだった。この事件の犯人も特定されていない。

殺人は人を黙らせるために遂行される。嫉妬や復讐や怒りによるものもあるだろうし、単に殺人のための殺人もある。夫婦間の殺人は、夫か妻が違う人生を送りたくなったのに、何かの理由でほかにそれを実現できる方法がないときに遂行される。利益のために人を殺すこともあれば、つまらない無意味なこと、ほとんどなんの理由にもならないことがきっかけで人を殺すこともある。ニュージーランドに住んでいた十五、六歳の少女二人が、単に殺したかったがために、その一人の母親を煉瓦で撲殺した。ある八歳の子供は飴玉のために人を殺した。ある男がハルで妻を毒殺したのは、服にボタンをつけるのを拒まれたからだった。

スティーヴンは大きいほうの明かりを消し、父親の机に戻った。そして、白いタイプライターの前にすわると、窓の隅にある時計が時を刻むのに耳を傾けていた。ペン・トレイの万年筆は青かった。細身で短いのは、女物だからだ。母親がそれを使っていたのを彼は思い出した。それでクリスマス・カードや買物リストを書いていた。

この部屋にいると、母親はまだ生きているようだった。その存在を身近に感じることができた。まるで幽霊になって出てきたようだが、彼は怖くなかった。万年筆に触り、手のひらに載せてみた。温かみがあった。スプーンやフォークの柄も同じように温かかったことがある。母親の手から渡されたときのこと、彼に代わって、皿に載った何かを潰すのに使ったスプーンを、手に握らせてくれたときのことだ。

母親が死ぬ前の休暇の時期に、両親が言い争いをしていたかどうか、彼は思い出そうとした。だが、そんな記憶はなかった。好天続きの夏だった。父親はハマヒバリの本を書くのに忙しかった。みんなでサマセットとエセックスの試合を見に行った。ロイ・ヴァージン選手が一イニングで七十点を叩き出した。

考えれば考えるほど楽しい夏だったような気がする。ある木曜日の朝、母親と一緒にプリムローズ荘からブラッケッジ・トップというところまで散歩にいったことを思い出した。丘の上の古い石切場だ。ほかの丘も見にいった。そこはローマ時代の堡塁《ほうるい》の跡で、今は生い茂るシダに覆われていた。プリムローズ荘の庭で夕食をとったときのことも思い出した。両親は仲がよさそうに見えたし、言い争いをするどころか、なんの軋轢もなさそうだった。長いあいだそこにいて、九時過ぎになると、ようやく日が暮れて、狭い庭に薄暮の影がさした。薔薇の香りとコーヒーの匂いが漂っていた。ピンク色のワインがあった。ラベルには〈ロゼ・ダンジュ　一九六九〉と書いてあった。ハマヒバリの本が半分まで完成したお祝いだった。彼自身は氷の入ったライビーナ（黒スグリを使った子供向きの飲料）を飲んでいた。今でも鮮明に憶えているが、彼はこう思った。ケイトはかわいそうだ、お父さんがいないなんて、こんな家族の団欒を知らないなんて。

だが、本当はまったく違っていたのかもしれない。父親は別のことを望んでいたのかもしれない。フレディ・バイウォーターズと恋愛関係にあったイーディス・トンプスンのように。ミセス・メイブリックのように。ミセス・フラムのように。あの夜、二人はあそこに残っていて、彼が寝たあと、その表情は一変する。顔は笑っていない。もう演技をしなくてもいいのだ。二人は憎みあっている。苦い声で口論をする。たがいの顔を見ようともしない。彼はそのときのことを思い浮かべ、実際にあったはずの出来事を頭の中で創り上げた。父親が叫ぶ。おまえは役立たずの馬鹿だ。いつもの父親とはまったく違う。おまえはなんにもできない女だ。イチゴのジャムをこしらえても、ちゃんと固まらない。電話で連絡を受けてもこっちに伝えてくれない。海が好きだと？　おまえがいうと間が抜けて聞こえる。仮面をかぶるのはやめろ、と父親はいう。クイーン・ヴィクトリア・ホテルで白々しく誕生日を祝ったのも、夫婦仲が悪いことをスティーヴンが感づかないようにするためだった。

その部屋を出ると、彼はベッドで泣いた。これまで経験したことがなかったくらい激しく泣いた。ひきつけを起こしたように、何度も体が痙攣した。まるで母親がまた死んだようだった。今度のほうが前以上に辛く、本当に母親が死んだときの泣き方が人として正しくなかったような気がして罪悪感を覚えた。もしもあのときにちゃんと泣けていたら、こんなことにはならなかった。彼は枕に顔を埋め、抑えきれない嗚咽が漏れないようにした。母親が命を奪われたように、自分で自分の命を奪うことができたらどんなにいいだろう。死にたい、と彼は思った。眠りに落ちたときも、そう思っていた。

彼は、虫も殺さぬ顔をしたコンスタンス・ケントが、ディンマスからさほど離れていないある家で、まだ赤ん坊だった自分の弟の喉を掻っ切る夢を見た。美しいミセス・メイブリックが、蠅取り紙を水に浸し、砒素を抽出して、夫を毒殺しようとする夢を見た。アイシルマ社の美白クリームを愛用していたアイリーン・マンローの夢を見た。合板のトランクに入った上半身だけの切断死体の夢を見た。フクシアの茂みのそばにあるデッキ・チェアで、母親が眠っていた。黒い髪に日が当たって、まるで磨いた黒檀のようだ。布にくるまれた大きな何かが風にはためいて落ちていった。スカーフは赤錆色、赤錆色のコートは母親のものだった。その何かが落ちながら悲鳴を上げた。灰褐色の崖の面に当たって、二度、宙に舞った。海の波が母親の上に打ち寄せた。スカーフが海の泡に揉まれていたが、その泡はすでに深紅に染まっていた。母親の顔はこわばっている。硬直した冷たいその皮膚には誰も触れようとしないだろう。二頭のイングリッシュ・セッターが海岸へと走り、急に立ち止まると、波に向かって吠えはじめた。「飛び込め、飛び込むんだ」彼は声をかけたが、犬たちは聞いていなかった。日が沈みかけていて、夕映えのなか、犬たちはピンクに染まっていた。テーブルにあったあのピンク色のワインのようだった。

セッターは走り去った。興奮したように空気のにおいを嗅いでいた。遠く離れたところで二頭は立ち止まった。またにおいを嗅いでいる。砂浜にピンク色の大きな何かが転がっていたからだ。それは母親ではなかった。海水パンツをはいたアビゲイル中佐だった。死の苦悶で、唇がゆがみ、歯を剝き出しにしていた。痩せた白い手脚は冷凍チキンのようだった。

「あいつはあそこにいる」崖の上から声が聞こえた。見上げると、父親が下の岩場を指さしていた。潮が引いたぞ、と父親は叫んでいた。だが、母親は波に流されなかった。それは、流されたくなかったからだ。「そうか、あそこで死にたかったのか」父親はそういうと、げらげら笑いはじめた。誰のせいでもない、悪いのはあいつだ。

ブレイキー氏が薔薇の花壇に立っていた。植木ばさみからは鮮血が滴っていた。土の上に母親の頭部があった。体は、頭がないまま、家に向かって歩きだしていた。その体が左右によろめくと、首の切断面から血が噴き出した。

誰のせいでもない、悪いのは自分。母親もそういった。母親は目を覚まし、デッキ・チェアから起き上がっていた。わたしが馬鹿だったのよ。崖っぷちで口論を始めて、いってはいけないことをいってしまったのだもの。そんなこと気にしちゃ駄目だよ、とスティーヴンはいった。イチゴのジャムが固まらなくたっていいじゃないか。父さんが何をいってもいいじゃないか。夢の中で彼は安堵していた。母親は死んでいなかったのだ。あれはみんな別の夢の中での出来事だったのだ。だって、母さんは日の光の中で微笑んでるじゃないか。

ケイトはイングリッシュ・セッターを連れて東屋のそばで腰をおろし、犬たちを抱き寄せ、小声で話しかけていた。セッターと一緒だと、その体は小さく見えた。東屋にいつも置いてあるブラシで犬の毛並みを整えていた。そのために犬たちをじっと立たせ、頭を上げさせていた。人間も犬のようだったらいいのにね、と彼女は犬に話しかけた。すると、犬たちは、その言葉をちゃんと理解したように、大きな垂れた目で彼女を見た。彼女が腰をおろしているのは東屋の階段で、犬は両わきにすわり、彼女の左右の膝にあごを載せていた。犬たちの体が発する熱に、ケイトは温められていた。犬を育てるのは素晴らしいことだ、と彼女は思い、『一〇一匹わんちゃん大行進』のダルメシアンのように、セッターたちが庭じゅうを駆けまわっているところを想像した。海洋荘に自分が一人で住んでいるところも想像した。そのときにはもうだいぶ歳をとっているだろう。廊下を子犬たちが走りまわり、家の外には犬小屋がずらりと並んで、子犬を買いたい人が玄関の呼び鈴を鳴らす。彼女は一度も結婚しないだろう。スティーヴンと結婚するのが無理だとわかったからだ。ミス・ラヴァントを思わせる境遇になっているかもしれない。人は、犬たちと暮らしている海洋荘の女の噂話をするだろう。崖の上の悲劇のことを話して、あんな事情があったなんて最初のうちはわからなかったな、というだろう。スティーヴンがディンマスを嫌ったのも無理はない、と人は噂する。町を出ていったのもよくわかる。ここにいれば、いろいろな恐ろしいことを思い出すから。

あとになって、胸苦しさがいくらか晴れてきたとき、彼女はまたスティーヴンの部屋のドアをノックした。犬小屋がずらりと並び、一人で生きていく、そんな愚かな将来を自分が迎えるはずはない。何があっても充分に耐えていけるはずだ。だが、それはハッピーエンドではない。

部屋の中に彼がいるのは気配でわかったが、返事はなかった。何かが床に落ちて、紙が音をたてた。彼がわざとやっているのだ。そうすれば、自分はたしかに部屋にいる、だが彼女とは話したくないという気持ちを伝えることができる。彼の顔には冷たくて硬い表情が浮かんでいた。まるで微笑むことができない顔、一度も微笑んだことがない顔のようだった。

彼女はまたノックした。今度も返事はなかった。

ケイトがいつもそばにいなければいいのに、とスティーヴンは思った。ケイトはいつもドアをノックしている。ここは自分の部屋のはずだった。いつも声をかけてくるが、返事をするつもりはない。毎朝、部屋を出ると、階段か廊下にいつも彼女がいる。そして、すぐに泣きそうな顔をする。彼のことをかわいそうだと思っているのだ。

「あなたたち、今日は何をするの？」ミセス・ブレイキーはいつもそんなことをいう。二人はなんでも一緒にするのだ、といわんばかりで、スティーヴンは腹が立った。その週の水曜日の朝も、ミセス・ブレイキーは、ベーコンを焼いているアーガ・クッカーのところから振り返り、キッチンで同じことをいった。そして、あらかじめ温めてあった二つの皿にそのベーコンを載せ、二人の前に置いた。そのあと、何をするつもりか、また尋ねた。

「モノポリーをする？」と、ケイトが提案した。まるでそういえば彼が喜ぶとでも思っているようだった。

「あら、外に行かないの？」ミセス・ブレイキーは意外そうに声を上げた。「いつもみたいに山遊びに行きなさいよ。自分たちでサンドイッチをこしらえて」

「そうしようか？」彼のほうを見ながら、ケイトがいった。

自分一人でサンドイッチをこしらえて、ミセス・ブレイキーのいう「山遊び」に行けばいい、と彼はいいたかった。誰も止めやしない。ティモシー・ゲッジが待ち伏せしていることに気がつかないくらい馬鹿なら、それはケイト自身の問題だ。彼はケイトのほうを見たが、思っていることは口にしなかった。ぼくは独りでいたい、表情でそう伝えようとした。

「バナナがあるから、サンドイッチにすればいいわ」ミセス・ブレイキーはすでにその気になっていた。冷蔵庫からバターを取り出し、柔らかくするためにアーガ・クッカーの端に載せて、蓋のついたパン入れから、薄切りの食パンを取り出した。「チキン・アンド・ハム・ペーストはどう、スティーヴン。レバー・アンド・ベーコンは？　オイル・サーディンをはさみましょうか？トマトは？　アプリコット・ジャムは？」

朝の食卓から何かをつかんで、床に投げつけたかった。ブレイキーさんがさっきまで食べていたフライの皿、アプリコット・ジャム、ティー・ポット、シリアルが入っていた緑色の深皿を重ねた上に、ケイトが集めて載せたナイフとフォーク。どうして彼女はナイフとフォークを片づけて食卓を空けようとするのだろう。したくてそうするのではないのだ。まともな常識のある人間ならそんなことはしないだろう。彼女がそうするのは、母親がいつもそうしていたからだ。怒りが高まって、息苦しいほどだった。ケイトはもう彼を見ていなかった。シリアルの深皿とナイフ、フォークを、流し台に運んだ。洗おうとしている。

「それ、置いといてちょうだい」ミセス・ブレイキーがいった。「それより、サンドイッチをこしらえなさい。リンゴも持っていけばいいわ。グラニースミスの青リンゴが冷蔵室にあるわよ、スティーヴン」

「スティーヴンは行きたくないみたい」

「まあ、スティフィー、どうして？」ミセス・ブレイキーは声を張り上げた。

それには答えず、彼はキッチンを出た。緑のリノリウムを敷いた廊下を通り、玄関ホールに入った。床磨きのワックスのにおいがした。花瓶に入ったスイセンがあった。暖炉は暗かったが、間もなく火がつけられるだろう。その明かりが真鍮の額に入った絵をちらちらと照らして、描かれた芝居の登場人物に命を吹き込み、暖かい雰囲気が満ちてくる。

彼は自分の部屋に入り、ドアを閉めた。錠に鍵が刺さっていないか確かめようとしたが、刺さっていないことは最初からわかっていた。前に確かめたことがあるからだ。


「エッソルド・シネマです。おはようございます」女の声だった。

「おはようございます」ミセス・ブレイキーは電話口でいった。「ご用件は？」

「エッソルドの切符売場でございますが、お子さんたちに伝えたいことがありまして」

「あなた、ティモシー・ゲッジね？」

「エッソルド・シネマでございます。お子さんたちから次回上映作についての問い合わせがございまして、お電話を差し上げるようにとの伝言が――」

「お電話なんて聞いてあきれるわ。人を馬鹿にするのはやめてちょうだい。あの子たちをどうしようっていうの？」

「次回上映作でございます。昨日の午前中にお問い合わせがありまして、お子さんたちを呼んでいただけないでしょうか。窓口に行列ができかけておりますので、あまり時間が」

ミセス・ブレイキーは受話器を置いた。海洋荘の玄関ホールで、彼女は電話を見ながら突っ立っていた。かなり動揺していた。これが最初ではなかったのだ。ゆうべも、きのうの朝も、同じ電話がかかってきた。そのときは、女の声がティモシー・ゲッジの声だとは気がつかなかった。子供たちの居場所を探して伝えたが、二人とも電話に出るのを拒んだ。何か変だと思った。公衆電話からかけている電話だった。それがわかったのは、硬貨を入れる前の信号音が聞こえたからだ。きのうはおかしいと思わなかったが、エッソルド・シネマの切符売場からかけているのなら、そんな音が聞こえるはずはない。

玄関ホールに立ったまま、あの甲高い声を思い出していると、ほとんど鬼気迫るような不気味さを覚えた。公衆電話の信号音のことを考えもしなかった自分にもぞっとした。理解に苦しむことばかりだった。相手の正体にすぐ気がつかなかったのも、どこかの公衆電話の前に立って窓口にできた行列の話をするのも、まったくわけがわからなかった。しかし、理解に苦しみながらも、そこには何か別のものが、現実に裏打ちされた何かが、ある種の意味が織り込まれているような気がした。相手はティモシー・ゲッジなのだ。家のまわりをうろついたり、電話をかけてきたりして、この家を沈黙の場所にした張本人なのだ。子供たちと庭に立っているあの子を初めて見たとき、ミセス・ブレイキーは何かを感じた。玄関を開けて彼を見たときにも同じことを感じた。

「あの子には鳥肌が立つわ」と、彼女はいった。夫が作業をしている温室に入っても、動揺はまだ続いていた。

ブレイキー氏は種子箱から顔を上げた。そして、泥がこびりついた指でポケットからハンカチを取り出すと、鼻をかんだ。一週間前、あの少年は深夜チリマツの木の下に立って、家の窓を見上げていたが、そのことは妻に話さなかった。話しても怖がらせるだけだろう。彼女は高血圧気味だった。無用の刺激は避けたほうがいい。子供たちとティモシー・ゲッジは、自分たちだけの遊びをしているだけだろう。口に出してそういうと、「心配することはない」と続けた。「子供には子供の世界があるんだよ」

「あれが遊びで片づけれるもんですか」と、ミセス・ブレイキーはいった。動揺すると、文法が怪しくなった。地に足のついた温室の暖かさに浸りながら、夫が苗を抜くのをずっと見ていたかった。事情を訊くたびにケイトが嘘をついてごまかすところに戻りたくはなかった。ベルが鳴り、甲高い声が響いて、エッソルド・シネマの切符売場だと告げる、あの電話のもとには戻りたくなかった。

「エッソルド・シネマです。おはようございます」玄関ホールで受話器を取ると、あの声がまたいった。

スティーヴンは自分の部屋の中を歩きまわりながら、今いるこの家のことや、庭のこと、それを取り囲む壁のこと、アーチ道の白い錬鉄の門のこと、いつもセッターたちがいる東屋のことを考えていた。そのすべてが大嫌いだった。自分にあてがわれた部屋も嫌いだった。プリムローズ荘のもとの部屋から誰かが持ってきたトニー・グレイグの写真が壁にピンで留めてあり、かつてサマセットでプレーしていたグレッグ・チャペルの写真があり、ブライアン・クローズの写真もあった。キッチンも、優雅な曲線を描く階段も、玄関ホールの石の床に敷かれたエジプト絨毯も嫌いだった。全面ガラスの両開きの扉がある広い客間も嫌いだった。あとは一日一日が過ぎていくことだけを願った。そうすればいずれはレイヴンズウッド・コート校に戻り、そこの食堂や教室で心置きなく過ごすことができるだろう。寄宿舎の自分のベッドが、アプルビイとジョーダンにはさまれて寝る自分のベッドが恋しかった。

「いつまでも閉じこもっているわけにはいかないのよ、スティーヴン。このまま海岸に行けないなんて、雑木林に行けないなんて、いやじゃない」

シカンドラにあるアクバルの墓所は一六一三年に完成した、と彼は本を読み続けた。**インドにあるその種の記念物の中で、もっとも重要なものである。**

「一人で行けよ。きみはやりたいことをやればいい」ページから目を上げずに彼はいった。**その霊廟は、ヒンドゥー美術とムスリム美術の様式を巧みに合体させている。**ベッドに寝たまま、彼は読んだ。

前の日の夕方、チリマツの木の下に、あの手提げ袋が置いてあった。幹に立てかけてあり、家のほうを向いていた。ブレイキー氏が庭仕事を終えたあとで置かれたものだった。自分の部屋の窓からスティーヴンはそれを見た。たそがれの光の中で、赤と白と青が生々しかった。

「ブレイキーさんに話しましょう」と、ケイトがいいはじめた。「ちょっとだけでも話を――」

「君は頭がどうかしたのか?」彼は大声を出し、不意に彼女をにらみつけた。顔が紅潮している。まるで彼女を憎んでいるようだった。「なんでいつもそんなことをいう?」

「このままここにいるのはよくないからよ。馬鹿みたいじゃない、誰かを怖がって、家に閉じこもってるなんて」彼女も腹を立てていた。胸を反らし、顔を上げている。その姿勢で彼をにらみ返した。

「あいつのことなんか怖がってないよ」彼はいった。

「怖いに決まってるわ。あんな恐ろしい人――」

「頼むからやめてくれよ。あいつのことを恐ろしいなんていうのは!」

「どんな言葉を使おうと、わたしの勝手でしょ、スティーヴン」

「ここでは使うな。ここはぼくの部屋だ。ぼくが自分一人で使ってる部屋だ」

「つんつんしなくてもいいじゃない」

「ぼくがどんな気持ちかわかるか。家に閉じ込められて――」

「閉じ込められてないわよ。そんなことする必要ないわ」

「閉じ込められてるんだよ、好きでもないやつらと一緒にね」

「わたしたちのことだったら、あなた好きでしょ」

「きみなんか好きじゃない。きみのお母さんも好きじゃない。何もかもうまくいってたのに、きみのお母さんが出てきて、めちゃくちゃになったんだ」

「出てきたって何よ、最初からずっといたのに」

「これが始まったのは、そのときからだ。きみとは、このことは話したくない」

「二人で話さないと駄目よ。見ないふりして、ほったらかしにしておけることじゃないわ」

「何もほったらかしにはしていない。きみとは話したくないんだ」

「話さないですますつもりなの？」

「ぼくは自分のやりたいようにやる。ここはぼくの部屋だ。この部屋で本を読んでるんだ」

「読んでないでしょ。寝転がって読んでるふりをしてるだけよ」

「読んでるさ。シカンドラはアグラから五マイル離れたところにある。知ってたかい？　アクバルの霊廟は入口が赤色砂岩でできていて、大理石の装飾がついている」

「スティーヴン！」

「ぼくは一人になりたいんだ。ぼくはきみが好きじゃない。どうしようもなく馬鹿なところが好きじゃない」

彼女は何かいおうとして、気が変わった。そして、こういった。

「あんなことでくじけちゃ駄目よ」

「そんなの知らないね」

「わかってるくせに」

「きみのいうことはさっぱりわからないし、わかるつもりもない。何をするのも一緒だなんてごめんだね。ブレイキーの奥さんがグラニースミスの話をするのはうんざりだ。何もかもうんざりだ」

「わたしのこと、嫌いにならなくてもいいのよ」

「嫌いになるかならないかは自分で決める」

「でも、嫌いじゃないでしょ。わたしもあなたのことが嫌いじゃないし――」

「嫌いたきゃ嫌えばいいだろう」

ケイトは、ベッドに寝て本を読んでいるふりをしている彼を見た。声を上げて泣きたかった。涙が頬を流れ、セーターを濡らすところを想像した。彼はたぶん、泣くならよそで泣いてくれというだろう。その場に突っ立ったままでいるしかないのが馬鹿みたいだった。自分が大人だったらよかったのに、と思った。大人だったら、てきぱきとこの場を収めることもできるだろう。

「嫌われたら、ふてくされるくせに」と、彼女はいった。

しばらく本を読んでいるふりをしていた彼は、急に顔を上げると、精査するように彼女を見た。冷たい顔だった。いつもと同じ、痩せ細ってやつれた笑わない顔。冷酷な黒い瞳は、あえてそう装っているようだった。

「きみはすぐに顔が赤くなる。ほんの小さなことで赤くなる。ブレイキーの奥さんみたいに、きみも太るよ」

「顔が赤くなるのは自分にはどうしようもなくて――」

「きみは不細工だ。顔が赤くないときでも不細工だ。ちっとも魅力的じゃない。馬鹿だよ、大きくなったらきれいになると思ってるなんて」

「そんなこと思ってない」

「そういったじゃないか。きれいになりたいって。きみがきれいになりたいなんて、ぼくには関係のない話だ。なんでそんなことをぼくにいうのか、さっぱりわからない」

「なれたらいいのに、といっただけよ。ぜんぜん違うし――」

「違うもんか。なれたらいいのにと、なりたいとは同じことだ。違うだなんて、頭が悪いんだな」

「そんなつもりでいったんじゃない」

「なら、いいたいことをはっきりいえばいいじゃないか」

「じゃあ、いってやる」急に怒りが込み上げてきて、彼女は叫んだ。「なんであなた、わたしにひどいことというの？　どうしてわたしを避けるの？　どうしてわたしと話そうともしないの？」

「それはさっきいっただろう」

「わたし、何もしてないのよ」

「きみといても、面白くもなんともないんだ」

彼はまた百科事典を読みはじめた。少し間を置かないと、彼女は話を続けることができなかった。涙が込み上げてきて、喉をふさいでいたからだ。まばたきして、ぐっとこらえると、涙が引いていくのがわかった。面白くないといわれたのは心外だった。彼女はいった。

「わたし、海岸に行ってくる」

「そんなことぼくにいわなくてもいいよ」

「スティーヴン――」

「きみがどこに行こうと、ぼくには関係ない」

彼女は出ていった。一、二分後、彼は起き上がると、窓に近づいた。彼女は庭にいて、リードに繋がれたセッターたちを連れていた。見ていると、彼女は壁の門に近づき、そこを通り抜けて、視界から消えた。十分後、遠くの海岸に彼女の姿があった。その姿を見ているうちに、自分の夢想がどんなに幼かったか、不意に思い当たった。サマセットのチームに三番で入るなんて、そもそも無理な話だったのだ。A・J・フィルポットという無気力な投手を相手に、一回の打撃番で十七点を取ったからといって、そんなことができるはずはない。

彼はあの手提げ袋を引き出しから取ってきた。ドアを開け、一瞬、立ち止まって、ミセス・ブレイキーの気配に耳を澄ました。そのあと、階段の登り口までいき、屋根裏部屋に上がった。色褪せた緑色のトランクを空けると、ウェディング・ドレスがあった。一番下に入れてあった。その上には、彼にも馴染みのある衣類が重なっていた。

海岸でケイトは犬たちに二個のボールを投げた。赤いボールと青いボールだ。声を上げて泣きたい気持ちは今でも変わらなかった。スティーヴンといたときからそうだったし、ティモシー・ゲッジが二人の人生に入り込んできたとき以来、ずっとこんなことが続いていた。まわりでは犬たちが飛び跳ね、騒々しく尻尾を振っている。あの人は異常だ、と彼女はまた思った――今度は、前のときよりも痛切にそう思った――ティモシー・ゲッジは悪魔に取り憑かれているのだ。

「しばらく会えなくて寂しかったよ」と、彼はいった。その姿はどこからともなく現れた。

そのとき、自分を抑えることができず、彼女はいった。あなたは悪魔に取り憑かれている。人殺しの話に興奮する。復活祭の野外行事のテントでやろうとしていることは、殺人という暴力の賛美でしかない。罪のない女性たちが殺されたのに、観客の拍手を求めている。面白くもないジョークを披露して、そのことに快感を覚えるのは、実は殺されたかもしれない女性のウェディング・ドレスを着て舞台に立つつもりだからだ。もちろん、殺されたというのは、あなたがそういっているにすぎない。お葬式を見物するのは、棺の中の死体を思い浮かべるのが好きだからだ。あなたは何から何まで気味が悪い。

「悪魔？」と、彼はいった。

「自分のやっていることが、あなたにはわからないのね。みんなのあいだに不幸をまき散らしていることに気がついていないのね」

彼は首を振った。今度もまた薄ら笑いを浮かべるかと思ったが、にこりともしなかった。自分は本当のことを話しただけだ、と彼はいった。そのあと、彼女のあとをつけた。崖に向かった彼女は、くねくねと崖を登る小道を歩いていった。あとをついてくるのはやめて、といったが、彼は聞き流した。そして、こういった。

「木曜の朝の十一時半に、マダム・タッソーの蠟人形館で、ぼくは今度のことを思いついたんだ」

わけのわからない話だ。いつものようににやにや笑ってはいないが、この人は猫をかぶって他人を嘲っている。浴槽の花嫁を題材にした出し物をしたいというのは口実に過ぎない。ウェディング・ドレスを欲しがったのも、彼が口にしたいろいろなことを話すための口実だ。彼のやっていることには必ず裏がある。

「悪魔?」彼はまたいった。「ぼくに悪魔が取り憑いていると思ってるの、ケイト?」

彼女は答えなかった。二頭のイングリッシュ・セッターは崖の小道をのんびり歩いていた。すぐわきには十一番グリーンがあった。前方には風雨にさらされた庭を囲む煉瓦の壁があり、アメリカ蔦が這っていた。朝日を浴び、暖かそうに見えた。

「悪魔」と、彼はつぶやいた。まるでその言葉の響きを楽しんでいるようだった。ぼくは自分も死ぬんじゃないかと思った。彼がそういったのは、二人が白い錬鉄の門まできたときだった。あの女《ひと》が悲鳴を上げたとき、ぼくは自分も死ぬんじゃないかと思った。風の音や雨の音よりも大きい、ナイフのように鋭い悲鳴だった。あんな出来事から、子供たちは守られなければならない、と彼はいった。新聞にも書いてあるように、それは人の一生を台無しにしてしまう。殺人を目撃するということは、それほど重いことなのだ。

第九章

聖週（復活祭前の一週間）は、海洋荘の子供たちには残酷に過ぎていったが、ディンマスにとっては概してあまり波風の立たない一週間だった。クウェンティン・フェザーストンは聖週のそれぞれの日がどの聖人の日に当たるかを書き出した。聖ウォルターの日、聖ヒューの日、聖バデマスの日。その年の洗足木曜日は聖レオ大王の日に当たっていた。

去年の復活祭から町は変わりました、とミス・ラヴァントは日記に書いた。でも、ほんのちょっとした変化です。ここに記録しておくほどのことではありません。今朝の散歩のとき、往診中のグリーンスレイド先生に気がつきました。ミセス・スルーイが〈モックス〉のカウンターから癌基金の募金箱の中身を盗もうとしたといって問題になっています。

その週のあいだ、ダウン・マナー孤児院の子供たちは、毎日、二列になってダウン・マナーから海岸まで行進した。修道女たちは二人一組で遊歩道を歩いた。猿爺《オールド・エイプ》は牧師館で木曜日の残飯を受け取った。ディンマス団は夜になると暴走を繰り返し、リーフランズ団地では夫婦交換パーティが行われ、ミス・トリムは埋葬された。ミス・ヴァインの姪は新しいセキセイインコをミス・ヴァインに贈った。

息子から陳腐な名前だと糾弾された〈美しい田園《スウィートトレイ》〉と呼ばれる家で、ダス夫妻は、息子のいう退屈で下らない生活を続けていた。ミセス・ダスはデニス・ホイートリーの小説をあと二冊読んだが、ティモシー・ゲッジがダス氏にいったことには気がついていなかった。あれ以来、ダス氏は不安を抱えて暮らしていた。動揺は激しく、妻に話したらやはり動揺するだろうと思った。秘密にしておきたい家族のやりとりを、あの子は立ち聞きしていたのだ。その事実に彼は苦しみ、居間の暖炉から灰を掻き出しているときも、お茶を淹れているときも、エレクトロラックス社の掃除機をかけているときも、そのことが頭を離れなかった。同時に、ひとつのイメージも浮かんできた。食堂に立ってあの決定的な言葉を口にしているネヴィル、それを覗き見て耳をすましている少年。あのときの心の痛みは、過ぎ去った時によっていくらか癒されていた。だが、痛みを伴いながらもふさがりかけていた傷は、何が目的なのかは知らないが、悪意に満ちた手でまたえぐられてしまったのだ。

いや、考えてみれば、目的らしきものはあったが、他愛のないものだったので、最初は本気にしていなかった。ところが、ある日の朝、フォア・ストリートで買物をしていたとき、ティモシー・ゲッジが近づいてきて、まるで何事もなかったかのように微笑を浮かべながら、緞帳を寄付する決心はついたかと訊いてきた。そして、郵便局からスーパーマーケットのリプトンまで並んで歩き、二人だけの秘密について話しつづけ、店の中までついてきた。「いいかげんにしてくれ！」ダス氏は顔をしかめ、目に力を込めた。まるで少年の頭の中を覗きこもうとしているようだった。左手には金網製のスーパーの籠を持ち、その中には角柱型にカットされたパイナップルの缶詰が二つ入っていた。ツイードの上着の胸ポケットから、愛用のパイプの火皿が覗いている。

「じゃあ、いいですね、ダスさん」そういうと、少年はようやく去っていった。

ダス氏には理解できなかったが、まだほんの子供なのに、復活祭の余興の舞台に緞帳がいるからといって、なぜあんなことをするのだろう。だが、ある日、妻が昼寝をしているあいだに、気がつくと屋根裏にしまってある何個かの厚紙の箱を覗いていた。戦時中に使っていた灯火管制用の幕がそこにあるはずだ。「見つかったぞ」翌朝、また近づいてきた少年に、彼はいった。現れるのは予想がついていた。その前にダス氏は教会の地下にあるコークス置き場に行った。その地下室にはばらした舞台も置いてあり、ピーニケット氏に手伝ってもらって、幕のサイズが合うかどうか確かめた。そのあと、洗濯屋のコーテシー・クリーナーズに預けてきた。復活祭の土曜日までには仕上がるという。

「その緞帳の話、みんなにしてもいいですか、ダスさん」微笑みながら少年はいった。ダス氏は何もいわなかった。どう返事をすればいいか、言葉が見つからなかったからだ。この少年から見れば、彼も妻も値打ちのない人間としか思えないだろう。妻はいつも日光浴用の椅子に寝そべっているし、彼は隠居老人だ。あの少年が馬鹿にするのも当然だろうし、ネヴィルが退屈で下らない人間だと思うのも無理はない。甘やかされたおかげで駄目になったというネヴィルの言葉は間違っていないし、今は二人とも躊躇なく息子に赦しを請う気持ちになっている。だが、ティモシー・ゲッジに対しては、何も悪いことはしていない。値打ちのない愚かな人間だと思われても、それがどうしたといわざるを得なかった。同じように、ダス氏も結果としてあの少年を憎まざるを得なかった。

ハイ・パーク・アヴェニューでは生活の修復がすすんでいた。聖週が始まったばかりのとき、ミセス・アビゲイルの考えは変わっていなかった。偽りの結婚には耐えられるはずがない。ディンマスでの暮らしにも耐えられない。しかし、日を重ねるにつれて、現実と折り合いをつけるのは、最初のうちはありえないと思えていたのに、それほど難しいことではないとわかってきた。今では理解しているが、自分は決して夫と別れることはないだろう。なぜなら、自分にも悪いところがあったからだ。こんなふうになったのには、ちゃんと理由があるし、これは当然の帰結でもある。なぜそれが何十年も見えていなかったのか、今となっては理解に苦しむだけだ。あれこれ思い当たることも増えてきて、もしかしたら自分は新婚当初から無意識のうちに世間知らずのお嬢さんを装ってきたのではないか、もしかしたら――自分には手に負えないほど達観したところがあるから――上っ面を大切にすることばかり考えて、その下にある実態を探ろうとしなかったのではないか。結婚していようがしていまいが、自分の嗜好に没入する勇気など彼にはない。これまでそうしてきたように、ただ外面《そとづら》を取り繕おうとしているだけだ。彼には見せかけがすべてなのだ。

聖週に入って四、五日もたたないうちに、控えめながら、その新しい外面が作られつつあった。ティモシー・ゲッジが口にした非難の言葉は相変わらず否定していたが、一方ではそれとなく妻の赦しを乞うようになっていた。おおっぴらに認めるのはごめんだが、これまでのやり方を改めるのはやぶさかではない、といったところだろう。彼女はそう理解していた。以心伝心のメッセージが二人のあいだに共有されていた。彼は新しく生まれ変わる。したがって二人の関係も更新されなければならない。しかし、その結論の陰で、彼女には懸念があった。おそらく彼は以前の彼に戻り、またこそこそとあの恥ずべき行為を楽しむようになるだろう。聖週のあいだ、彼は少しずつ、着実に元気を取り戻していった。水泳の日課がまた始まり、ある日の午後、彼が海へ出かけているあいだに、バンガローを訪ねてきた者がいた。ティモシー・ゲッジだった。

「十五ペンスですよ」と、少年はいった。オーブンを掃除し、タピオカの焼け焦げがこびりついた片手鍋に水を張って帰った夜の、それが未払いの労賃だという。

彼女は少年を玄関ホールに通し、財布を取りにいった。金を用意して戻ってみると、相手は千鳥格子柄のスーツの話を蒸し返した。考えてもらえましたか、と彼はいった。中佐はもうあれを着ないでしょう。そう指摘して、にっこり笑ったが、かつてこの少年に抱いていた不安は胸の内からすっかり消えていた。「復活祭の野外行事で使うんです」と、彼はいった。「前に話しましたよね」

　復活祭の野外行事には前に行ったことがある。瓶詰めのラズベリー・ジャムを買ったが、開封してみると、腐っていた。大テントの中で隠し芸大会が開かれていた。タレント発掘！　という看板が出ていたが、見る気はなかった。

「じゃあ、いいんですね」彼はまた微笑み、少し首をかしげた。この少年が小さいころによくやっていた仕草だった。「スーツ、譲ってもらえますね」

「それは駄目よ、ティモシー」だが、そういいながら、気が変わった。ふと思ったのだ。夫のスーツこそ、花嫁を次々に虐殺した男が着るのにふさわしい衣装ではないか。どこか肝胆相照らすところがありはしないか。牧師館の庭でティモシー・ゲッジが行おうとしている、ぞっとするような一人芝居は、もはや思案の外《ほか》だった。前はそれが嫌で、やめさせようとしたものだ。あなたのためよ、よしなさい、などといっただろう。だが、彼女はまた訪問者を待たせ、部屋に戻った。

　海軍時代の夫の軍服が一着、マホガニーを模した材質のワードローブに吊してあった。元軍人のプライドのために捨てないで取っておいたものだった。その隣には、ウーステッドの灰色の無地のスーツがあり、続いて芥子色のスーツと、ピンストライプの茶色のスーツが並び、その横に問題の千鳥格子柄があった。それぞれを買ったときのことは今でも憶えている。ダンズやバートンといった大型店に出向き、それぞれの支店まで回ったものの、彼女は店内に突っ立ったままだった。店員を前にして、彼は怒りっぽく、気難しげな態度を取っていたが、あれは演技だったのかもしれない。間違いなく彼は若い男たちとのやりとりを楽しんでいて、カーテンのついた小部屋でズボンや上着を飽きもせずに繰り返し試着した。「ああ、それでしたらお直しもできますが」と、若い男が愛想よく請け合う。「なかなか感じのいい若者だったね」あとになって、彼は気さくに感想を述べた。オックスフォード・ストリートの店でも、ほかの店でも同じだった。

ワードローブの床に平べったい段ボールの空箱があったので、千鳥格子柄のスーツはそれに入れた。ワードローブに隙間ができたが、ほかのスーツを寄せて埋めようとはせず、そのままにしておいた。彼は気がつくはずだが、何もいわないだろう。それに触れることで、またすべてが曝《さら》けだされてしまうからだ。自分のスーツがどうなったか、彼にはわかるだろう。いや、わからせてやるべきなのだ。これは暴露された真実へのささやかな感謝のしるしであり、少なくとも彼女には感謝する資格がありそうだった。ワードローブの扉は開けたままにしておいた。

「もう二度とうちにこないでね」玄関で彼女はいった。

この少年は本当のことをいろいろ教えてくれた。それには礼をいわなければならない。だが、生きているかぎり、彼と言葉を交わす機会が二度と訪れないように願わざるをえなかった。彼女は、相手がまだこちらを向いているときに玄関のドアを閉め、この少年を自分の世界から永遠に閉め出した。

牧師館でラヴィニア・フェザーストンの苛立ちは新たな頂点に達した。

「あの子には鳥肌が立つのよ」と、彼女は怒りの声を上げた。ティモシー・ゲッジの話をしながら、ミセス・ブレイキーと同じ言葉を使っていた。彼女が見つけたとき、双子はガレージの扉に寄りかかって、甲高い女性の声で語られる早口の台詞に拍手を送り、歓声を上げていた。まるで危険が迫っているかのように、彼女はあわてて二人をそこから引き離し、そのあとクウェンティンの書斎に飛び込んで、こうして騒ぎ立てていた。責めるようにクウェンティンをにらみつけ、ティモシー・ゲッジが庭にいることとの責任をすべて彼に押しつけようとした。プラスチックの赤いバケツを持ってしょっちゅうやってくる猿爺のことも、癌基金の募金箱には手も触れたことがないとうそぶいたミセス・スルーイのことも、ミス・ポウラウェイや、ミセス・ステッド＝カーターや、ありがたいことに亡くなってくれたミス・トリムのことも、怒りをこめて蒸しかえした。そんな人たちでも、双子にちょっかいを出したことは一度もない。「とにかく二度とこないようにいってちょうだい」強い口調でそういうと、彼女は荒々しく書斎のドアを閉めた。

「きみはもう大きなお兄さんだから」と、クウェンティンはいった。「うちの双子と遊んじゃいけないよ、ティモシー」

第十章

あの人には悪魔が取り憑いている。そういってケイトはすすり泣いた。もう感情を抑えきれなかった。絶対に悪魔が取り憑いている。すすり泣くあいまに、消え入るような声で続けた。そう考えたら、何もかも説明がつく。

キッチンでミセス・ブレイキーはケイトを慰めていた。ブレイキー氏は椅子にすわり、きれいに磨き上げられたテーブルで紅茶に砂糖を入れていた。悪魔が取り憑いているという話から、彼はイングランド北部で起こったある出来事を思い出していた。二つの教派の聖職者たちがある男に悪魔払いの儀式を行ったところ、その男の状態はこれまで以上に悪化してしまったという。その悪魔払いの儀式というのは、一度、テレビで見たことがある。聖職者が「患者」の頭に両手を置く。すると聖職者の体が激しく痙攣しはじめる。汗まみれになり、服装も髪も乱れに乱れる。あとになって、聖職者はいう。患者の体から悪魔が離れていくのを感じることができました。そう、まるで電流のように。そのあと悪魔は聖職者の体に入るが、もう害悪を及ぼすことはできない。そこには神が存在するからだ。出鱈目にもほどがある、とそのときブレイキー氏は思った。聖職者がテレビに出るのは売名のためだ。イングランド北部の男は明らかに精神病を患っていたのだ。病人をあんなふうに扱うのは百害あって一利なし。たまったものではない。

ケイトはだんだん落ち着いてきて、泣くのをやめた。そして、ミセス・ブレイキーが用意したココアを少しずつ飲みはじめた。ティモシー・ゲッジはいつもこの家の窓を見上げている。それをやめさせてもらいたい、と彼女はいった。犬たちを連れて海岸に行くと、そこにもあの少年がいる。彼女に付きまとっているのだ。あんな気持ちの悪い人はほかにはいない。

「何か話しかけてきたりするの？」ミセス・ブレイキーはできるだけ言葉を選びながらそう尋ねると、ウエハースの袋をケイトのほうに押しやった。

「怖いことというの」

彼女はウエハースを食べ、またココアを飲んだ。どんなことをいうのか、ミセス・ブレイキーが訊くと、彼女は答えた。誰にでも秘密はあるとか、ただ怖いことをいう。そして、人のあとをつける。人の会話を陰で聴いている。面白くもないジョークを口にして、嫌がらせをする。

ミセス・ブレイキーが促しても、それ以上詳しいことはいわなかった。「ちゃんと説明してちょうだい」と、ミセス・ブレイキーはいった。「そうじゃないと――」

「あの人は悪魔に取り憑かれてるの。普通の人じゃないの。そばにいたら、わかる」そのあと、聖セシリア校にいる情緒不安定な子で、空中浮揚のできるジュリーという女の子の話や、新聞を一ページ読んで、すぐに暗唱することができる女の子の話、万年筆のキャップを使ってほかの子に催眠術をかけることができるイーニッドの話などをした。ロザリンド・スウェインから聞いたことを思い出して、思春期の子供には不思議なことが起こるし、騒霊を宿す女の子もいる、といった。悪魔が子供の中に入り込むのは、子供は弱い存在で、自分の身に起こっていることを理解できないからだ。過去には魔女として断罪された少女も何人かいる。

ミセス・ブレイキーは、この手の話題に関して、程度の差こそあれ夫と同じように懐疑的ではあったものの、ティモシー・ゲッジが女性の声で電話をかけてきたときに感じた戦慄や、沈黙が家を支配しはじめたときの不安な気持ちを思い出していた。それにしても、悪魔の手に落ちた中等学校の少年がすべての原因だというのは、にわかには信じがたかった。催眠術、空中浮揚、騒霊。それはそれで理解できるし、新聞を一ページ丸暗記するのもわからなくはない。しかし、それがみんな悪魔の仕業だというのはどうだろう。百年前なら通用したかもしれないが、それは無知ゆえのことだ。ケイトがいったように、まことしやかに魔女の存在が語られていた時代ではないか。今でもアフリカなら悪魔を信じている人がいるかもしれない。太鼓を叩く呪術なんかのせいだろう。ミセス・ブレイキーの考える悪魔は、蹄《ひづめ》と尻尾を持つ小さな生き物で、二本脚で立っているものの、見かけはおたまじゃくしのようなものだった。そんな生き物と、このディンマスに住む少年とを結びつけて考えるのは、どうしても無理がある。

だが、ミセス・ブレイキーは電話口で感じた動揺を頭から追いやることができなかった。そもそも最初に不安を覚えたのは、踊り場の窓から外を見て、子供たちと一緒にあの少年が庭にいるのを目撃したときのことだった。少年は彼女に向かって手を振った。思い返してみると、少年の黄色い服は、あの一瞬、何かの混乱を示唆していたのかもしれない。

「ペンナイフは関係なかったのね、ケイト」

「ペンナイフ？」

「あの子がペンナイフをなくしたらしいっていったじゃない」

ケイトは首を振った。ミセス・ブレイキーは話を促すように微笑んだ。あの少年がどうやって悪意で人の心を蝕むのか、そのやり方がはっきりわかれば対策のたてようもあるが、この子は口をつぐんだまま、片手を固く握りしめ、もう一方の手でココアのカップを持っていた。「スティーヴンには何もいわないでね」彼女はそういっただけだった。「わたしがしゃべったこと、スティーヴンには内緒にしておいてね」

「スティーヴンは手提げ袋を持ってでかけましたよ」

「ええ、知ってる」

「ティモシー・ゲッジと関係があるの、あの手提げ袋」

ケイトはまた首を振り、わからない、といった。その様子を見て、ミセス・ブレイキーは正直に答えていないと思った。子供が嘘をつくと、目が翳ってくるから、すぐにわかる。二十七年前に自分の娘、ウィニーを育てているときにそれを実感した。

ケイトはココアを飲み終え、隣の席で紅茶を飲んでいるブレイキー氏の息づかいにじっと耳をすましていた。自分の嘘を、彼女は後悔していなかった。「しばらく会えなくて寂しかったよ」ティモシー・ゲッジの声がまた聞こえてきた。海岸で聞いた言葉だった。彼を残して立ち去ったあとも、耳にそのこだまが響いていた。壁のアーチ道に入ったときも、アゼリアや木蓮《モクレン》や樹錦葵《モクアオイ》のそばを通っていたときも、客間を抜けて廊下に出たときも、決して消えようとしなかった。

「しばらく会えなくて寂しかったよ」そのときに響いていた言葉が、今も聞こえていた。

「うちの人が相手をするわ」ミセス・ブレイキーはいった。「あの子がまた顔を見せたら、叱ってもらいましょう」

ケイトはうなずいたが、安心はできなかった。叱ったところでどうなるのか。悪魔に取り憑かれた人間にどんな言葉が通じるというのだろう。悪魔憑きは超自然現象なのだ。憑かれた人間がどんなふうになっているのか誰にもわかりようがない。そこにはただ声がある。凶器のように、その声がこだまする。延々と響きつづけて、人を惑わせ、苦しめる。

隠し事をしてるのね、とミセス・ブレイキーはいった。二人で隠していることがあるんじゃない？「それを話してもらえないかしら？」ミセス・ブレイキーは懇願したが、自分の口からは話せないとケイトは拒んだ。

その夜、寝つけずにいたとき、ミス・マラブディーリーの部屋を訪ねたときのことを思い出した。ノックをしても返事がなかったので、入ってみると、ミス・マラブディーリーは椅子のそばにひざまずいていた。お祈りの最中だったのだ。とっさにケイトが思ったのは、ミス・ショウとミス・リストが意地悪をするのをやめさせてくださいと神さまに祈ってるんだ、ということだった。ミス・マラブディーリーは自分のそんな姿を見られて戸惑っているようだったが、優しい先生だったので無断で部屋に入ったのが問題になることはなかった。

あのときのことが記憶によみがえり、あれはいつまでも憶えておくように運命づけられていた出来事だったのだ、と思った。彼女も祈りはじめた。神の姿がありありと目に浮かんだ。お祈りをするときはいつもそうだった。ローブをまとい、髪を長く伸ばし、顎ひげを蓄えた神が、雲のあいだからその姿をお見せになっている。これまでは祈ろうと思ったことさえなかった。ティモシー・ゲッジが二人を苦しめていたこの一週間、一度もそんなことは思い浮かばなかった。だが、祈りはじめた今、どうして早くしなかったのだろうと不思議に思った。祈りながら、これまであったことをすべて神に伝えようとしたが、もちろんそんなことはみんな最初からご存じだと思い直し、ティモシー・ゲッジは本当に悪魔に取り憑かれているのか、それだけを問いかけた。顎ひげを蓄えた顔はじっと彼女を見つめつづけていた。瞬きすることはなく、唇も動かなかった。だが、ケイトにはわかっていた。そのとおりだと神はおっしゃっている。ティモシー・ゲッジは悪魔に取り憑かれていて、また何か起こる前に、その体から悪魔を追い出さなければならない。もしもティモシー・ゲッジの体から悪魔を追い出せたら、すべては一変するだろう。神はどんなことでもできるからだ。奇跡を起こすこともできる。これまでの出来事を夢に変えることだってできる。目が覚めたら、二人の親同士が結婚した日の夜がまだ続いている。スティーヴンと一緒に列車に乗っていたのはその日の午後のことだ。寝床に横たわったまま、ケイトはひどく不愉快だった悪夢を反芻し、それが現実でなかったことを神に感謝する。

彼女は目を閉じ、ふたたび御姿《みすがた》に語りかけた。そして、ティモシー・ゲッジに憑いた悪魔を必ず追い出しますと約束した。聖書にもそのことが書かれています。念を凝らし、返事を待ちながら、彼女は確信した。この契約を守れば、先週の出来事は改変される。そう、もちろん奇蹟は可能なのだ。

スティーヴンが近づくと、彼は微笑んだ。うなずきながら、にっこり笑っていたが、自分から手を伸ばして手提げ袋を受け取ろうとはしなかった。その代わり、スティーヴンが差し出すのを待っていた。彼はガムを嚙んでいた。骨張った顔は喜びに染まっていた。

「ぼくは絶対に忘れないよ」と、彼はいった。「きみのお母さんがあの崖から落ちたときの悲鳴をね、スティーヴン」

第十一章

聖金曜日だったので、ディンマスの商店はほとんどが店を閉めていた。フォア・ストリートとイースト・ストリートは静まりかえり、プリティ・ストリートとレース・ストリートはがらんとしていた。郊外の車道や並木道にも人通りはなかった。

しかし、サー・ウォルター・ローリー公園では、リングズ・アミューズメントの開設工事が最後の仕上げに取りかかっていた。明日の午後一時四十五分には売店や屋台や回転木馬が客を迎えるのだ。日焼けした男たちの叫び声は大きくなり、慌ただしさに拍車がかかって、取り外されていた設備のほとんどがもとに戻された。これまでいなかった十数人がサー・ウォルター・ローリー公園に姿を見せて、その妻や子供が準備を手伝っていた。トレーラー・ハウスのあいだに渡されたロープに洗濯物がはためき、トランジスタ・ラジオが大音量で鳴っていた。揚げ物の匂いがした。

クイーン・ヴィクトリアやマリーンといったホテル、デュークズ・ヘッドやスワンといった宿屋は、いつも以上の宿泊者でにぎわっていた。クイーン・ヴィクトリア・ホテルは復活祭の週末のあいだ満室で、ほかもほとんど空きはなかった。そうした観光客の何人かは遊歩道を散歩し、海岸まで達する者もいたが、崖を登ろうとする者はほとんどいなかった。子供たちは閉館中のエッソルド・シネマを目にし、五、六人のゴルファーがてきぱきとゴルフ場を回っていた。クウェンティン・フェザーストンは牧師館の芝をもう一度刈った。一週間前に刈ったばかりだったから、あまり伸びていなかったが、復活祭の野外行事のために、刈りたての状態にしておきたかったのだ。

サフォーク・パンチを操りながら、その思いは自分の教会区の内と外をさまよっていた。バウズ・レーンの貧困、ミセス・スルーイの出来の悪い子供たち。その日の朝、四時十五分に目を覚ますと、隣でラヴィニアも目を覚ましていた。最近、妻はよく夜中に目を覚ます。ティモシー・ゲッジに腹を立てたことを彼女はあやまった。双子のことが心配だったのだ、ともいった。双子は牧師館の庭からいなくなり、二十分ほど行方不明になっていた。自分たちの部屋で二人はマッチを使って火遊びをしていた。人形の家の庭の部分に火をつけていたのだ。子供はみんなそんなものだ、と彼はいいかけたが、妻はさえぎった。話したいことはもう一つあって、保育園の経営にもだんだん自信がなくなってきたという。腹が立ってきて、そんな馬鹿なことをいうもんじゃない、と彼はいった。きみがやっている保育園の、入園待ちリストには、一マイルくらいずらずらと名前が並んでいるじゃないか。子供のしつけなど何も考えていない薔薇の輪保育園よりも、ずっと評判がいい。英国婦人ボランティア協会がやっている私設保育所のほうは時代遅れだ。意外なことに、彼の説得は成功し、早朝に発症する妻の憂鬱症を最後には抑え込むことができた。彼女はまた眠った。流産した子供のことは一度も口にしなかった。

あまり気を入れないで芝刈り機を押しながら、彼は最初に妻と会ったときのことを思いだしていた。そのとき彼女は犬を連れて海岸を散歩していた。犬はワイヤヘアード・テリアで、名前はドリーといった。その犬が近づいてきて、彼のにおいをかいだ。彼は自己紹介して、フルーエット参事司祭の補佐役としてディンマスにやってきたことを話した。彼女のことは、その場で好きになった。ためらいはまったくなかった。

今でも彼は妻を愛している。胸に秘めた思いも変わっていない。「ママのいうことは守らないといけないよ」朝食のあと、彼は双子に厳命した。「わかったかい?」にこりともしないで二人を見つめたのは、彼なりに睨みを利かせたつもりだった。火遊びをしたり、牧師館の庭からいなくなったり、また何かママを困らせるようなことをしたら、復活祭の野外行事には出入りを禁じる。二人とも別々の部屋に閉じ込められて、カーテンも閉められるだろう。二人ともしゅんとして、いいつけに従うことを約束した。

集草箱を空け、刈った草を隅に積み上げた。聖金曜日でも草刈りは禁じられていないはずだ、と彼は思った。今週、聖シモン=聖ユダ教会では毎日、礼拝があった。今朝の八時には聖餐式があり、午後の祈禱式もあった。もうちょっとしたら晩禱の時間になる。とはいえ、この教会区にいる信者の中で、年配者の何人かは、牧師館のそばを通りかかったとき、塀の向こう側からサフォーク・パンチのエンジン音が聞こえてきたら、イエスの受難の日である聖金曜日に牧師が芝刈りをしていることを奇異に思うかもしれない。ピーニケット氏なら絶対にそう思って、フルーエット参事司祭の時代を懐かしむだろう。口頭で何かいわれたわけではないが、その行為は聖職者の堕落の一環と見なされるはずだ。ピーニケット氏は悲しむだろうし、もっと年配の信者たちも悲しむだろう。そう思うと、クウェンティン自身も悲しくなったが、一日中、椅子にすわって瞑想にふけっていても仕方あるまい。

名前が呼ばれ、振り返ると、ラヴィニアがポーチから手まねきしていた。横には子供がいたが、双子のどちらかではなかった。芝刈り機のエンジンを止め、彼は手を振りかえした。そして、二人のところへ戻っていった。

そこにいたのは少女だった。コーデュロイのジーンズをはき、赤いセーターを着ている。ラヴィニアはタータンのスカートに緑のブラウス、カーディガンという服装だった。近づくと、彼は詫びた。サフォーク・パンチのエンジン音がうるさくて、ラヴィニアの呼びかける声が聞こえなかったかもしれないと思ったからだ。少女の茶色の髪は、丸い顔のまわりで曲線を描いている。目も丸かった。

「ケイトが話したいそうよ」ラヴィニアがいった。

きっと小さいころ、ここの保育園に通っていた子に違いない。よく見ているうちに、思い出した。海洋荘の子だ。たしか両親が離婚している。教会にもこないし、日曜学校にもきていない。以前ラヴィニアのいった言葉がかすかによみがえってきた。来学期から海洋荘のちっちゃな子が保育園にきますよ。それはまだ双子が生まれる前のことだ。今から七、八年前、保育園はまだできたばかりだった。

「どうした、ケイト」自分の書斎で彼はいった。マントルピースの上に十字架がかかった狭い部屋だった。訪問者がきたときには席を外すのがラヴィニアのやり方だったので、部屋には少女しかいなかった。「ほら、あのティモシー・ゲッジのことですって」ラヴィニアはそういって、双子に声をかけた。娘たちは上の階のどこかで声を張り上げ、ラヴィニアを呼んでいた。「わたしは下よ、こっちにいらっしゃい」彼女が上に向かってそう叫んだとき、クウェンティンはドアを閉めた。

要領を得ない話だった。脈絡のない言葉がだらだら続くので、筋道をたどるのは楽ではなかったが、その中身は驚くべき内容だった。ティモシー・ゲッジがミス・ラヴァントの一間だけの部屋を窓から覗くと、彼女はグリーンスレイド医師と食卓を囲んでいるふりをしていた。ティモシー・ゲッジは夜中に半裸のプラント氏と出くわした。ティモシー・ゲッジはアビゲイル夫妻のバンガローで泥酔した。ダス夫妻をしつこく困らせていた。ミセス・アビゲイルに、あなたの夫はホモの相手をあっちこっちで探しているといった。復活祭の野外行事で彼がやろうとしているのは黒ミサだ。ティモシー・ゲッジは悪魔に取り憑かれている。「悪魔に取り憑かれている？」彼は机についていた。横にはカレンダーがあり、赤い枠がきのうの日付を囲んでいる。その赤い枠を動かし、裏についた磁石がまたカレンダーにくっつくのを感じた。「悪魔に取り憑かれている？」彼はそう繰り返した。必死で平静を装おうとしていた。

彼女は答えなかった。机をはさんで彼と向かい合い、悩みがあって相談にくる人たちのために用意してある食堂の椅子に腰をかけていた。そのあと、彼女は話しはじめた。ティモシー・ゲッジが考えた出し物は、いわゆる浴槽の花嫁事件をテーマにしているという。複数の花嫁の役を扮装して順に演じ、その殺人者の役も演じる。それはすべて口実に過ぎない。こんなことを考えたのは、彼が死というものに惹きつけられていて、死について語りたいからだ。ディンマスの人が安心できる場所は自分の棺の中だけだ、と彼はいった。

少女は声を上げて泣きはじめた。クウェンティンはそばに近づいてかがみこみ、ハンカチを手渡した。そして、片方の腕を相手に回し、しばらく肩を抱いていた。そのあと、自分の机に戻り、また席にすわった。彼の頭に浮かんでいたのは、葬儀のたびに顔を見せるティモシー・ゲッジのことだった。「とてもよかったです」いつもの言葉をティモシー・ゲッジは繰り返した。ミス・トリムの葬儀のあと、聖具室でのことだった。ケイトによると、彼は殺人の現場を目撃し、動揺しているという。スティーヴンの母親は、風にあおられて崖の小道から落ちたのではなく、スティーヴンの父親に突き落とされた。

「スティーヴンが好きなんです」と、彼女はいって、同じ言葉をまた繰り返した。目にはまた涙が浮かんでいた。「いやなんです、スティーヴンがあんなに怖がっているのを見るのは」

スティーヴンというのが誰のことか、彼にはわかっていた。母親の葬儀で見かけたのを憶えている。そのときに話しかけたはずだ。きみは勇敢な子だ、と。それぞれの子の親同士が今では結婚している。男のほうは鳥類学者だ。

「人は誰も怖がったりしなくてもいいんだよ、ケイト」

彼女はお祈りをしたという。あんな家に住むことなんて絶対にできないからだ。どこもかしこも嘘だらけ。まるで嘘をつくことが当たり前になっているようだ。絶望の中で彼女は祈った。彼女はいった。

「牧師さんが悪魔払いをしてください。できますよね、ティモシー・ゲッジから悪魔を追い出すこと」

彼は虚を突かれた思いがした。そして、これまで以上に混乱した。かすかに首を振ったのは、悪魔払いをする気などないことをはっきりさせるためだった。

「お祈りをしたんです」と、彼女はいった。「そのときに、約束しました。これが本当に起こっていることじゃないのなら、悪魔払いをしないといけない。神さまにそう約束したんです」

「そんな約束は、神だってお望みではないはずだよ。人間と取引きはなさらない。私だって、誰かが嘘をついたからといって、その人の悪魔払いをすることはできない」

「嘘？」

「スティーヴンのお父さんは、事故があったとき、ディンマスにはいなかった。ロンドンから戻ってきて、駅で知らされたんだ。問題の時刻には列車に乗っていた」

少女は彼を見た。その目は大きく見開かれ、さらに大きくなった。片頬に涙が光っていた。唇が開き、また閉じた。やがて、彼女はいった。

「わたしがお祈りをしたから、神さまがそんなふうに変えてくださったんだわ」

「違うよ、ケイト。何も変わっていない。きみがお祈りをする前からそうだったんだ。スティーヴンのお父さんはあの日この町にはいなかった」

「ティモシー・ゲッジから悪魔を追い出してください、フェザーストンさん」

彼は説明を試みた。人間に悪魔が取り憑くという考えを、彼は信じていない。それは物事を恣意的に分類して、世の中の出来事をすっきりさせるための方便だと思っている。世間にはいい人がいるし、よくない人もいる。悪魔とはなんの関係もない。悪魔憑きは言葉の綾だということを彼は説明しようとした。

「あなたは悪魔に取り憑かれていると、あの人にいったんです」彼女はいった。

「いうべきじゃなかったね、ケイト」

「神さまと約束したんです。神さまは約束をお望みになったんです、フェザーストンさん」

彼女は声を上げて訴えた。涙がまたこぼれ、顔が赤くなっていた。頬のまわりで曲線を描いている茶色の髪は、今ではだらしなく乱れているように見えた。

「神さまと約束したんです」彼女はまた訴えた。

だが、席を立とうとはせず、椅子にすわったまま身を乗り出し、燃えるような丸い目で彼を見ていた。まるでミス・トリムがこの部屋にきて、自分は二人目のイエス・キリストを生んだと主張したときのようだった。自分の息子のことを幼子《おさなご》と呼び、その幼子がディンマスの波止場で漁師たちに恵みを授けたことや、なんの痛みもなく自分の子宮から出てきたことを語った。学校の先生をしていたときは才気煥発、頭脳明晰で知られた人だった。しかし、淋しい老年を迎えると、奇矯な信仰に凝りかたまって、神を身近に感じていないかぎり、彼女の世界の存立は不可能となった。この少女も悩むあまり似たような境遇に陥っているのだろう。

だが、彼には助けることができなかった。ちゃんと言葉を通わせることさえできなかった。神が創造したこの世界は決して愉快なものではない。本当はそういいたかったのだ。神の世界は残酷で、人間の本性はさまざまな醜い形を取って現れる。谷の百合を育てたのは神ではない。レースとティー・ショップでディンマスを美しく飾ったのも、イエス・キリストの生涯を感情的な旅の記録に仕立てたのも神ではない。だが、どうしてもそんなふうにいって聞かせることはできなかった。ミス・トリムを前にして何もいえなかったのと同じだった。それなら、いったいどういえばいいのだろう。神は強いる。神自身はいかなる規則にも従わないが、人には従うことを強要する。神の定めた規律を人は見つけなければならない。そして、それを守らなければならない。

いったいどういえばわかってもらえるのだろう。神とは曖昧な約束にほかならない。細かい文字でびっしり書かれた契約書と同じで、神がそれを守ってくださるかどうかは誰にもわからない。ティモシー・ゲッジがこの子たちを恐怖のどん底に叩き込んだのはむごいことだが、それは洪水や飢餓のようにずっと前から黙認されてきたことだった。

「あの人、とても恐ろしいことをすると思います」と、彼女はいった。もう止めどなく涙が流れていた。「恐ろしいことをするのはあんな人なんです」

「私から話しておくよ、ケイト」

かすかに彼女は首を振った。椅子にすわったまま、縮こまっていた。小さな手を握りしめて、胃のあたりにあてがっているところは、まるで体のどこかに痛みがあるようだった。顔には蒼白いまだらができている。彼は心から同情したが、同時に無力感にも苛まれていた。

「あの人は傷つけることが大好きなんです」と、彼女はいった。人は彼に対して悪いことなんか何もしていない。ダス夫妻も、アビゲイル夫妻もそうだ。ダス夫妻が暮らしている家の名前を口にして、彼は嗤った。「アビゲイルの奥さんは、旦那さんのことを何も知らなかったんです。あの人が家に行って、奥さんに話したんです。ビールとシェリーで酔っ払って――」

「それはさっき聞いたよ、ケイト」

「あいつは、人を笑わせてるつもりなんです」

「そうだね」

「ああいうふうにふるまうと、人が笑ってくれると思ってるんです」

「決して許されるべきことではないね」

「あいつにいわれて、わたしたち、人殺しがあったと思い込みました。二人とも信じたんです。わかりますか？」彼女は声を張り上げた。「二人とも信じてしまったんです」

「よくわかるよ、ケイト」

「心臓に杭を打ち込んでやればよかったんです。骨は炭になるまで燃やしてやればよかったんです」

「文明が進んだこの世界では、もうそんなことはしないんだよ」

「そんなはずないです。文明が進んでいたら、あいつなんか生きていられません」

「ケイト――」

「あいつは生きていちゃいけないんです。それこそ、決して許されるべきではないんです」彼女は大声でその言葉を投げつけた。訪れた沈黙をしばらく放置してから、彼はいった。

「そんなことをいうもんじゃない、ケイト」

「本当のことをいっているだけです」

ふたたび沈黙があった。それを破ったのは彼女のすすり泣きだった。さっき渡されたハンカチで涙を拭ったあと、彼女はそのハンカチをきつく握りしめ、両手で引き絞った。灰色にも色の濃淡、中間色や暗色がある、と彼はいった。人間は灰色の濃淡の中を移動し、善人になったり悪人になったりする。だが、実際には、善人、悪人の区別は現実的ではない。大芝居を打って悪魔払いを行えば、ティモシー・ゲッジが怪物であることを人に知らしめることができるだろう。それで誰もが満足する。なぜなら怪物は怪物の範疇に収まる存在であるからだ。しかし、ティモシー・ゲッジをそんなふうに軽々しく片づけることはできない。彼女がいったように恐ろしいことをするのはああいう人間だが、ティモシー・ゲッジが恐ろしいことをするとしても、それは彼が異質な人外《じんがい》の存在であるからではなく、そうなりたいという衝動に取り憑かれているからだ。ティモシー・ゲッジはみんなと同じ普通の人間だ。しかし、不幸な環境や不幸な生い立ちが、そんな普通の人間を異常者にして、灰色とは違う色をまとわせる。不幸によって、人は弱くなり、傷つきやすくなるから、その色で身を守ろうとする。

話しながら、彼は少女の顔を見て、反応をうかがっていた。彼女は灰色の濃淡という牧師の話に納得していなかったし、善人悪人の区分が人為的なものだという話もしっくりこなかった。それは彼女のいる子供の世界と対立する考え方だった。知りたくもない複雑な要因が入り込んでくるからだ。そんなことを考えている彼女を、話しながら彼はじっと見ていた。そして、自分が話してきたすべてのことが即座に却下されるのを見た。彼女は首を振った。

彼女は牧歌の話をした。そして、神さまはもうその牧歌を叶えてくださらないだろう、といった。これから海洋荘に戻り、お母さんが亡くなったとき、お父さんは列車に乗っていたのよ、とスティーヴンに伝えるつもりだった。悪夢は終わった。だが、そこには何もない。二人はまた仲よくなれるだろうが、前と同じ関係には戻れない。

「うまく説明できないんです」と、彼女はいった。動揺も、涙も、今では見られなかった。

説明できないとは、話しても理解してもらえないという意味だ。壁にかかった十字架の下で、ただ話をしているだけではなんにもならないという意味だ。とにかくやってみるべきではないか、たとえ悪魔の存在を信じていなくても、悪魔を追い出してみると約束してくれてもよかったのではないか、という意味だ。牧師を名乗る人たちがあまり尊敬されていないのもよくわかる。そんなこともみんな彼女の顔に書いてあった。


彼女は牧師館を離れ、ワンス・ヒルを登って、バドストンリーにまで通じる曲がりくねった道に出た。一週間前にブレイキー夫妻に打ち明けていたら、スティーヴンのお父さんが手を下したなんてありえないと、牧師がいったのと同じことを教えてくれていただろう。そうするときの光景を彼女は繰り返し思い描いていた。二人でミセス・ブレイキーに打ち明けると、ミセス・ブレイキーはのけぞって笑い出す。みんな爆笑して、あのブレイキー氏でさえ声を出して笑う。そのあと、急に真顔になって、ミセス・ブレイキーはいうだろう。ティモシー・ゲッジのお尻を鞭で叩いて、お仕置きしなくちゃね、と。

「お茶、飲みますか、フェザーさん」

クウェンティンは断った。コーナーウェイズの家に少年は一人でいた。聖金曜日なのに姉は〈スマイリング・サービス〉のガソリン・スタンドで仕事中だという。母親は午前中からバドストンリーに行って、婦人服の仕立てをやっている姉と会っているらしい。少年はカーテンを閉めた部屋に牧師を案内した。テレビではディアナ・ダービンが歌っていた。

「きみに話したいことがあるんだ」クウェンティンはいった。

「隠し芸大会のことですか、フェザーさん」

「そうともいえる。海洋荘の女の子が私に会いにきてね。ケイトだよ」

ティモシーは声を立てて笑った。腹立たしいことに、なんの脈絡もなく、今テレビでやっている映画の題名がクウェンティンの頭に浮かんだ。『天使の花園』。三十五年ほど前、彼自身がまだ子供だったときに見た映画だ。

「テレビを消してもいいかな、ティモシー」

「馬鹿が見るものですよね、フェザーさん。テレビってほんとに下らない」彼はテレビを消した。そして、カーテンを開けようともせず、椅子にすわった。暗がりの中で、その姿はかろうじて見えていた。微笑むときに輝く歯、薄い色の髪と衣服。

「きみのせいで怒っている人が何人もいるんだよ、ティモシー」

「どんな人のことをいってるんですか、フェザーさん」

「きみにはわかっていると思うがね」

「すぐ怒る人もいるんですよね。中等学校にグレイス・ランブルボウという女の子がいて――」

「グレイス・ランブルボウの話じゃない」

「ぼく、その子を針で刺してやったんですよ。そしたら片脚を切られたみたいに騒ぎ出して。グレイス・ランブルボウのこと知ってますか、フェザーさん」

「知ってるよ。だが、グレイス・ランブルボウのことを話しにきたんじゃない」

「不健康ですよね、あんなに太って。いつもドーナツのことを考えてるんです、知ってました？一日に四十も五十も食べるんですよ。おまけにビールを三ガロン。そのうちぽっくり逝ったりして――」

「どうしてきみはあんなことをした、ティモシー」

「あんなことってなんですか、フェザーさん」

「二人の子供にやったことだ」

「とってもいい子たちですよ。二人とも友だちなんだ」

「ティモシー――」

「三人で映画を見にいきました。バドストンリーまで。ジェイムズ・ボンドでした。馬鹿ばかしい映画でしたよ。二人にコカコーラをおごりましたよ、フェザーさん。好きなだけ飲んでもらいました。それから、ぼくが考えた出し物の話をしたんです」

「その出し物の件だがね。隠し芸大会には向いてないと思うんだよ、ティモシー」

「でも、見てないですよね」

「話は聞いた」

「あの子は勘違いしてるんです。別にひねったネタじゃないし、大受け間違いなしですよ。ベニー・ヒル、見たことありますか、フェザーさん」

「あの三人の女性に起こったことは笑い事じゃない」

「でも、ずっと前のことですよね、フェザーさん」

「あの子供たちから手に入れたウェディング・ドレスを私にくれないか」

「ウェディング・ドレスってなんです？」

「わかってるだろう。きみはあの子供たちを怖がらせた。二人を脅して自分が使うウェディング・ドレスを手に入れた」

「千鳥格子柄のスーツなら中佐にもらいました。ダスさんは緞帳をくれるそうです。今は〈コーテシー・クリーナーズ〉に預けてあります。浴槽はプラントさんが持ってきてくれます」

「きみはずっと嘘をついてきた」

「ぼくはいつもほんとのことしかいってませんよ、フェザーさん。中佐は本物の同性愛者だし、ダスさんの息子は家に帰ってきて、おまえたちにはうんざりするって親にいった。だから、そのままダスさんに話したんです。外で聞いてたっていう説明をつけてね。出鱈目をいったわけじゃありません」

「あの少年は、自分のお父さんのことを人殺しだと思っていた。そう思わせたのはきみだ。なんの理由もなしに、きみはとんでもない嘘をあの子に吹き込んだ」

「ぼくは嘘だと思いませんよ、フェザーさん。ジョージ・ジョゼフ・スミスは――」

「ジョージ・ジョゼフ・スミスとはなんの関係もない。あの子の父親は列車に乗っていた。奥さんが亡くなったとき、崖にいたはずはない。きみもいなかったんだろう、ティモシー」

「エニシダの茂みにはよく行くんですよ、フェザーさん。人のあとについていくのが好きなんです」

「きみはあのときエニシダの茂みにはいなかった。殺人事件など起こっていない」

「二人が喧嘩してる声はよく聞きましたよ、フェザーさん。別のときに、ですけど。女の子のお母さんのことを、彼女は売春婦っていってましたよ。ぼく、聞いてたんです。『だったら、わたしを放り出しなさいよ』そういってましたよ。それで、彼は、馬鹿なまねはよせっていって」

「ティモシー――」

「あれは殺人ですよ、フェザーさん。列車に乗ってたんだかなんだか知りませんが、ぼくは殺人だと思います」

「あの人は崖から落ちたんだ」

「崖から落ちたのは、旦那さんが浮気していたからですよ。離婚の裁判を起こされて、訴えられたら困る旦那さんが、早めに手を打ったんです。ある晩、海洋荘に行って、窓を覗いていたら

——」

「きみの行動なんかいちいち知りたくない」彼は怒りの声を上げた。すわっていた椅子から勢いよく立ち上がった拍子に、何かが床に落ちた。椅子の肘かけに載っていた何かだ。

「灰皿を落としましたよ、フェザーさん」

「いいかね、ティモシー。きみはあの二人に恐ろしい嘘をついて——」

「ぼくは嘘だと思いませんけどね。『あいつに何をされるかわからなくて怖い』、窓を覗いたとき、あの男はそういってましたよ。そしたら、女の人が近づいてきて、いちゃいちゃしはじめたんです。女の人が指の先であの人の顔を撫でたりして。あの男、結婚してるんですよ。それから——」

「関係のない話はやめてくれないか、ティモシー」

「それから、ぼく、エニシダの茂みに、また行ったんです。あの女の人は風に吹かれながら泣いたり嘆いたりしていました。そばにいてくれる人は誰もいなくて、たった一人でした。そのあと、強い風が吹いて、崖から落ちたんです」

「ティモシー——」

「あの二人が背中を押したんですよ、フェザーさん。ぼくのいってること、わかります？　あの人は旦那さんのやったことに追い詰められてたんです」

「それはきみにはわからないことだよ、ティモシー。きみの推測、勝手な思い込みだ」

ティモシー・ゲッジは首を振った。あのときは自分も動揺したが、それは乗り越えなければならないことだ。そうしないと、追い詰められてしまう。決して落ち込まないこと、と彼はいった。何があっても明るくふるまうことが大切なんです。

「ウェディング・ドレスを返してもらいたい。そのためにきたんだよ、ティモシー」

「ぼく、考えてたんですよ、フェザーさん。もしかしたらヒューイ・グリーンがディンマスにくるんじゃないかって。そんな偶然、よくあるでしょう？　ヒューイ・グリーンがテントに入ってきて――」

「馬鹿なことをいうもんじゃない。きみだってわかってるだろう。きみの出し物とやらは、人に苦しみを与えるための口実だ。あの子たちにやったようなことをする権利はきみにはない」

「ぼくは女の人のものまねをすることができるんですよ、フェザーさん。学校でやってみせたら、みんな大笑いしました。おたくの双子ちゃんにも大受けでしたよ」彼は笑った。「シャレード、道化のおしゃべり。聞いたことありますか、フェザーさん」

クウェンティンはまた腰をおろした。そして、きみは空想の世界に住んでいる、とティモシーにいった。きみの考えた寸劇は、人を不意打ちにして不安に陥れるためのものだ、と改めて諭した。意外なことに、その話がまだ終わらないうちに、暗がりの中でティモシーはうなずいていた。

「考えてみたら、ほんとに下らないネタですよね」

沈黙があった。やがて、彼は続けた。

「たぶん下らないんでしょう。喜んでくれたのはお宅の双子ちゃんだけでしたから」

「私はきみを助けたいんだ」

「ぼく、楽しんでますよ、フェザーさん」

「そんなはずはない」

「あの出し物はじっくり考えて創り上げたんです。あちこち歩きながら、アイデアを練りました。最初から意味なんてなかったんです。子供だましですからね、フェザーさん」そういって、彼はうなずいた。そして、ほかのみんなにしたように、どこから考えついたのかを説明した。ミス・ウィルキンスンの授業でシャレードをやったこと。マダム・タッソー蠟人形館に行ったこと。ブレホン・オヘネシーの語る哲学に感化されたこと。もっとも、ブレホン・オヘネシーのことは、誰もが初めのうちは頭のおかしな変人だと思っていた。

「ぼくには悪魔が取り憑いている、あの女の子にそういわれましたよ」彼は笑った。「あなたも悪魔が取り憑いていると思いますか、フェザーさん」

「そうは思わないよ、ティモシー」

「悪魔ってどんなものだろうなと思ったことはあります」

「そうか」

「教会のお手伝いをしている人はあなたが嫌いなんですよね、フェザーさん。ほら、あのピーニケットさんですよ」

「私には答えようがない」

「あの人はあなたを笑っていると思いますか、フェザーさん」

クウェンティンは答えなかった。ティモシーは続けた。

「ウェディング・ドレスが欲しいなら、お返しします」

「そうしてくれ」

少年は部屋を出た。その途中で明かりをつけていった。戻ってきたときには、傷のある古いスーツケースと平べったいボール紙の箱を持っていた。スーツケースを開けた彼は、英国国旗のついた手提げ袋を取りだした。それをクウェンティンに手渡した。ウェディング・ドレスは中に入っていて、と彼はいった。まだ一度も取り出していません。「それから、これ」そういって、彼はボール紙の箱を差し出した。「アビゲイルさんのスーツです」ウェディング・ドレスを返すのなら、ハイ・パーク・アヴェニューのバンガローにもこれを返したいのでは、と彼はいった。そして、スーツケースにはほかのものも入っているが、寸劇とは関係のないものだ、と説明した。

自分が手提げ袋を受け取った瞬間から、もうあの出し物を演じることはないだろうと思った。袋を提げて帰りながら、最初からわかっていたのだ、と自分にいい聞かせた。あの一人芝居は、どうしようもなく下らないものだったのだ。

「これからはあの子たちと付き合うんじゃないよ」

「付き合っても得にはなりませんからね、フェザーさん」彼は笑った。「もうぼくの家のドアを好機《オポチュニティー》がノックすることはない。ぼくはたぶん研磨紙工場に勤めることになるんです。生活保護をもらうようになるかもしれない。うちの父さんは家族を捨てて逃げました。ダスさんとこの息子さんと同じですね」彼は笑った。クウェンティンは気がついたが、ダス夫妻の息子は、ディンマスの町角でティモシーが言葉を交わしていた知り合いの一人だった。そのネヴィル・ダスは、温室育ちの、いかにもひ弱そうな、甘やかされた若者として記憶に残っている。

「ぼくの話を聞いて参考にしたんですよ」ティモシーは続けた。「父さんのことを話したんです。『出ていけばいいじゃない』そういってやりました。『戻ってこなければいいじゃない』あの人はクイーン・ヴィクトリア・ホテルに二時間こもって、ダブル・ダイヤモンド（ビールの銘柄）を呑んでいました。そうやって、ようやく決心したんです」

「ティモシー——」

「参加費はもう払ったんです。五十ペンス。ダスさんに」

クウェンティンは硬貨で五十ペンスを渡し、配慮が足りなかったことを詫びた。謝らなくてもいいんですといって、ティモシーはまたスティーヴンのことを話しはじめた。ウェディング・ドレスを渡してもらい、帰るとき遊歩道のベンチにすわったこと。もう寸劇をする気がなくなったこと。そのとき、ミス・ラヴァントが通りかかり、にっこり笑いかけてくれたこと。

「子供のころ、あの人からキャンディをもらったことがありますよ。クオリティ・ストリートの袋を持ち歩いてるんです。いつもぼくに笑いかけてくれるんですよ、フェザーさん」

クウェンティンはうなずいた。ミス・ラヴァントのキャンディや笑顔はこの際なんの関係もない。そんな言葉が口から出かかったが、自制した。

「きのうになって初めて気がついたんですが、あの人、彼の子供を産んでますよ」

「私はきみを助けたいんだ」クウェンティンはもう一度いった。ティモシーはまた笑った。

「噂、聞きましたか。ミス・ラヴァントと医者のグリーンスレイドさんは――」

「ティモシー、もうやめなさい」

「でも子供を産んだのはほんとですよ」

「それは違うぞ、ティモシー」

「ほんとですよ。産んだことは産んだんですが、手もとに置いておくことはできない。ディンマスじゅうの噂になりますからね。産むときは別の町に行ったんです。グリーンスレイドさんもついていきました。医療業務でヨークシャーに行くという口実でね。生まれた赤ん坊はどうしたかというと、ディンマスのある女性に預けたんです。そうすれば二人で子供の成長を見守ることができる。わかりますか、フェザーさん」

「それはまったくの空想だよ、ティモシー」

「でもね、どういうことかわかるでしょう？　そのディンマスの女の人は、一週間に四十ポンドか五十ポンドもらってるんです」

「もう馬鹿なことをいうのはやめなさい。きみだってわかってるだろう。ミス・ラヴァントは子供なんか産んでいない。グリーンスレイド医師は幸せに暮らしている既婚者で――」

「きのうまで気がつかなかったんですよ、フェザーさん。ぼくがベンチにすわっていたら、ミス・ラヴァントがにっこり笑ってくれたっていったでしょ。ぼくが遊歩道の手すり壁の上を歩いていたときには、ほんとに心配そうな顔をして、『頼むから降りてちょうだい』って、あの声でいってくれたんです。クオリティ・ストリートの袋を差し出しながらね。まるでテレビ番組です。『クロスローズ』とか、『ジェネラル・ホスピタル』（それぞれモーテルと病院を舞台にした昼のドラマ）とか、刑務所の女の人たちが出てくるやつとか」

「きみの話はめちゃくちゃだよ、ティモシー」

「男が部屋に入ってくるんです、フェザーさん。すると、ベッドに赤ん坊が寝かされている。そちらをちらっと見て、男は怒鳴りはじめる。これはおれの子じゃない。おまえの子でもない。親だと認めろというんなら、金をよこせ。こんな馬鹿な話があるもんか。すると、女がいう。つべこべ抜かすんじゃないよ、このできそこない。男はさっさと部屋を出て、古いトラックを飛ばしてロンドンに向かう。こういうことがあったんですよね、フェザーさん。そうでしょう？」

「それはぜんぜん違う」

「目を閉じたら見えるんです。この部屋に二人が立っている。どちらも柄が悪い感じ。女は淫乱なんです」

「もういい、ティモシー。これからもずっとミス・ラヴァントを困らせるつもりなら――」

「二人だけの秘密にしておきますよ。ほかの人には内緒です。口が裂けてもミス・ラヴァントには何もいいません。秘密をばらすぞ、なんて脅したりはしません」

「きみはテレビの見すぎだよ、ティモシー」

「テレビでは面白い番組をやってますよ。見ないんですか？　ミセス・フェザーも見たりしません？　お昼は女の人向けの番組ばかりですね。料理のヒントとか、キツネの毛皮の手入れの仕方とか。教育番組もあります。でも、ミセス・フェザーには今さら教育なんて必要ないですよね。物を知らない者には役に立つんです。ぼくのいってること、わかりますか？」

「ミス・ラヴァントのことできみの考えた作り話はもう忘れなさい、ティモシー。そんなのは子供のすることだよ」

「きのうあの人がぼくに笑いかけてくれたとき、似てるなって思ったんです。気がつきませんでした？　医者のグリーンスレイドさんは、頬がこけて、骨が目立ってますよね。似たような顔が、どこかにいたなあって思ったんです」

「もうやめなさい、ティモシー」

「忘れろというのなら忘れますよ、フェザーさん。もう考えないことにします。約束しますよ」

「ありがとう」

「猫の皮を剝ぐくらい簡単なことです。じゃあ、もういいですね、フェザーさん」彼はテレビに近づき、つまみに手を置いて、礼儀正しく待った。

「私はいつでもそばにいる」クウェンティンはいった。ティモシーは笑った。そして、牧師がいなくなると、部屋の明かりを消した。


彼は自転車の荷台に平べったいボール紙の箱を置き、こんなときのために取りつけてある荷台の紐で箱を固定した。英国国旗のついた手提げ袋はハンドルに引っかけた。

ハイ・パーク・アヴェニューまで行くと、十一番の呼び鈴を鳴らした。ミセス・アビゲイルがドアを開けたとき、これはお宅のものですよね、といいながら箱を渡した。ほかに言葉が見つからず、申し訳ない、とだけいった。そして、ティモシー・ゲッジが迷惑をかけたことをあやまった。あまり気が進まない様子でミセス・アビゲイルは箱を受け取った。ティモシー・ゲッジのことはもう気にしていない、と彼女はいった。二度とこのバンガローに現れなければ、それでいい。

そのあと自転車でスウィートレイに向かい、そこでもティモシー・ゲッジが迷惑をかけたことをあやまった。緞帳を提供していただいて感謝します。「緞帳？」張り出し窓のところにある日光浴用の椅子から、ミセス・ダスが素っ頓狂な声を上げると、灯火管制用の幕があったので、ちょうど使える大きさだと思った、と夫は弁明に努めた。

スワインズの資材置き場から牧師館の庭に浴槽を運ぶ必要はなくなった、とクウェンティンはプラント氏に告げた。ティモシー・ゲッジはもうタレント発掘隠し芸大会には出場しない。出し物が不適切と見なされたからだ。その話を聞いて、プラント氏は納得がいかないようだった。これはあの少年との約束だ、と彼はいった。約束を破るのは自分の主義に反する。「あの子とは話しましたよ」クウェンティンはいった。「彼がご迷惑をおかけしたようで、私からあやまります」だが、プラント氏は、ティモシー・ゲッジにはなんの迷惑もこうむっていないときっぱり否定した。復活祭の野外行事であれ、ほかの社会貢献であれ、自分としては協力は惜しまないつもりだ。浴槽を運ぶ必要があるのなら、喜んで運ぶつもりでいたが、そのままにしておけというのなら、それはそれでかまわない。

「これはきみのものだと思う」海洋荘でクウェンティンはそういって、ウェディング・ドレスの入った手提げ袋をスティーヴンに渡した。

こんなことをしている自分が馬鹿みたいに思えてきた。自分は、自転車にまたがった無能な聖職者でしかない。手脚がひょろ長く、頭は白髪まじり。そんな自分が、後始末のために走りまわっている。思い出すのは、悪魔に関する説明を聞いて少女の顔に浮かんだ表情だ。自分はティモシー・ゲッジの妄想に利用されたことになる。

「全能の神よ。あなたの御子のゆえに、あなたの家族である私たちを慈しみのうちに憐れんでください」と、彼は教会でいった。数少ない会衆を前にして、聖金曜日の祈りをつぶやいた。祈禱書の匂いや溶けた蠟の匂いが漂っている。それが彼は好きだった。「主イエス・キリストは、この家族を救うために裏切られ、罪人の手に渡され、十字架上で苦しみ、死を遂げられました」

真実はこうだ。これで間違いない。そんな感触がある。つまり、あの女性は、ただ単に崖から落ちたのではない。しかし、あれが自殺だったと知ったところで、善いことなどひとつもない。

　子供たちは痛手を負っていてもいずれ立ち直るだろう。傷は残り、心に小さなひび割れができたかもしれない。殺人という行為を思い描いていた一週間を、二人は絶対に忘れないだろう。親たちを見る目も変わるだろう。しかし、皮肉にもそれは変わらなければならないのだ。ティモシー・ゲッジのいったことは、まったくの出鱈目ではない。灰色の影は移ろい、影と影とが重なってゆく。真実とは油断のならないもの、理解しがたいものだ。単なる事実の積み重ねではない。

「神よ、私たちを憐れんでください」と、彼はいった。「祝福して、主の尊顔の光を私たちに見せてください」

　あの少年なら法廷に立たされても笑みを絶やさないだろう。民生委員が使う陰気な部屋にも平気ですわるだろう。各地の刑務所の独房に喜んで収監されるだろう。今の彼の顔を見るだけでそんな未来が想像できる。あの目は、産んでくれと頼んだわけではないといっている。どんな罪を犯すことになるのだろう？　その罪以上のどんな天罰を受けることになるのだろう？　あの少女のいったことは正しかった。恐ろしいことをするのはああいう人間だ。

　大斎節なので教会に花はなかった。猿爺は後方の影の中にいる。ミセス・ステッド＝カーターは前列で手持ち無沙汰にしている。

「私たちには計り知れない神の平安が」と、彼はいった。「あなたとともにありますことを。今夜だけでなく、永久《とこしえ》にあなたの内にありますことを」

誰もが祈りながら一礼し、ゆっくり顔を上げた。そして、粛々と去っていった。ミセス・ステッド＝カーターだけはさっさと出ていったし、ミス・ポウラウェイは別れの挨拶をするために待っていた。ピーニケット氏は祈禱書を集め、膝布団の位置を直した。

聖具室で祭服を脱ぎながら、クウェンティンは何度か手を止め、閉まったドアに視線を投げていた。まるであの少年が笑いながら入ってくるのを予想しているようだった。入ってきてもおかしくない。聖金曜日の祈禱はある意味で葬祭の儀式でもあるからだ。しかし、少年はこなかった。クウェンティンは木釘から黒い防水外套を取り、袖を通した。

無人になった教会で、さらなる真実が心を責め立て、存在を主張しはじめた。それは殺人の範疇に入るものではなかったし、郊外を舞台にして色恋や親子の軋轢を描くメロドラマの範疇からもはみだしていた。そうではなく、それ以上に怖いもの、アビゲイル夫妻の結婚生活や、わが子に捨てられたダス夫妻の生活よりもはるかに恐ろしいもの、スティーヴンの母親の死よりもずっと恐ろしいもののように思われた。スティーヴンの母親は安らぎを求め、少なくともそれを手に入れたのだから、まだ救いがある。その恐ろしいものが彼の心を占領し、蔦のからまる牧師館に向かって夕暮れどきのディンマスの町を自転車で飛ばしているときも頭から離れなかった。それを道連れにして、ワンス・ヒルを登り、ガレージに自転車を押し込んで、サフォーク・パンチに寄りかからせて駐めた。

居間でラヴィニアは耳を傾けた。

「恐ろしい？」と、彼女はいった。夫の感情の動きに戸惑っていた。彼は居間の扉を背にして、戸枠にもたれかかっていた。自転車に乗るときに裾が汚れないように足首のところでズボンを留めるクリップもそのままだった。「恐ろしい？」彼女は繰り返した。

二人の人間が、あの少年の頭の中から喜びの瞬間という概念を奪った。その一人である母親は、ディンマスの通りをせかせかと歩いているのを目にすることができる。真鍮色の髪で、服屋に勤めている女性だ。もう一人、父親のほうはどんな人物かよくわからない。おそらく妻との関係がうまくいかなくて、どこかで別の家庭を築いているのだろう。あの少年があんなふうになったのは、誰も彼に目を留めなかったからだ。「恐ろしい」とは、あの少年の存在そのものだった。

ラヴィニアはティモシー・ゲッジのことを気の毒だといおうとして、いえなかった。その言葉は違うような気がした。ティモシー・ゲッジの姿が頭の中に浮かんでいた。顔にはあの神経に障る笑みを浮かべている。少女の言葉の意味がよくわかった。たしかに彼の中には悪魔がいると思いたくなる。あの少年がそばにいたとき、背筋がぞっとしたのを思い出した。

「今朝、あの子と言葉を交わしたとき、もっと正直に話をするべきだった」

「あなたは正直に話したはずですよ、クウェンティン」

彼は首を振った。今朝、本当はこういいたかったのだ。ある側面を見れば、ディンマスは美しい町で、ティー・ショップやレースで飾られている。その一方で、ここにはティモシー・ゲッジがいる。ディンマスのあまり好ましくない側面を、その美しさで覆い隠すこともできるだろう。

人工透析を受けているシャロン・ラインズ、猿爺の生き方、ミセス・スルーイの育児放棄された子供たち、片思いで人生を棒に振ったミス・ラヴァント。いずれも悲惨だが、それでもシャロン・ラインズは前向きに生きているではないか、猿爺はそんな生き方に満足しているではないか、ミセス・スルーイは楽しそうにくわえ煙草をしているではないか、ミス・ラヴァントは自分の恋愛妄想と折り合いをつけているではないか、そう考えればあまり惨めなことではないように思えてくる。だが、美辞麗句でティモシー・ゲッジを覆うことはできない。彼は自分のまわりに殻をつくった。その殻を必要としたからだ。いつまでも彼の目は飾り気なしの事実を語りつづけるだろう。あれは虐げられた人間の目だ。ただし、誰かがティモシー・ゲッジを虐げたわけではない。

「でもね、あなた――」と、ラヴィニアは口を開き、言葉をはさもうとしたが、続けることはできなかった。「ここにきてすわったらどう」代わりに椅子を勧めた。

彼を虐げたのは環境だ、と彼はいった。妻の言葉が聞こえなかったかのように、その場から動こうとしなかった。以前にはあんな子とは違う子がいたのだ。彼は言葉を切り、また首を振った。キリストの受難を語る礼拝をすることに何の意味があるだろう。ティモシー・ゲッジが町を歩いている。その事実こそ、人心の荒廃と滅びを示唆するはるかに適切な例ではないか。美しくもない教会の塔を修繕するための募金に、いったいどんな意味があるというのか。聖職者の襟をつけてはいるものの、自分は人から笑われる道化者で、病者を訪ね、後始末に奔走している。

「あなたは笑われたりしませんよ、クウェンティン」

「私にはあの少年のためにしてやれることがない」

彼は黒い防水外套を脱ぎ、ズボンのクリップを外した。そして彼女のほうに行き、隣にすわって、こういった。ティモシー・ゲッジのやったことを考えれば考えるほど、自分の馬鹿さかげんを試されているような気がする。向こうは正々堂々と勝負してくれないのだ。そんな話は理解できないと認めても、向こうはおまえに理解できるようなことではないと嘲笑っているように見える。事実はすべて明らかにされている。これはちっぽけな災厄だ。いくら普通でないようにみえても、こんなことはざらにある。悪魔憑きのせいにするのが不都合なら、親のせいにするのも的外れではないか。あの両親の所業は恐ろしい罪なのか。ひょっとしたら、ただの悪い巡り合わせにすぎないのではないか。

彼女は理解できなかった。「悪い巡り合わせ?」と、彼女はいった。

「虐げられるために生まれてくること。シャロン・ラインズのように、あるいはティモシー・ゲッジのようにね」

「でも、それは――」

「神は偶然をお認めになるんだよ」

ラヴィニアは夫を見て、その目を覗きこんだ。そこには疲労の色がにじんでいた。こんな言葉が出てくるのも無理はない。神は偶然を認める。そのことを受け入れるのは、彼にとってたやすいことではなかった。牧師があまっている時代に牧師になれたのも、同じく簡単にできることではなかった。今、ティモシー・ゲッジのために祈っても、偶然がまかりとおるこの世界では、それが充分に通じるとは思えなかった。

「考えるだけで気が重くなるよ」と、彼はいった。そういいながら、鮮魚のパック詰めをする作業所に雇われたほうが教会を任されるよりもよほどましではないかと思った。彼が聖なるトランプで組み立てた家は自分の不手際で崩れた。その日の朝の少女の意見やティモシー・ゲッジの意見は、ディンマスの大多数の人が思っていることだ。神に仕える彼の仕事には、これまで人々の尊敬を集めてきた伝統があり、今でもわずかにそれが残っているが、愛想を尽かす者もいるし、ときには軽蔑する者もいる。

彼を慰めるのは難しかった。ひどいことがあったのは事実だが、と彼女は切り出したが、下手な慰めにしかならない自覚もあった。それが事実だとしても、人は生きていかなければならない。ティモシー・ゲッジはなんなのか、どうして彼はあんな人間なのか、その本当の答えを知ることは不可能だ。それがわかる人なんてどこにもいないだろう。復活祭の野外行事が迫っている。晴天を祈りましょう。十時半には結婚式が一件あり、十二時にも一件ある。今夜は早く寝たほうがいい、と彼女はいった。

「あの子は自分がミス・ラヴァントの息子だというんだよ」

「ミス・ラヴァントの？　だって、ミス・ラヴァントは――」

「母親がミス・ラヴァントで、父親がグリーンスレイド医師。ミセス・ゲッジがその赤ん坊をもらい受けて育てたんだそうだ」

「どこからそんな話思いついたのかしら」

「テレビ番組に出ている自分を空想するのをやめて、今度はそんなことをいいだしたんだ」

「自分でも信じてないでしょう」

「ところがそうじゃない。ほっとけばいずれそれが事実だと思い込む」

一瞬、沈黙があった。やがてラヴィニアは、寝たほうがいい、と繰り返した。

彼はうなずいた。だが、動きもせず、彼女のほうを見ることもなかった。

「あなた、疲れてるのよ」そういって、彼女は続けた。ふさぎこんでいても仕方がない。そんなことをしていたら、うまくいくものも駄目になる。いいことだってあるでしょう、と彼女はいった。愛されている子供、愛らしい子供もたくさんいる。自分たちには子供が二人いるし、ディンマスにだって、どこにだって、それこそ何千という子供がいる。ティモシー・ゲッジのように自分のまわりに殻をつくるのは変な子だけだ。

彼はまたうなずき、横を向いて彼女を見た。

「ごめんなさいね、最近なんだか気が滅入って」と、彼女はいった。「ほんとにごめんなさい」

「きみはいつだって明るいよ、ラヴィニア」

二人は床についた。ラヴィニアが夜中に目を覚まして考えたのは、ティモシー・ゲッジのことだった。流産した子供のことではなかった。彼に何が起こったか、本当のことを知るのは無理なのだろうか。もしもダウン・マナー孤児院で育てられていたらどうなっていただろう。もし父親が家を捨てなかったら、もし母親がもっと愛情を示していたら、どうなっていただろう。例によって土曜日に牧師館のまわりをうろついている彼を見たとき、その作り笑いのうしろにある苦い思いに、彼女自身、気がついていたら、どうなっていただろう。

ティモシー・ゲッジという災厄に対する考え方、あれは他人のせいではない、他人のつくった環境のせいでもないという考え方は、彼女には納得できなかった。クウェンティンは間違っているのだ、と彼女は思った。絶対に間違っている。絶対に違う。これは偶然がまかりとおる世の中の悪い巡り合わせによって起こったことではない。だが、彼に反論するつもりはなかった。そして、夫のその主張に納得のいかないものを感じながら、彼女は思った。ひょっとしたら、ティモシー・ゲッジの将来は、夫が予測するほど寒々しいものではないのではないか。しばらく考えてみたが、答えは見つからなかった。そのあと、保育園児である自分の子供や、ディンマスの子供たちの中の、ほかの幼児のことを考えた。自分の二人の子は、結婚するとしたら、どんな男と結婚するのだろう。幸福になれるだろうか。海洋荘の子供たちは幸せになるだろうか。ティモシー・ゲッジのいったことはなにもかもが嘘だったわけではないと、スティーヴンが知るときはくるだろうか。将来のケイトは、ケイト自身が思い描いているような姿、独りで海洋荘に暮らす、ミス・ラヴァントのような女性にはならないはずだ。ケイトと話をしたときに一瞬ミス・トリムを思い浮かべたとクウェンティンはいったが、あとでラヴィニアはその姿を想像してみた。神と深く係わっている八十二歳のケイト。そんなふうになるかもしれないし、ならないかもしれない。ケイト、そしてスティーヴンに関しては、判断は保留しなければならない。子供とは本来、無限の未来を持つものだから、軽々しく決めつけるのは避けるべきだ。保育園で腕をびしょびしょに濡らすマイキー・ハッチも、その将来を決めつけないでおこう。悲しそうな顔をするジェニファー・ドロッピー、でしゃばりのジョゼフ・ライト、笑ってばかりいるジョニー・パイク、威張りちらすトレイシー・ウェイ、人の邪魔ばかりするトマス・ブレイン、いい子ぶっているアンドルー・カートボーイ、いつも歌をうたっているマンディ・ゴフ。そんな子供たちの顔が脳裏をよぎった。丸い顔、長めの顔、瘦せた顔、ぽっちゃりした顔、笑顔、しかめ面。さまざまな顔が浮かんでは消えていった。彼女の保育園に通っている子供たち、かつて通っていた子供たちだ。ちっちゃなマイキー・ハッチは、お父さんと同じように肉屋になるのだろうか。マンディ・ゴフは、ディンマスじゅうの男たちに失恋の悲しみを与えるのだろうか。マンディのお母さんがそうだったと聞いている。ジョゼフ・ライトはいずれピーニケット氏のようになるのだろうか。ジョニー・パイクはアビゲイル中佐のように、ジェニファー・ドロッピーはミス・ポウラウェイのようになるのだろうか。早くも親から甘やかされているトマス・ブレインは、ダス夫妻の息子がしたように、いつの日か両親に背を向けるようになるのだろうか。アンドルー・カートボーイは、小さくて顔色も悪いのに、いずれディンマス団に入るのだろうか。威張りちらすトレイシー・ウェイは、ミセス・ステッド＝カーターのような威張りちらす中年女になるのだろうか。

未来が大切なのは、子供たちの物語の紡がれる舞台が、その未来だからだ。幸せな物語もあるだろうし、不運な物語、平凡な物語、奇想天外な物語もあるだろう。だが、子供たちが、思い切ってその未来に飛び込み、いとも簡単に子供らしい純粋さを失うのを見ていると、ある意味で悲しくなる。未来は、今、彼女のまわりに広がっている暗闇に似ている。そこには影さえない。その暗闇を見つめていると、子供たちの顔や手脚がまた脳裏に浮かんだ。自分の子もいるし、ほかの子もいる。そんな子供たちがまた心の中で動きまわっていた。すると、ティモシー・ゲッジが彼女に微笑みかけた。まるで所有権を主張するように。とにかく、そんなふうに見えた。ほかの子供たちがいなくなったあとも、その顔は残った。骨張った顔は捕食性の動物めいて、飢えたような目をしている。その笑った顔を見ると、今でも背筋がぞっとした。

第十二章

復活祭の朝、ミセス・ステッド＝カーターの口利きで借りてきた大テントが牧師館の庭に届き、運んできた男たちによって組み立てられた。毎年のことだった。双子たちはじっと見ていた。二人は幼いながらも去年の野外行事を憶えていた。その催しはとても楽しかった。

十時三十分、ピーニケット氏がやってきた。運転してきた車が曳いているトレーラーには、板材や、コンクリートのブロック、スイス・アルプスの風景が描かれた硬質繊維板など、タレント発掘隠し芸大会の舞台装置が載っていた。やがてダス氏が照明器具を携えてやってきたが、〈コーテシー・クリーナーズ〉に預けてあった灯火管制用の幕も持っていた。

椅子やベンチや架脚式テーブルも届いた。それもミセス・ステッド＝カーターの口利きで別の会社から借りてきたものだった。ミセス・キーブルがやってきて福引きの屋台を設営し、ミセス・ステッド＝カーターは自分がやるケーキ屋台のためのケーキを持ってきた。ミス・ポウラウエイは架脚式テーブルをトラックからおろしている男たちに、ちゃんとしたやつでしょうね、と念を押した。そのテーブルを使って古本を売る屋台を出すからだ。いつもそうしている。彼女によれば、去年は三十五ペンスの売上げがあって、上々の出来でしたよ、とのことだった。ミセス・トロッターは装身具の屋台を出し、クウェンティンとゴフ氏は、輪投げや、ココナツ落とし（台に置いたココナツにボールを投げて落とすゲーム）、宝さがし（おがくず入りの桶に景品を隠して子供につかみとらせるゲーム）、鼠を殺せ（斜めに立てかけた板にパイプから鼠の人形を落とし、地面に落ちる前にバットで叩くゲーム）などの準備をした。牧師館のキッチンではラヴィニアと、ミセス・ブラッカムと、ミセス・ゴフが、丸パンにバターを塗り、スポンジ・ケーキやジンジャー・ケーキやフルーツ・ケーキを切って、いくつもの皿にオートミール入りのフィンガー・ビスケットを並べていた。ディンマス乳業は四十パイントもの牛乳を届けた。

　人は、不要になった装身具をミセス・トロッターに、焼いたケーキをミセス・ステッド＝カーターに、景品になりそうなものを輪投げの会場に届けた。ミス・ポウラウェイのために古本を持ってくる人もいた。ぼろぼろになった緑表紙のペンギン・ブックス、マージェリー・アリンガムの『手をやく捜査網』、ナイオ・マーシュの『ランプリイ家の殺人』、半分にちぎれた『なぜ、エヴァンズに頼まなかったのか?』、最後のページがない『死そして踊る従僕』。何十年も前の『クックの大陸鉄道時刻表』と『消費税速報第四号』『消費税速報第五号』を寄付した人もいれば、サンディ・タイムズ色刷り付録を五十二部持ってきた人もいた。

「スザンナ、本屋さん手伝う」と、スザンナがいった。「スザンナできるもん」

「デボラできるもん」と、デボラがいった。

「あら、まあ！　二人ともご親切に！」と、ミス・ポウラウウェイは声を上げた。双子たちはミセス・ステッド＝カーターが自分の車から運んできた段ボール箱の中から、本を何冊か取りだした。「一冊一ペニーで売る本よ」と、ミス・ポウラウウェイは説明した。「本当にお買い得なの。『インドにおける牛の飼養』」背表紙に書いてある文字を彼女は読み上げた。表紙で本の値打ちを判断してはいけない、と彼女は双子たちに注意した。『剝製術実践』彼女は別の本の背表紙に書いてある文字を読み上げた。

キッチンではミセス・ブラッカムが、あなた少し疲れてるようね、とラヴィニアにいい、ラヴィニアはそうね、ちょっと、と答えた。ティモシー・ゲッジの一件で動揺したことが今の疲労感につながっていたが、あのとき自分が動揺したことに彼女は感謝していた。あれはあれで理屈に合っている。動揺するのも当然だ。生まれることができなかった赤ん坊のことで悔やみつづけるより、ずっと健全なことではないか。


その日の午後、リングズ・アミューズメントが設置した拡声器から、ペトゥラ・クラークの「恋のダウンタウン」が流れていた。その歌声はディンマスじゅうに響きわたった。音量を意図的に大きくしてあったからだ。移動遊園地が今年もやってきたことを、その歌が告げていた。

まだ昼間だったが、サー・ウォルター・ローリー公園には電線に吊された色とりどりの電球がたくさん灯っていた。屋台の主の声がけたたましく響きあい、客を呼び込んでいる。復活祭の野外行事の会場にある屋台の呼び込みとは大違いだった。ミニレールを使って不気味なトンネルをくぐる幽霊列車が、かたこと音をたてて走っていた。お化け屋敷からはレコードに録音された悲鳴が拡声器を通して響いている。百万枚の鏡の迷路からは同じく拡声器を通した笑い声が聞こえてきた。プラスチックの黄色いアヒルがぐるぐる回り、輪が投げられるのを待っていた。木馬やカンガルーや鶏もぐるぐる回り、そのいくつかは子供を背に乗せていた。木製の自動車や列車もぐるぐる回っていたが、動きは鈍《のろ》かった。誰も乗っていない安全ベルトつきの椅子の列が、頭上高く、ものすごい勢いで空を切っていた。オートバイ・サーカスの会場ではバイクのエンジンが轟音を立てている。「お聴きなさいよ、都会の人混み、あれは楽しい音楽よ」と、ペトゥラ・クラークが歌っていた。「歩道を歩けば、ネオンがきれい」

ミセス・ブレイキーの耳に、そのペトゥラ・クラークの歌声が届いた。海洋荘のキッチンにいるので、聞こえたのは小さなささやき声でしかなかった。あの嫌な雰囲気は、家からすっかり消えていた。昼食どきの子供たちは普段どおりだった。口数は少なかったものの、スティーヴンの張り詰めた表情は消えていた。ケイトは帰ってくる両親のことを明るく話題にした。これまでにあったことは内緒にしておこう。そう思いながら、ミセス・ブレイキーはステーキ&キドニー・パイの材料を揃えていた。それがみんなで食べる今夜の夕食だった。あの少年が問題を起こしたことは話さなくてもいい。たまたま訊かれたら答えるだろうが、訊かれることはないだろう。彼女はまた機嫌よく鼻歌をうたった。両方の赤い頬からは、しばらく途切れていた浮かれ気分が発散されていた。

ケイトとスティーヴンは電動のバンパー・カーに乗り、綿菓子を買った。ディンマス団の連中が射的場で腕を競いあうのを見た。黒いフリルつきの服を着たガールフレンドたちは退屈そうにその横でぶらぶらしていた。二人はオートバイ・サーカスのアルフォンソとアナベラの曲芸を見物した。幽霊屋敷を通り抜けた。百万枚の鏡の迷路でおたがいの顔を見た。幽霊列車にも乗った。サー・ウォルター・ローリー公園を離れた二人は、牧師館の庭まで歩いていった。スティーヴンはココナツを一個手に入れた。ケイトはミセス・キーブルの福引きを二枚買った。お金を払って大テントに入り、タレント発掘隠し芸大会を見ることにした。四時に始まる予定だったが、何か手違いがあって二十分遅れた。去年のカーニバルの女王が「幸せの黄色いリボン」を歌った。太ったミセス・ミュラーは民族衣装を着て歌った。エレキギターを掻き鳴らし、〈ディンマス夜遊び族〉が歌った。オートバイでダス夫妻の家にやってきたプラットという男は犬のものまねをした。スウェイレス氏は手品をした。タイル工場の経営者がマウス・オルガンの演奏をした。ミス・ウィルキンスンがシャロット姫を演じた。ミセス・ダスが赤紫色のふわふわしたドレスを着て壇上に上がり、去年のカーニバルの女王に一等賞を、スウェイレス氏に二等賞を、ミセス・ミュラーに三等賞を授与した。

子供たちはテントを離れた。そのとき目に入ったのは、ミス・ラヴァントの姿だった。キンポウゲの柄のスーツを着て、屋台のあいだを歩きながら、うつむいたまま、ときおりちらっと視線を上げている。だが、グリーンスレイド医師は復活祭の野外行事にはきていなかった。アビゲイル中佐の姿もあった。タオルでまいた海水パンツをわきに抱え、ミセス・ステッド＝カーターのケーキを買っている。ティモシーの母親もいた。ティモシー・ゲッジの姉、ローズ＝アンも、ボーイフレンドのレンと一緒にきていた。美容院に行ったばかりのような髪で、仕立屋をやっている自分の姉と一緒に屋台巡りをしている。姉のほうも流行の髪型をしていた。プラント氏とその妻子もいたが、輪投げをやっているそばでミセス・ゲッジと鉢合わせしたときには、知らない者同士のようにそのまま離れていった。ミセス・スルーイは、福引きの三等賞として置いてあったシェリーの瓶を、ビニールの大きな手提げ袋に素早く忍ばせた。

復活祭の野外行事なんてほんとに下らない、とティモシー・ゲッジがいった。タレント発掘隠し芸大会も馬鹿が見るものだ。彼がしゃべっているとき、ケイトは悪魔の存在を感じることができた。彼の目や微笑みから悪魔が飛び出してこちらに近づいてくるのを感じることができた。しかし、今はちょっと違う。悪魔は静かになり、勝利の喜びに浸っている。実際に勝ったのだ。神さまは過去を変えてくださったが、負けてしまった。そのことはいつまでも忘れないだろう。自分に何度もそういいきかせるだろうし、知りたがる人がいたら、その人たちにもそういいつづけるだろう。奇蹟が一つ起こった。でも、その奇蹟はたちまち萎《しぼ》んでしまった。今の時代には本当の奇蹟など起こりえない。誰も信じていないからだ。牧師さんでさえ信じていないのだ。きみたちがここにいることには気がついていたよ、とティモシー・ゲッジはいった。しかし、その言葉の調子から、自分たちはもう用済みになったのだと二人は気がついた。「どうもです」と、ティモシー・ゲッジはいったが、二人がそこを離れてもあとをついてくることはなかった。

二人はミス・ポウラウェイが出している古本の屋台を覗いた。『剝製術実践』はまだ売れていなかった。「ほんとに楽しい催しね！」と、ミス・ポウラウェイはいった。スザンナはスティーヴンにブリッジの本を差し出し、にたにた笑った。デボラはケイトに『インドにおける牛の飼養』を手渡した。「たった一ペニーよ！」ミス・ポウラウェイが叫んだが、インドの牛の飼い方にはあまり興味がない、とケイトは返事をした。

二人は野外行事の会場を離れ、もう一度リングズに行こうかどうしようか迷っていた。ワンス・ヒルで立ち止まって考えていると、ブレイキー氏の運転するウーズレーが近づいてきた。デインマス・ジャンクションの駅まで、二人の親を迎えに行くところだった。子供たちを見かけて彼は車を停め、一緒に行くかと尋ねた。二人は後部座席に乗り込んだ。

彼はゆっくり自動車を走らせた。今の時代には珍しい慎重な運転だった。ウーズレーは町の中心部に入り、土曜の買物客のあいだをそろそろと走った。二人の修道女は食品の入った箱を持ち上げ、新車のフィアット・バンのうしろに載せた。ダウン・マナーから二列になって行進してきた子供たちは、ランス・ストリートでぺちゃくちゃおしゃべりをしていた。その孤児たちは復活祭の野外行事と移動遊園地に行く途中だった。クイーン・ヴィクトリア・ホテルの駐車場からウエイターが一人出てきた。エッソルド・シネマの前には人がたむろし、『オズの魔法使』の宣伝写真が貼りだされているのをしげしげと眺めていた。猿爺は〈フィルのフライ〉の外に置いてあるごみ箱をあさった。

牧師館のキッチンで、ラヴィニアとミセス・ゴフは手早くティー・カップと受け皿を洗った。またすぐに使わないといけない。タレント発掘隠し芸大会が終わり、大テントでお茶が出ているからだ。ミセス・ステッド＝カーターはケーキを売り終えたので、キッチンとお茶のテーブルとのあいだを気ぜわしく往復していた。ミセス・キーブルも同じく福引きを売り終え、八ポンドほどの収益を得ていた。ミセス・ブラッカムはまた丸パンにバターを塗った。

彼はこれから牧師館に繰り返しやってくるだろう、とラヴィニアは思った。双子たちのためではなく、慰めを求めてでもない。残飯を当てにしてでもないし、生活保護担当職員の悪口をいいにくるわけでもない。ただ単に人の邪魔をするためにやってくるのだ。人の邪魔をするのが彼の生き方なのだ。自分はミス・ラヴァントの息子だと、これからはいつも話しにくるだろう。この牧師館に入り浸っていて、今は亡くなってしまった人の代わりを、彼がつとめることになる。たとえば、精神に異常をきたしていたミス・トリムの代わりを。いや、そうではなく、流産した子供の代わりにやってくるのかもしれない。寝つけぬまま空が明るくなるまでベッドに横たわるだけの夜を幾度も過ごしたあと、彼女はその考えから逃れられなくなっていた。これまでの経緯には何かのパターンが存在する。そんなふうに思わざるをえなくなっていた。生まれることのできなかった息子が、理屈には合わないが、こんな形で目の前に現れようとしているのではないか。あの災厄は、ほかの人間によって、ほかの人間の働きかけによってもたらされたもの。今でも彼女はそう信じていた。悪魔のせいだと信じているケイトと同じくらい、神の神秘のせいだと信じているクウェンティンと同じくらい、固く信じていた。そんな中で、彼女は暗がりに光明を見た。希望のないところに希望を吹き込む役は、クウェンティンに、ではなく、彼女に託されているのかもしれない。必要から生まれた殻を、牧師館かその庭で、いつの日か突き破るのは、彼女なのかもしれない。洗い桶の水を替えていたとき、何かのパターンが存在するという感覚は、もっとはっきりした形で彼女の心に根づきはじめた。次々に起こった出来事が、たがいに結びつけられていく感覚。これまで過ごしてきた眠れぬ夜も、流産のせいで情緒不安定になったことも、無駄だったわけではなく、あるひとつの成果を生んだのではないか。夫はたちまち人に共感することができるが、自分はそうではない。ティモシー・ゲッジが定期的に牧師館にやってくるのを、自分は決して歓迎できないだろう。考えただけで気が重くなる。だが、それでも彼女は、自分では抑えることのできない喜びを、始まりと終わりが同時に成就されたかのような、理屈では説明できない喜びを感じざるを得なかった。希望なしで人は生きていけない。女性としての直感の一部がそう告げていた。未来が残されているかぎり、希望を失ってはならない。

キッチンに入ったクウェンティンは、そうした思いが反映されたような妻の表情を見て、こう思った。近ごろディンマスでほかにどんな出来事があったとしても、ラヴィニアは少なくとも自分の不満を克服している。彼もまた自分の信仰によってある程度まで不満を解消することができたし、箍《たが》がゆるんだ自分の役割に少しとはいえ新たな力を注ぎ込むこともできた。自分が与えられた状況でしっかり務めを果たすこと、それは敬虔な人々と共にあるより、ずっと大切な仕事だ。その事実の中にこそ、決断へと人を駆り立てる力があり、慰めへの糸口がある。キッチンの奥からラヴィニアは彼に微笑みかけた。その笑みは彼を安心させるようでもあり、あなたは笑われたりしませんよと、またいってくれたようでもあった。彼はかすかに首を横に振り、人の目など気にしていないことをそれとなく伝えようとした。

「バター、まだあります?」と、ミセス・ブラッカムが訊いてきたので、冷蔵庫を開けたら半ポンドのが何個か入っている、とラヴィニアは答えた。

リングズ・アミューズメントの拡声器で、ペトゥラ・クラークがまた自分のヒット曲を歌っていた。いろんなことがあなたを待っている、と彼女は歌った。どれもがみんなうまくいく。

「盛り上がってますね、ディンマスが」ティモシー・ゲッジはそういうと、ワンス・ヒルを下っている年金生活者の老人と並んで歩きはじめた。顔はにこやかで、笑い声も上げている。リングズが始まったからですよ、と彼は続けた。そうすると、盛り上がるんですよね。続いて観光シーズンがやってくる。復活祭が終わると、今度は聖霊降臨祭の休日。たちまちホテルは満室だ。彼は年金生活者の老人にジョークを二つ披露した。そのあと、こう打ち明けた。自分は復活祭の野外行事で一人芝居を演じるつもりだったが、やめることにした。あまりにも下らないネタだと気がついたからだ。それから、研磨紙工場で働いたことがあるか、と老人に尋ね、自分も中等学校を出たらそこで働くかもしれない、と続けた。ただ、まだそう決めたわけではありません、と彼はいった。先のことは誰にもわかりませんからね。ミス・ラヴァントとお知り合いですか、と彼は老人に尋ねた。野外行事で見かけませんでした？　キンポウゲの柄の服を着てましたが。

話しかけられた老人はさっきから口をはさむ機会をうかがっていたが、ついに成功した。何をいわれてもわしにはわからん。補聴器が壊れてしまったからな。

ティモシー・ゲッジは同情するようにうなずいてから、とても美しい話なんですよ、と切り出した。ミス・ラヴァントとグリーンスレイド医師、何年も愛し合っていた男女の、それはそれは美しい話。グリーンスレイド医師はいい人すぎて、妻子を捨てることができなかった。ミス・ラヴァントは子供を産んだが、その赤ん坊はディンマスのある女性に渡された。なんという素晴らしい取り決めだろう。赤ん坊がディンマスで大きくなれば、二人はその成長を常に見守ることができるのだから。ミス・ラヴァントはどんな服を着てもよく似合う。真っ赤でも、緑でも、ブルーでも、今日着ていたキンポウゲ柄のきれいな服でも。十五年前、二人は沈黙を誓い合った。二人が自分たちの関係に終止符を打ったのは赤ん坊が産まれたからだ。上品。一言でいえば、グリーンスレイド医師はそんな男性だった。整った顔立ちで、灰色のスーツに、艶のある灰色の髪。

中年太りの徴候などまったく見当たらない。まるでケーリー・グラントだ。目を閉じれば、二人が遊歩道を歩いているところがまぶたの裏に浮かぶ。もちろん腕を組んで、医師は銀の握りがついたステッキを持ち、相思相愛の姿を堂々と人に見せている。

相手の老人は耳が遠くて聞こえないと訴えつづけたが、ティモシーはさらに声を張り上げた。これから先もその秘密は守られるだろう。たとえ医師の妻が死んで、ミス・ラヴァントが後妻として迎えられても、子供が生まれたことは秘密にしておかなければならない。死んだ前妻の名誉のためにも人に知られてはいけない。将来も秘密は守られるだろう。関係者は固く口を閉ざす。それでも、秘密の気配は、まるで霧が広がるように、うっすらと漂いつづけるだろう。牧師と話をしたときには、自分のところに好機がやってくることはないといったが、先のことは誰にもわからないし、決してやる気をなくしてはいけない。そうでなければ、行き詰まるに決まっている。自分には裏声が出せることがわかり、続いて、ある女の人がなぜキャンディをくれるのか、その意味もわかった。いろんなことが彼を待っている。たとえば、遺言状があって、遺産が転がり込んでくるとか。彼は、年金生活者の老人に微笑みかけ、感じ入ったように首を振った。「ほんとにいいですね」と彼はいった。それはペトゥラ・クラークの歌声に対してだった。

年金生活者の老人には聞こえなかったが、ほかの者すべてにそれは届いていた。その歌声は、歌詞の内容を約束するように弾みをつけ、海から吹いてくる優しいそよ風に乗って、ディンマスの町へと流れていった。

「あなたが負けたりするものか」と、ペトゥラ・クラークは歌っていた。「これから先はいいことばかり」

訳者あとがき

宮脇孝雄

イギリスの国土は全体で日本の本州くらいの広さしかないが、当然のことながら北と南ではかなり気候風土が異なっている。緯度でいうとロンドンは樺太《からふと》北部に相当するので、そこよりも北にある漁場は北極圏の近くであり、ニシンやホッケのような魚が獲れる。イングランドより北のスコットランドに行けば、川を遡行してくるサケを見ることができる。それに対して、イングランドの南部は比較的に気候も温暖で、沖はサバの漁場になっている。とりわけ、英仏海峡に面したイングランド南西部に当たる海岸地帯（州でいえば、西半分がドーセット、東半分がデヴォン）は、海辺の保養地、景勝地として十九世紀から栄えてきた。ただし、比較的に温暖な気候といっても、海水浴には適さず、保養にやってきた人々にとって、海岸沿いの遊歩道を散歩し、ティーハウスでくつろぐのがおもな休日の過ごし方である。

また、ドーセットやデヴォンは海近くまで崖が迫る地形になっており、砂浜から崖の上（そこには別荘などがある）に行くには階段や坂道を使うことが多い。街道なども、海岸沿いではなく、崖をのぼったところにある。

地図を見れば、そのあたりの海岸には、ボーンマスとか、ウエイマスとか、チャーマスとか、シドマスとか、エクスマスといった、「河口」や「谷になった地形の開いた部分」を意味する接尾辞、マス（mouth）のつく地名が散在する。本書の舞台である町は、冒頭で説明されているとおり、「ディン川」の河口にあるのでディンマスと名づけられている。地図には存在しないようなので、架空の町といってもいいだろう。書き出しに「ディンマスはドーセットの海岸沿いに安閑とたたずんでいる」とあるように、作中ではドーセットの海辺の町という設定だが、一九八七年にイギリスのＢＢＣでＴＶドラマ化されたときには、同じ海岸の東側にあるデヴォンのシドマスがロケ地に選ばれた。ちなみに、作者のウィリアム・トレヴァーは、一九七〇年代の初めから（つまり、この作品の執筆中も）シドマスから車で四、五十分のところにある、農場を改装した家に住んでいた。

ご承知のように、ウィリアム・トレヴァーは一九二八年生まれのアイルランド人で、やがてロンドンに移り住み、最初は教師や木彫りの彫刻家として、のちにはコピーライターとして仕事をしながら小説を書きはじめた。そのときにはすでに三十歳を超えていた。短篇の分野では早くから頭角を現していたものの、大きな注目を集めるきっかけになったのは、過去の受賞者にグレアム・グリーンやアラン・シリトーなどが含まれる文学賞、ホーソーンデン賞を、一九六五年に長篇の『同窓』で受賞し、同時に大御所イヴリン・ウォーに認められたことである。そのときにはもう三十六歳の、いわば遅咲きの作家だったが、それ以来、二〇一六年に亡くなるまで、延々と小説を書き続けたことはよく知られている。一九九二年には千ページを超える大部の短篇全集が出たが、それで終わりではなく、さらに四冊の短篇集が出て、二〇一八年の短篇集『ラスト・ストーリーズ』でついに終止符が打たれた。もちろん、そのあいだに長篇や中篇も二十篇ほど書いている。

ごく初期のトレヴァーは、日本では風俗作家とみなされていたような記憶がある。ただし、一九六七年に出た最初の短篇集、*The Day We Got Drunk on Cake and Other Stories* を読んでみると、すでにそれだけでは収まらない作家であったことが見てとれる。表題作の"The Day We Got Drunk on Cake"（私たちがケーキで酔っ払った日）では、パーティや恋愛に明け暮れる若い人々を中心にしたロンドンの風俗が描かれているが、主人公は悪魔の化身に導かれて地獄巡りをしているのである。

一九七〇年代に入ると、次第に作風が変わってきて、よりダークな色合いを帯びるようになる。本書はそんな時期の作品であり、一九七六年のウィットブレッド賞を受賞した。同じ賞は、一九八三年の『フールズ・オブ・フォーチュン』と一九九四年の『フェリシアの旅』でも受賞している。

トレヴァーの短篇を愛でる人の中には、長篇になると登場人物が多すぎて閉口する、という意見を述べる人もいるが（〈ニューヨーカー〉誌の書評氏がそんなことを書いていた）、実はその多すぎる登場人物が本書の読みどころである。ディンマスという平凡な海辺の町を丸ごと描いて、そこに住む人々の意識の奥底に潜む、奇怪な深海魚のような欲望や願望や夢を暴き出そうとする、その迫力に読者は圧倒されるだろう。

信者が減り続けて教会の修繕費用さえ捻出できない若い牧師。男の子を産めなかったことを気に病むその妻。まだ寒いのになぜか海水パンツを提げて海辺を歩いている退役軍人。息子に家出された老夫婦。女漁りに余念のないパブの経営者。自分が片思いしている既婚男性に執着し続ける孤独な独身女性。そして、ディンマスで一番立派な家にいる少年と少女。少年の父親と少女の母親は結婚したばかりで、フランスに新婚旅行に行っているので、今は使用人の夫婦と暮らしている。そこに、他人のプライバシーを覗くことでしか他者とつながりを持てない十五歳の少年、ティモシー・ゲッジが登場して、悪魔的な言動で人々を揺さぶってゆく。

作中に流れる時間は復活祭前の十日間だが、時期は四月ということになっている。復活祭は年によって日付が変わる祝日、いわゆる移動祝祭日で、春分の次の満月のあとの日曜日と決められている。ほぼ四月だが、三月末になったり五月初旬になったりすることもある。世俗的には春の連休なので、移動遊園地や教会の野外行事などの催しが開かれるし、新婚旅行に出かける人々もいる。また、復活祭の前日の土曜日に至る一週間を英語でHoly Weekと呼ぶが、その同じ言葉が英国国教会（日本の聖公会）では「聖週」と訳され、プロテスタントでは「受難週」と訳されている。キリスト受難の週に、ディンマスの住人にも苦難がふりかかるわけである。

実在する殺人者の名前やその行状が次々に紹介されることも、この作品が読む人にダークなイメージを与える要因になっている。大きく扱われているのが二十世紀初頭の「浴槽の花嫁」事件のジョージ・ジョゼフ・スミスで、悪魔的なティモシー・ゲッジ少年はこの陰惨な事件をコメディに仕立ててタレント発掘隠し芸大会に出ようとする。過去の事件だけでなく、現在進行中の事件にも言及があり、第八章で触れられている「自分の子供たちの面倒を見ている住み込みのメイドを殴り殺し、妻にも同じことをしようとした容疑」が口ひげのある男にかけられている事件とは、一九七四年に発生したルーカン卿事件のことである。メイド殺しの第一容疑者とみなされたルーカン卿（第七代ルーカン伯爵）は、作家イアン・フレミングの友人であり、ジェイムズ・ボンドのモデルの一人といわれているが、事件のあと状況証拠を残したまま失踪し、ずっと消息不明のままになっている。また同じ章に出てくる「ニュージーランドに住んでいた十五、六歳の少女二人が、単に殺したかったがために、その一人の母親を煉瓦で撲殺した」事件とは、ピーター・ジャクソン監督が『乙女の祈り』で映画化した一九五四年の事件で、犯人の少女の一人はのちにベストセラーを連発するミステリ作家になった。ただし、本書刊行の時点ではまだ作家デビューはしていない。

アメリカで早くからトレヴァーを高く評価してきた作家・評論家の中に、トレヴァーより十歳年下のジョイス・キャロル・オーツがいる。『ディンマスの子供たち』が刊行されたときも、さっそく好意的な書評を〈ニューヨーク・タイムズ〉に寄せた。その中で、オーツはティモシー・ゲッジのことをこう紹介している。

「人はティモシー・ゲッジのことを嫌悪するようになる。頬骨が尖っていて、人を小馬鹿にした、愚鈍を装う話し方をして、自分勝手な考えを押しつける。だが、同時に人はティモシーという事象を自然の出来事のように経験することを強いられる。自然の出来事でなければ、神の御わざのように。そう、それは洪水や飢餓に似ている」

ゲッジは、サイコスリラーに登場する頭のおかしいストーカーのように見えるが、そのたたずまいははっきり異なる。こういうキャラクター造形は、ほかの作家の作品ではめったにお目にかかることができない、トレヴァーの独擅場といったところだろう。六〇年代からトレヴァー作品にちらちら顔を見せていた「神」がだんだん前面に出てくるようになったのも、本書を含む七〇年代以降の作品の特徴である。われわれはここである種の地獄巡りをすることになるが、日本の高齢者にも懐かしいペトゥラ・クラークの楽天的な歌でいきなり幕を下ろす皮肉な結末の中に、わずかな希望の芽を見つけることもできるだろう。

著者　ウィリアム・トレヴァー　William Trevor
1928年、アイルランドのコーク州生まれ。トリニティ・カレッジ・ダブリンを卒業後、教師、彫刻家、コピーライターなどを経て、60年代より本格的な作家活動に入る。65年、長篇小説第2作『同窓』がホーソーンデン賞を受賞、以後すぐれた長篇・短篇を次々に発表し、数多くの賞を受賞している（ウィットブレッド賞は3回）。短篇の評価はきわめて高く、初期からの短篇集7冊を合わせた短篇全集（92年）はベストセラー。現役の最高の短篇作家と称された。長篇作に『フールズ・オブ・フォーチュン』（論創社）『フェリシアの旅』（角川文庫）『恋と夏』、短篇集に『聖母の贈り物』『アイルランド・ストーリーズ』『異国の出来事』『ラスト・ストーリーズ』（以上国書刊行会）『密会』（新潮社）『アフター・レイン』（彩流社）などがある。2016年逝去。

訳者　宮脇孝雄（みやわき　たかお）
1954年生まれ。早稲田大学政経学部卒業。翻訳家・エッセイスト。訳書にジョン・ダニング『死の蔵書』、マシュー・ニール『英国紳士、エデンへ行く』（以上早川書房）、共訳書にジーン・ウルフ『ジーン・ウルフの記念日の本』（国書刊行会）、イーアン・ペアーズ『指差す標識の事例』（創元推理文庫）、著書に『宮脇孝雄の実践翻訳ゼミナール』『洋書ラビリンスにようこそ』（以上アルク）などがある。

装幀　中島かほる
装画　ヴィルヘルム・ハンマースホイ
“Three ships, Christianshavn Canal”（1905）

William Trevor Collection

〈ウィリアム・トレヴァー・コレクション〉

ディンマスの子供《こども》たち

2023年3月25日初版第1刷発行

著者　ウィリアム・トレヴァー
訳者　宮脇孝雄
発行者　佐藤今朝夫
発行所　株式会社国書刊行会
〒174-0056　東京都板橋区志村1-13-15
電話03-5970-7421　ファックス03-5970-7427
https://www.kokusho.co.jp
印刷所　創栄図書印刷株式会社
製本所　株式会社難波製本

ISBN978-4-336-05918-5
落丁・乱丁本はお取り替えいたします。

ウィリアム・トレヴァー・コレクション

全5巻

ジョイス、オコナー、ツルゲーネフ、チェーホフに連なる世界最高の短篇作家として愛読されているアイルランドを代表する作家、ウィリアム・トレヴァー。天性のストーリーテラーの初期・最新長篇、短篇コレクション、中篇作をそろえた、豊饒にして圧倒的な物語世界が堪能できる本邦初の選集がついに刊行開始！

恋と夏　Love and Summer　谷垣暁美訳

孤児の娘エリーは、事故で妻子を失った男の農場で働き始め、恋愛をひとつも知らないまま彼の妻となる。そして、ある夏、1人の青年と出会い、恋に落ちる——究極的にシンプルなラブ・ストーリーが名匠の手にかかれば魔法のように極上の物語へと変貌する。トレヴァー81歳の作、最新長篇。

異国の出来事　Selected Short Stories Vol.3　栩木伸明訳

イタリアやフランスのリゾート地、スイスの湖畔、イランの古都など、異国の地を舞台に人間の愛おしさ、悲しさ、愚かさ、残酷さがむきだしになる——様々な〈旅〉をテーマにトレヴァーの名人芸が冴えわたる傑作を選りすぐった日本オリジナル編集のベスト・コレクション。長篇小説のような読後感を味わえる珠玉の全12篇。

ふたつの人生　Two Lives　栩木伸明訳

施設に収容された女性メアリーの耳には、今も青年の朗読する声が聞こえている……夫がいながら生涯いとこの青年を愛し続けた女の物語「ツルゲーネフを読む声」、ミラノで爆弾テロに遭った女性作家が同じ被害者たち3人を自宅に招き共同生活することになる「ウンブリアのわたしの家」、熟練の語り口が絶品の中篇2作を収録。

ディンマスの子供たち　The Children of Dynmouth　宮脇孝雄訳

ドーセットの港町ディンマスに住む15歳の孤独な少年ティモシーは無邪気な笑顔をふりまく町の「人気者」だ。しかし、やがて町の大人たちは知ることになる、この無垢な少年が大人の事情を暴きだし町を大混乱に陥れることを——トレヴァー流のブラック・コメディが炸裂する1976年の傑作長篇（ウィットブレッド賞受賞）。

オニールズ・ホテルにて　Mrs Eckdorf in O'Neill's Hotel　森慎一郎訳

かつては賑わいを見せたオニールズ・ホテルはなぜ薄汚いいかがわしい館になってしまったのか？　女性写真家アイヴィ・エックドルフはその謎の背後に潜むドラマを解き明かすべくホテルを訪れた。そして、ホテルを取り巻く奇妙な人々をアイヴィはカメラに収めていく……トレヴァー初期の代表長篇（ブッカー賞候補）。